THE SINNER
罪人

Tess Gerritsen

泰絲・格里森——著 尤傳莉——譯

媒體名人盛讚

在這部陰鬱的驚悚小說之中，也蘊含了善惡對立的古老寓言，不過，格里森娓娓道出兩名精采主角的故事，跳脫了窠臼。又是一部令人目不轉睛、打動人心的懸疑驚悚作品！

——《書單》（*Booklist*）

格里森描繪出不尋常的犯罪現場、複雜的調查過程、駭人的醫學細節，以及種種令人膽寒的時刻，造就了一部獨特的作品……「死亡天后」莫拉・艾爾思深入這些恐怖場景，也吸引我們讀者追隨她。

——緬因州路易斯頓市《太陽日報》（*Sun Journal*）

這個充滿懸疑的故事，從頭到尾都緊張刺激……格里森不但有駕馭文字的才華，還有難得的醫學與科學專業知識，使得她的所有著作都有一種珍貴的可信度……這不光是一個出色的故事，也激發我們思考其他許多國際間的重大問題。而且毫無任何特殊效果就極其真實，是一個源自我們周遭生活的故事。

——猶他州《德律撒新聞報》（*Deseret News*）

一部結構豐富的驚悚小說，有著大規模謀殺的黑暗核心，以及人物之間的情愛糾葛。

——美國佛羅里達州《聖彼得堡時報》（*St. Petersburg Times*）

扣人心弦程度百分百——保證令你愛不釋手！

——莫・海德（Mo Hayder），英國犯罪小說作家

肌理豐富的懸疑小說，具有連續殺人案的暗黑要素與感情糾葛。

——《聖彼得堡時報》（*St. Petersburg Times*）

格里森醫生作品的字裡行間充滿了挫傷的色澤，她的驗屍台正等著你，讀者們！

——《柯克斯評論》（*Kirkus Reviews*）

格里森的想像力十足，完全勾勒出人類行為種種深層的黑暗與駭人。相較之下，愛倫坡與H・P・洛夫克拉夫特（H. P. Lovecraft）都顯得太保守了。

——《芝加哥論壇報》（*Chicago Tribune*）

令人滿足的閱讀經驗——劇情豐富高潮迭起，宛如一片充滿風暴的天空。

——《娛樂週刊》（*Entertainment Weekly*）

這本書你絕對不會想錯過！

——美國北卡羅萊納州《前鋒新聞報》（*Herald Journal*）

獻給我的母親Ruby J. C. Tom，致上我的愛。

序幕

印度，安得拉邦

載他的司機不肯再往前開了。

之前的一哩路，也就是剛過了那座「八角形化學公司」的廢棄工廠後，柏油路面轉為植物蔓生的泥土路。現在司機抱怨起他的車子被林下灌木叢刮到，而且由於最近剛下過幾場雨，害他們的輪胎有可能陷入一些爛泥坑。這裡離海德拉巴市有一百五十公里，要是真被困在這裡該怎麼辦？霍華．瑞菲德聽著一連串喋喋不休的抗議，心知那些都只是託辭，並非司機不肯前進的真正原因。沒有男人會輕易承認自己害怕的。

瑞菲德也沒有別的辦法；從這裡開始，他得靠自己步行了。

他身體前傾要跟司機說話，聞到對方身上一股明顯的汗味。然後他看了一眼照後鏡（上頭掛著一條嘩啦響的珠串），發現司機的深色眼珠正盯著他看。「你會在這裡等我，對吧？」瑞菲德問，「就待在這裡，在路上。」

「要等多久？」

「或許一個小時吧。要看狀況。」

「我告訴你，那裡沒有什麼好看的。現在都沒人了。」

「反正你就在這裡等，好嗎？回到城裡之後，我會付你雙倍車資的。」

瑞菲德抓起背包，從冷氣十足的車子下來，立刻覺得像是泅泳在一片溼熱之海中。自從大學時代去歐洲當窮遊背包客之後，他就再也沒用過背包了，這會兒在五十一歲之際，又把背包揹在肥胖的肩膀上，感覺有點像是裝年輕。但是在這個活像蒸氣屋的國家裡，他走到哪裡都不能沒有這個背包。裡頭有一瓶乾淨的飲水、有防蚊液，還有防曬油和止瀉藥品。另外還有他的相機；也是非隨身帶著不可。

他站在傍晚的熱氣中流著汗，抬頭望著天空，心想：很好，太陽快下山了，黃昏時所有的蚊子都出來了。晚餐來嘍，你們這些小混帳。

他開始沿著泥土路往前走。長草掩蓋了小徑，他腳下一絆，踩進一條車轍，健走鞋沉入腳踝高的泥巴裡。這條路顯然好幾個月都沒有車子經過了，大自然很快就收復失土。他暫停一下，喘著氣拍打蚊蟲，然後回頭看一眼，這才發現已經看不到那輛汽車了，心中因而覺得很不安。那輛車會等他回來嗎？那位司機一直很不情願載他到這麼深入的地方，而且當車子沿著愈來愈顛簸的小路往前行駛時，司機就愈來愈緊張。那裡以前有很多不好的人，司機說，而且這一帶以前發生過很可怕的事情。要是他們兩個失蹤了，誰會費事來找他們？

瑞菲德繼續往前走。

潮溼的空氣似乎把他包圍得愈來愈緊。他聽到背包裡面水瓶發出的晃動聲，儘管覺得口渴，他卻沒停下來喝水。白晝大概只剩一個小時了，他得繼續往前走。草叢中的昆蟲嗡響著，他還聽到了周圍樹蔭裡傳來一種奇怪的聲音，覺得一定是鳥類，但那一點也不像他以前聽過的任何鳥叫聲。這個國家的一切都讓人覺得陌生而超現實，他在一種如夢的恍惚狀態中跋涉，汗水淌下胸部，呼吸節奏隨著每一步而加速。根據地圖，這段路應該只有二點四公里，但好像永遠走不完，而且雖然他又補噴了一次防蚊液，但仍無法阻止蚊子的進攻。他的耳邊充滿了蚊蟲的嗡嗡聲，臉被叮得到處都在癢。

他又絆到了一條深車轍，雙膝落地跪入長草中。他蹲伏在那裡，吐出滿嘴的雜草，喘著氣，沮喪又筋疲力盡。他決定到此為止，該回頭了，夾著尾巴搭飛機回辛辛那提。雖然很懦弱，但畢竟要安全得多，也不必這麼折騰自己。

他嘆了口氣，一手撐地正要站起來，又忽然停住不動，往下瞪著草地。那些綠色的草葉間，有個什麼發出金屬的微光。結果只不過是一顆廉價的錫鈕釦，但在那一刻，卻讓他覺得是個徵兆，是個護身符。他把釦子放進口袋，站起來，然後繼續往前走。

才往前走了兩三百碼，小徑豁然開朗，來到一大片林間空地，周圍環繞著高高的樹。一棟建築物孤立在遠端的邊緣，那是一棟低矮的煤渣磚房子，鍍錫屋頂生鏽了。在微風中，樹枝發出撞擊的嘩啦聲，青草搖曳著。

就是這個地方，他心想。這裡就是那件事發生的地方。

忽然間，他的呼吸聲似乎太響了。他心臟怦怦跳，把背包卸下肩頭，打開拉鍊，拿出相機。記錄下一切，他心想。八角形化學公司會說你撒謊。他們會不擇手段質疑你的可信度，所以你必須準備好為自己辯護。

他進入那塊空地，走向一堆燒黑的樹枝。他用鞋子推開那些小枝，翻攪起一陣木炭的臭味。

他後退，忽然覺得一股寒意沿著脊椎往上竄。

這是火葬柴堆的殘餘痕跡。

他冒汗的雙手拿下鏡頭蓋，開始拍照。他一眼緊貼著相機的觀景窗，拍了一張又一張。一間焚毀棚屋的遺跡。一隻小孩的涼鞋躺在草地上。一塊紗麗服上扯下來的鮮豔破布。目光所及之處，他都看到了死神。

他轉向右邊，看到觀景窗裡掠過一片繽紛的綠，正要按快門時，手指在快門鍵上僵住了。

一個人影急奔過畫面邊緣。

他放下照相機，直起身子，瞪著那些樹。現在他沒看到任何動靜，只有搖晃的樹枝。那裡——在他的視野邊緣，有什麼東西在移動嗎？他只看到樹木間有個黑暗的、晃動的東西掠過。是猴子？

他得繼續拍照。天光消失得很快。

他經過一口石砌水井，朝那棟鍍錫屋頂的房子走去，他的長褲嗖嗖拂過青草，邊走邊左右張望。那些樹彷彿生了眼睛，正在觀察他。接近那棟房子時，他看到牆壁都被火烤黑了。門前有一堆灰燼和焚黑的樹枝。又是個火葬柴堆。

他繞過那火葬柴堆，望向門內。

一開始，昏暗的室內看不出什麼。白晝的天光急速消褪，屋內還更暗，他只看到一片由黑色和灰色構成的畫面。他暫停一會兒，等著雙眼適應。然後愈來愈困惑，因為他看到了一個陶罐裡清水的閃光，還有香料的氣味。這是怎麼回事？

在他身後，一根小樹枝被踩斷了。

他猛然轉身。

一個人影站在空地上。他們四周的樹木靜止不動，就連鳥叫聲都停止了。那人影走向他，抽動的步伐很怪異，一直到離他只剩幾呎之處。

瑞菲德雙手一鬆，照相機落下。他後退，驚駭地瞪著。

那是個女人。她沒有臉。

1

他們稱她為「死亡天后」。

儘管從來沒有人在她面前說，但莫拉．艾爾思醫師有時在她工作的「陰森三角」——法院、死亡現場、停屍間——之間奔走時，會聽到身後有人悄聲提到這個綽號。有時她還聽得出一種惡意嘲諷的口氣，彷彿是在說：哈哈，我們的哥德女神上場，出來收集新鮮屍體啦。有時這些竊竊私語帶著一種憂心的顫音。就像一群虔誠的信眾碰到一個不信神的陌生人經過，所發出的低聲議論。那些人之所以焦慮，是因為無法理解她為什麼選擇追隨死神的腳步。他們好奇著，她樂在其中嗎？冷肉的觸感、腐爛的臭味真的那麼吸引她，使得她寧可背棄活人嗎？他們認為這不可能是正常的，於是紛紛不安地看著她，因而注意到她身上的種種細節，更讓他們相信她就是個怪胎。象牙白的皮膚，一頭黑色直髮剪成埃及豔后的髮型。還有薄唇上的紅色唇膏。有誰去死亡現場還塗唇膏的？但最令他們困擾的，就是她的冷靜。他們看了就差點要吐出來的恐怖畫面，她卻能鎮定而尊貴地審視。她不會像他們那樣別開目光。反之，她還會湊近了凝視、碰觸，以及嗅聞。

而稍後，在她解剖室的明亮燈光下，她還會切割。

現在她就在切割，她的手術刀劃開冰冷的皮膚，切過油黃晶亮的皮下脂肪。這個男人喜歡他的漢堡和薯條，她心想，一邊拿起園藝剪來剪斷肋骨，取出三角盾狀的胸骨，就像一個人打開櫥櫃門，露出裡頭放置的物品。

心臟安歇在海綿床般的肺臟上頭。五十九年來，它一直把血液輸送到山繆・奈特先生的全身。它跟著他一起長大、變老，也跟他同樣從年輕時的一身精瘦肌肉，轉變為眼前這個滿佈脂肪的狀況。最後心臟停止跳動，奈特先生也走到人生的終點，當時他坐在一家波士頓的飯店房間裡，電視機開著，一杯從迷你吧酒瓶裡倒出來的威士忌放在他旁邊的床頭桌上。

艾爾思醫師沒有停下來納悶他最後的想法會是什麼，或者他是否感覺到痛或害怕。儘管她探索他體內最私密的深處，儘管她剝開他的皮，雙手捧著他的心臟，但山繆・奈特於她仍只是一個陌生人，沉默且隨和，樂意奉上自己的種種祕密。死人很有耐心。他們不抱怨、不威脅，也不會甜言蜜語誘騙人。

死人不會傷害你；只有活人會。

她工作時從容而有效率，一一切除胸腔的內臟，把摘下來的心臟放在砧板上。在外頭，十二月的第一場雪旋轉落下，白色的雪片輕拂過窗子，滑落在巷子裡。但在驗屍間裡面，唯一的聲音就是打開的水龍頭和抽風機的嘶嘶聲。她的助理吉間動作出奇地安靜，總是能預測到她的要求，總在她需要時現身。他們當同事才一年半，但一起工作時彷彿合為一體，藉由兩個理性腦袋之間的心靈感應而相連。她不必要求他重新調整燈光，他就已經先弄好了，燈往下正照著那顆溼淋淋的心臟，接著他又遞出一把剪刀，等著她接過去。

有深色斑點的右心室壁，以及白色的心尖疤痕，讓她明白了這顆心臟的悲慘故事。幾個月或甚至幾年前，曾經發生過一次心肌梗塞，當時已經毀掉了左心室壁的一部分。然後，過去二十四小時中的某個時間，又發生了一次新的梗塞。一個血栓堵住了右冠狀動脈，阻斷了流向右心室肌肉的血流。

她取了組織切片以備稍後做顯微鏡觀察，但心中已經知道自己會在顯微鏡裡看到什麼了。血液凝固和壞死。白血球入侵，像一支護衛軍隊般大舉進駐。或許山繆．奈特先生以為胸部的不舒服只是消化不良而已，午餐吃太多，不該吃那麼多洋蔥的。或許吃點必舒胃錠就好了。也或許當時還有其他不祥的徵兆，但他選擇忽略了：胸口悶，喘不過氣來。他當然沒想到自己是心臟病發。

也當然沒想到，一天後，他會死於心律不整。

現在那顆切開的心臟放在砧板上。她看著摘除了所有器官的軀幹。就這樣，你來波士頓的出差結束了。這個解剖沒有意外。沒有任何非自然死因，一切都是你長年糟蹋自己身體的累積結果，奈特先生。

對講機發出嗡響。「艾爾思醫師？」是她的秘書露易絲。

「什麼事？」

「瑞卓利警探找你，在二線。你有空嗎？」

「我來接。」

莫拉脫掉手套，走向牆上的電話。原先在水槽旁沖洗工具的吉間此時關掉水龍頭，轉身過來，沉默的大眼睛看著她，已經曉得瑞卓利打電話來是表示什麼了。

等到莫拉終於掛斷電話，她看到吉間雙眼中的疑問。

「今天開始得真早。」她說，然後脫掉身上的白袍，離開解剖室，好去帶領另外一具屍體進入她的領域。

早晨本來在下雪，現在已經變成雪和凍雨夾雜的危險組合，而且完全沒看到市政府派出的鏟雪車。她小心翼翼沿著牙買加河濱道行駛，輪胎嗖嗖輾過深深的泥濘，擋風玻璃上的雨刷刮著結了白霜的玻璃。這是今年冬天的第一場風暴，駕駛人還沒適應種種狀況。她沿路已經看到有幾輛車滑出路面，還經過了一輛停下來的警察巡邏車，車燈閃著，巡邏警員旁邊站著一名拖吊車的司機，兩人看著一輛車頭栽進水溝的汽車。

她這輛凌志汽車的輪胎開始往旁邊打滑，前保險桿朝著對向車道歪過去。她恐慌地踩下煞車，感覺到車子的加速防滑系統啟動。然後她把車子又轉回原來的車道。該死，她心想，心臟怦怦跳。我要搬回加州。她減速到一個緩慢爬行的速度，不在乎後頭有人按喇叭，也不在乎擋住了後頭多少車流。你們這些白癡，盡量超車到我前面去吧。我在解剖台上看過太多像你們這樣的駕駛人了。

她一路開到牙買加平原，這是西波士頓的一個區域，有著氣派的古老宅邸和寬闊的草坪，以及寧靜的公園和河畔步道。夏天時，這裡是綠意盎然的世外桃源，遠離波士頓市區的喧囂與熱氣；但今天，在黯淡的天空下，一陣陣冷風吹過荒枯的草坪，這裡變得孤絕而冷清。

她要找的地址，似乎是其中最令人望而生畏的。那棟建築位於一道高高的、爬滿了密密麻麻常春藤的石牆內。這道障礙隔開了外頭的世界，她心想。從街道上，她只能看到石板瓦屋頂上的哥德式頂端，還有山形牆下一面高聳的窗子，像是一隻深色的眼睛在窺看著她。一輛警方巡邏車停在靠近大門處，確認了這個地址是正確的。到目前為止，抵達的車子沒幾輛——這些只是突擊部隊，後面還有更龐大的鑑識人員大軍會趕來。

她把車子停在對街，準備好面對下車後的寒風。跨出車外時，她一腳鞋底往前滑，差點摔出去，還好她抓緊車門撐住了。然後她收回雙腳站穩，感覺冰水沿著小腿往下流淌，因為剛剛大衣褶邊泡進融雪裡浸溼了。有好幾秒鐘，她只是站在那裡，任憑凍雨刺痛她的臉，震驚於這一切發生得那麼快。

她朝對街坐在巡邏車裡的警員望過去，發現對方也正在看她，一定看到她差點滑倒。她覺得自尊受損，趕緊從前座抓起工具包，甩上車門，然後盡可能保持尊嚴地往前走，穿過結了冰的滑溜路面。

「你沒事吧，醫師？」那巡邏警員從車窗裡往外喊，這種關切的詢問只讓她很不是滋味。

「我很好。」

「你穿那鞋子要小心。裡頭的庭院還更滑。」

「瑞卓利警探呢？」

「他們在禮拜堂。」

「禮拜堂在哪裡？」

「你進去一定會看到，上頭有個大十字架的那扇門。」

她繼續走，來到柵欄大門前，發現門鎖上了。牆上掛著一口鐵鐘；她拉了一下鈴上的拉繩，那種中世紀的叮咚聲緩緩融入了凍雨所發出的滴答輕響中。鐵鐘下方有個黃銅牌子，上頭刻的字被一條褐色常春藤遮住了部分。

灰岩修女院

聖母榮光修女會

「莊稼實在很多，

工人卻很少。

去懇求這主人，請他派工人前來收割。」

在大門的另一側，忽然出現了一個穿得滿身黑的女人，她的腳步安靜無聲，因而莫拉看到那個人在大門內朝自己看來時，還嚇了一跳。那是一張蒼老的臉，皺紋深得彷彿整張臉都要垮掉了，但兩隻眼睛像鳥眼一般明亮銳利。那位老修女沒說話，只是用她的目光提出疑問。

「我是法醫處的艾爾思醫師，」莫拉說，「警方通知我來這裡。」

大門吱呀著打開了。

莫拉走進庭院。「我要找瑞卓利警探。她應該是在禮拜堂裡面。」

那修女指著庭院對面。然後轉身緩緩拖著腳步，走進最接近的一道門，留下莫拉自己去禮拜堂。

雪片在細針般的凍雨中旋轉飛舞著，彷彿一隻隻白色蝴蝶圍繞著腳步笨拙的莫拉飛翔。要去禮拜堂的最快路徑就是穿過庭院，但那片石砌地面上頭結了一層冰，莫拉的鞋子沒有抓地力，剛剛已經證明過對付不了這樣的狀況。於是她鑽進庭院四周有遮頂的狹窄走道。儘管可以避開凍雨，但她發現刺骨的寒風照樣直鑽進大衣裡。那種寒冷令她震懾，也再次提醒她波士頓的十二月有多麼嚴酷。她大半輩子都住在舊金山，在那裡，偶爾下點雪都是難得的樂事，不像眼前這些飛進遮頂來螫得她滿臉刺麻的冰雪那麼折磨人。她轉彎，離禮拜堂更近了，經過了幾面黑暗的窗戶，把身上的大衣裹得更緊。大門外傳來牙買加河濱道上車輛經過的模糊呼嘯。但是在這裡，在這些圍牆裡面，她只聽到寂靜。除了剛剛那位幫她開門的老修女之外，整個修道院彷彿被遺棄般，空無一人。

所以當她看到一扇窗內有三張臉看著她，不禁嚇了一跳。那些修女在昏暗的玻璃內靜止不動，像穿著深色長袍的鬼魂，看著闖入者深入她們的庇護所。她經過時，她們的目光同時轉動，一路跟著她而去。

禮拜堂的門口拉著一條黃色的犯罪現場封鎖帶，被上頭黏著的凍雨壓得下垂。她拉起封鎖帶鑽過去，推開了門。

眼前相機閃光燈一亮，她僵住了，門在她身後發出嘶聲，緩緩關上。她眨眨眼，讓烙在她視網膜裡的殘影消失。等到視線恢復正常後，她看到一排排木製教堂長椅，刷了石灰水的白牆，另外在禮拜堂最前頭，有個巨大的十字架懸掛在祭壇上方。這是個冰冷而簡樸的大房間，透進彩繪玻璃窗的光線模糊不清，因而讓整個禮拜堂內更顯得昏暗。

「站在那裡別動，小心腳步。」那位攝影師說。

莫拉低頭看著石砌地板，看到了血，還有一大堆亂七八糟的腳印，以及醫療廢棄物：注射針蓋子和撕開的包裝紙，是救護車急救人員留下的。但是沒看到屍體。

她的視線逐漸往外圈加大，看到了走道上那塊被踩踏的白布，長椅上的血濺痕。這裡頭很冷，她呼出的氣都凍成白霧。接著她審視著那些血跡，看到連續的血濺痕灑在長椅上，明白這裡發生了什麼事，此時氣溫似乎降得更低，她感受到的寒意也更深了。

那攝影師又開始拍照片，每一張都是對莫拉雙眼的視覺攻擊。

「嘿，醫師，」在禮拜堂前方，一團黑髮冒出來，是珍．瑞卓利警探，她正站起身揮手。「被害人在這裡。」

「那這裡的這些血，在門旁邊的呢？」

「那是另一個被害人娥蘇拉修女。急救人員把她送到聖方濟醫院了。沿著中央走道還有更多血，還有一些我們想保留的腳印，所以你最好繞到你左邊。盡量貼著牆壁走。」

莫拉暫停下來，套上鞋套，然後沿著禮拜堂邊牆往前走。直到她走過第一排長椅，這才看到那個修女的屍體，仰天躺著，修女袍像一口黑色的池塘，融入了更大一片紅湖中。她雙手都已經套袋，以便保存證據。莫拉沒想到被害人這麼年輕。剛剛幫她開大門的修女，還有她隔著窗子看到的那些修女，全都是老人。但眼前這位修女遠遠年輕得多。那張臉精緻脫俗，淺藍色的眼珠凝結成一種奇異的平靜神態。她頭上沒戴帽子之類的，金髮剪短到只剩一吋的長度。每一記殘忍的敲擊，都在破裂的頭皮和變形的頭骨留下痕跡。

「她的名字是卡蜜兒．麥基尼斯。卡蜜兒修女。家鄉在鱈角的海恩尼斯港，」瑞卓利說，一副就事論事的冷靜口吻。「她是這裡十五年來唯一的初學修女。原本計畫要在五月發終身願，成為正式修女的。」她暫停一下，然後又補充：「她才二十歲。」口氣中透出怒意。

「她好年輕。」

「是啊。看起來他把她打得很慘。」

莫拉戴上手套，蹲下來審視著屍體被破壞的狀況。兇器在頭皮留下參差不齊的直線撕裂痕。骨頭碎片穿透了扯開的皮膚，一團腦部的灰質滲出來。儘管臉部皮膚大部分完整，但是充滿了深紫色的瘀血。

「她是面朝下死去的。是誰把她翻過來的？」

「發現她的兩位修女。」瑞卓利說，「她們想察看她的脈搏。」

「被害人是幾點被發現的？」

「今天早上八點左右。」瑞卓利看了手錶一眼。「將近兩個小時前。」

「你們知道發生了什麼事嗎？修女們說了些什麼？」

「從她們身上很難問到什麼有用的資訊。現在院裡只剩十四名修女，而且全都處於震驚狀態。她們本來以為在這裡很安全，上帝會保護她們。結果有個神經病闖進來。」

「有強行闖入的跡象嗎？」

「沒有，但要進入這個修道院沒那麼困難。圍牆上長滿了常春藤——要爬進來不會太費事。另外還有一道後門，通往她們的菜園和花園。加害者也可以從那道門進來。」

「腳印呢？」

「這裡有幾個。不過外頭的差不多全都被雪蓋住了。」

「所以我們不曉得他是不是強行闖入的。他有可能是從前門進來，有人幫他開門。」

「這裡是修道院，醫師。除了這個堂區的神父進來舉行彌撒、聽告解之外，其他人都不准進來的。另外還有個在食堂裡工作的女人。她們讓她帶著女兒進來工作，因為有時她找不到人照顧小孩。不過就是這樣了。其他人沒有院長的許可，一概都不准進來的。而且修女們都待在裡頭。只有出門看病和家裡有緊急狀況，才會離開。」

「到目前為止，你跟哪些人談過了？」

「瑪麗．克雷蒙特院長，還有發現被害人的兩位修女。」

「她們說了些什麼？」

瑞卓利搖搖頭。「什麼都沒看到，什麼都沒聽到。而且我想其他修女也沒辦法告訴我們太多。」

「為什麼？」

「你看到了她們年紀有多大嗎？」

「這不表示她們很笨啊。」

「她們有一個因為中風而神智不清，兩個患有阿茲海默症。而且大部分人的寢室都沒有面對庭院，所以什麼都不會看見。」

一開始莫拉只是蹲著看卡蜜兒的屍體，還沒有動手，給被害人最後一刻的尊嚴。現在再沒有什麼能傷害你了，她心想。然後她開始觸摸檢查頭皮，感覺到皮膚底下骨頭碎片的移動。「多次擊打。全都是敲在頭頂或是後腦勺……」

「那她臉上的瘀血呢？只是屍斑而已？」

「對，已經固定了。」

「所以擊打是來自後方，還有上方。」

「攻擊者大概比她高。」

「或者她是跪著，而攻擊者站在她旁邊。」

莫拉暫停，雙手摸著那冰涼的肌膚，腦中浮現出這個年輕修女令人心碎的畫面，跪在攻擊者面前，雨點般的擊打落在她低垂的頭上。

「什麼樣的混蛋會跑來打修女？」瑞卓利說，「這個世界操他媽的是出了什麼錯？」

莫拉被瑞卓利的粗話搞得皺了一下臉。雖然她不記得自己上次來教堂是什麼時候，而且很多年前她就不信教了，但是在一個教堂聖所聽到這麼褻瀆的字眼，還是讓她很不安。那是童年灌輸的力量。即使對她來說，聖人和奇蹟現在只不過是幻想而已，但她還是永遠無法在十字架面前說出褻瀆的言語。

但瑞卓利太生氣了，根本不在乎衝口而出的字句是什麼，即使是在這個神聖的處所。她的頭髮比平常更蓬亂，融化的凍雨在一頭不馴的黑色長髮上閃閃發亮。在昏暗的禮拜堂中，她的雙眼裡燃燒著憤怒，像是兩顆發亮的煤球。義憤一直是珍．瑞卓利的燃料，是驅動她追獵惡魔的根本元素。但是今天，她似乎被義憤搞得很激動，而且她的臉更瘦了，彷彿那股怒火現在正在她體內消耗她的能量。

莫拉不想助長那些火焰。她的聲音還是不帶感情，提出的問題也就事論事。科學家判斷時根據的是事實，不是情感。

她伸手去摸卡蜜兒修女的手臂，測試肘關節。「很鬆弛，沒有屍僵。」

「所以死亡還不到五、六小時？」

「也是因為這裡很冷。」

瑞卓利從鼻子哼了一聲，吐出的氣息在寒冷的空氣中結成一團白霧。「真的。」

「我猜想，這裡的溫度剛剛超過冰點。屍僵會延遲。」

「延遲多久？」瑞卓利問。

「幾乎是無限期。」

「那她的臉呢？那些固定的瘀血？」

「屍斑有可能在半個小時以內就出現，對於判斷死亡時間不見得能有什麼幫助。」

莫拉打開她的工具包，拿出化學溫度計來測量環境溫度。她看到被害人穿了很多層衣服，決定先等到屍體運回停屍間，再測量直腸溫度。這個禮拜堂的光線太暗了，在插入溫度計之前，她沒辦法完全排除掉她曾遭受性侵的可能性。若是硬要脫掉她的衣服，又可能使得衣服上原先附著的微物跡證掉落。於是她取出注射針，打算抽取眼球玻璃體液，以供測試死後的鉀濃度。這可以給她一個估計死亡時間的憑據。

「告訴我有關另一個被害人吧。」莫拉說，把注射針刺入左眼，緩緩抽出眼球玻璃體液。

瑞卓利看到了她的動作，嫌惡地哀嘆一聲，轉開身子。「在門邊被發現的被害人是娥蘇拉・羅蘭修女。想必非常堅強。據說他們把她抬上救護車的時候，她的雙臂還會動。佛斯特和我趕到這裡時，救護車正要開走。」

「她的傷勢有多重？」

「我沒看到她。我們從聖方濟醫院接到了最新報告，說她正在動手術。多處頭骨破裂，流血滲入腦部了。」

「就像這個被害人。」

「是啊，就像卡蜜兒。」怒氣又回到了瑞卓利的聲音裡。

莫拉起身，站在那裡發抖。她的長褲吸收了大衣褶邊的冰水，害她覺得兩隻小腿好像裹上了一層冰。她之前接到電話時，被通知說死亡現場是在室內，於是沒把車上的圍巾和羊毛手套帶出來。這個沒暖氣的禮拜堂不會比外頭下著凍雨的庭院溫暖多少。莫拉雙手插進大衣口袋，看著瑞卓利同樣沒有圍巾和保暖手套，很好奇她怎麼有辦法在這個寒冷的禮拜堂裡頭待這麼久。瑞卓利似乎體內有自己的熱源，就是那股憤慨的熱度，而且儘管嘴唇發青，但她好像並不急著要趕快去找個更溫暖的房間。

「這裡為什麼會這麼冷？」莫拉問，「我無法想像他們會在這裡舉行彌撒。」

「的確沒有。這個禮拜堂冬天時從來不使用——要開暖氣太花錢了。總之住在這裡的人很少，他們都在食堂旁邊的一個小禮拜堂裡舉行彌撒。」

莫拉想著剛剛看到窗內的那三個修女，全都是老人。這些修女是逐日衰弱的火焰，一個接一個熄滅了。

「如果這個禮拜堂沒使用，」莫拉說，「那兩位被害人跑來這裡做什麼？」

瑞卓利嘆了口氣，像惡龍嘴裡吐出蒸氣。「沒人曉得。修道院的院長說她最後一次看到娥蘇拉和卡蜜兒，是在昨天夜裡的晚禱時間，大約九點。今天早上晨禱時，她們兩個沒出現，修女們就去找，完全沒想到會在這裡發現她們。」

「這些頭部的敲擊傷，看起來是出於極度的狂怒。」

「但是看看她的臉，」瑞卓利說，指著卡蜜兒。「他沒打她的臉，避開了，所以整件事似乎不太是個人恩怨。好像他不是特別針對她，而是針對她的身分，她所代表的東西。」

「權威？」莫拉說，「權力？」

「很好笑。我想說的是比方信仰、希望、慈善這一類的。」

「唔，我高中讀的是天主教學校。」

「你？」瑞卓利從鼻子哼了一聲。「還真想不到。」

莫拉深深吸了一口冰冷的空氣，往上看著十字架，想起她在諸聖嬰學校的那幾年時光，還有教歷史的麥德琳修女給過她的種種折磨。那種折磨不是肉體上的，而是情感上的，麥德琳修女會迅速判斷出哪些女孩（照她的看法）有不得體的過度自信。而當年才十四歲的莫拉，最要好的朋友不是人，而是書。學校的功課她全都能輕易對付，而且也引以為傲。於是麥德琳修女的怒火就對準了她，認定為了莫拉好，就必須打擊她對自己智力那種邪惡的驕傲，教她學會謙卑。麥德琳修女嚴厲地進行這個任務。她會在課堂上點名莫拉，出言嘲弄；她會在她完美無瑕的報告邊緣寫下刻薄的評論；而且每次莫拉舉手發問時，她就刻意重重地嘆氣。到最後，莫拉只能淪入認輸的沉默中。

「她們以前老是恐嚇你，」莫拉說，「那些修女。」

「我不認為有什麼能讓你害怕，醫師。」

「讓我害怕的事情可多了。」

瑞卓利笑了一聲。「但是不包括死人屍體，嗯？」

「這個世界有很多東西，遠遠比死人屍體更可怕。」

她們讓卡蜜兒的屍體躺在冰冷的石砌地板上，回頭沿著禮拜堂四周的牆邊往後走，來到那塊血跡斑斑的地板旁。之前娥蘇拉就是在這裡被發現的，還活著。攝影師已經拍完離開了；現在只剩莫拉和瑞卓利還留在禮拜堂內，兩個孤零零的女人，聲音在粗陋的牆壁間迴盪。莫拉一直認為禮拜堂是普世的聖所，就連不信神的人都可能在此得到心靈的撫慰。但此刻，她在這個黯淡的地方找不到安慰，之前死神在此走過，無視於種種神聖的象徵。

「她們就是在這裡發現娥蘇拉修女的，」瑞卓利說，「她躺在這裡，頭朝著祭壇，雙腳朝著門。」

彷彿是伏臥在十字架前。

「這個男人是個他媽的禽獸，」瑞卓利那些憤怒的字像是一片片碎冰。「這就是我們要逮的人。一個瘋子，或是哪個犯了藥癮的混蛋，想來偷東西。」

「我們還沒確定兇手是男人。」

瑞卓利抬起手朝卡蜜兒修女的屍體揮了一下。「你認為女人幹得出這種事？」

「女人也有辦法揮動槌子、砸破頭骨的。」

「我們找到一個腳印了。那裡，就在走道的中段。就我看起來，是男人的十二號鞋子。」

「會不會是急救人員的腳印？」

「不，你在這裡可以看到急救小組的腳印，靠近門邊。但是在走道上的那個腳印不一樣。那個是他的。」

風吹過來，搖撼著窗戶，門發出吱嘎聲，彷彿有看不見的手在拉門，拚了命想進來。瑞卓利的嘴唇已經凍成藍紫色，臉色蒼白得像死屍，但是她似乎無意去找個溫暖一點的地方。這就是瑞卓利，頑固得要命，絕對不肯率先屈服。

莫拉低頭看著娥蘇拉修女躺過的石砌地板，無法反對瑞卓利的直覺：這個攻擊是精神錯亂下的行動。在這些血跡裡，在那些打破卡蜜兒修女頭骨的揮擊裡，她看到的是瘋狂。若不是瘋狂，就是邪惡。

一股冰冷的氣流似乎沿著她的脊椎往上吹。她直起身子，顫抖著，雙眼盯著十字架。「我快凍僵了，」她說，「我們可不可以找個溫暖一點的地方，喝杯咖啡？」

「你這邊結束了？」

「該看的都看過了。剩下的就要等解剖了。」

2

她們走出禮拜堂，跨過那條警方膠帶——現在已經落在地上，而且裹上一層冰了。她們進入有遮頂的走道時，風吹著她們的大衣，鞭打著她們的臉。她們瞇起眼睛，抵抗一陣陣撲過來的雪花。最後終於踏入一處陰暗的門口，此時莫拉麻痹的臉上幾乎感覺不到什麼暖意。她聞到雞蛋和舊油漆，還有古老暖氣系統散發出的灰塵和霉味。

她們循著瓷器碰撞的聲音，經過一條昏暗的走廊，來到一個老舊的房間，裡頭被現代化、感覺上格格不入的日光燈照得通亮。年老的修女們圍坐在一張破舊的食堂桌周圍，日光燈的光線僵硬而毫無修飾作用，直射在那些皺紋深刻的臉上。總共有十三個人——一個不吉利的數字。她們的注意力都集中在一塊塊方形的鮮豔花布、絲綢緞帶、幾盤乾燥的薰衣草和玫瑰花瓣上。手工時間，莫拉心想，看著那些患有關節炎的手抓起乾燥花，裝進小布袋裡，繫上緞帶。其中一名修女垮坐在輪椅上，身體歪向一側，左手捲曲成爪子放在扶手上。那張臉鬆垮得像是半融化的面具，顯然是一次中風後的不幸後果。不過她是第一個注意到有兩個闖入者的，於是發出了呻吟。其他修女抬起頭，朝莫拉和瑞卓利看過來。

莫拉望著那些乾癟的臉，很驚訝她們虛弱到這種程度。這些人不是她小時候所記得那種嚴厲的權威形象，她們一個個目光不知所措，望著她想尋求這個悲劇的答案。她對自己的新地位感到很不安，就像一個長大的孩子，頭一次意識到自己和父母的角色對調了。

瑞卓利問，「有人知道佛斯特警探人在那裡嗎？」

回答這個問題的是一個剛從隔壁廚房走出來的女人，她滿臉苦惱，端著一托盤的乾淨咖啡碟。她上身的套頭藍毛衣褪色且沾著油漬，沾著洗碗水泡泡的左手指有很小一顆發亮的鑽石。不是修女，莫拉心想，而是食堂傭工，照顧這群愈發衰老的人。

「他還在跟院長談話，」那女人說。朝門口抬了一下頭，一綹褐色捲髮散落下來，懸在皺起的額頭前。「她的辦公室就在走廊那一頭。」

瑞卓利點頭。「我知道在哪裡。」

她們離開那個燈光強得刺眼的房間，進入走廊往前行。莫拉感覺到一股寒冷的氣流輕輕掠過，彷彿有個鬼魂剛剛飄過她身邊。她不相信人死後還有靈魂存在，但走在剛死去那些人曾經走過的地方，她有時會好奇，死人是否會留下某些痕跡、某些能量的微微騷動，讓經過的人感覺得到。

瑞卓利敲了修道院院長的門，一個顫抖的聲音說：「請進。」

進入房內，莫拉聞到咖啡的香氣，甜美得有如香水。她看到深色木頭鑲板牆面，一張橡木書桌上方的牆壁掛著簡樸的十字架。書桌後方坐著一個駝背的修女，眼鏡後頭的眼珠被放大成兩口藍色池塘。她看起來就跟圍坐在食堂桌那些衰弱的修女一樣老邁，鼻子上的眼鏡看起來好沉重，簡直像是可以把她整張臉往前拉到書桌上。但隔著厚鏡片注視的那對眼睛，則是警戒而閃著智慧的光芒。

瑞卓利的搭檔巴瑞・佛斯特立刻放下咖啡杯，禮貌地站起來。佛斯特簡直就像每個人的弟弟，在兇殺組的警探中，只有他有辦法走進偵訊室裡，讓一個嫌犯相信他是他最要好的朋友。他也是組裡唯一似乎不介意跟瑞卓利搭檔的警探。脾氣反覆無常的瑞卓利這會兒還氣呼呼瞪著他那杯咖啡，顯然很不高興自己在禮拜堂發抖的同時，這位搭檔卻舒服地坐在有暖氣的房間裡。

「院長，」佛斯特說，「這位是法醫處的艾爾思醫師。醫師，這位是瑪麗．克雷蒙特院長。」

莫拉伸出手握住院長的。發現這位老人的手骨扭曲變形，皮膚有如乾燥的薄紙。握手的同時，莫拉不小心看到一截米色的袖口從黑色袖子裡探出來。難怪這些修女可以忍受這麼寒冷的室內，原來在院長的毛料修女袍底下，還穿著長袖襯衣。

院長那對放大的藍眼珠隔著厚鏡片打量她。「法醫處？這表示你是醫師嗎？」

「是的，我是病理醫師。」

「你是研究死因的？」

「沒錯。」

院長頓了一下，似乎要鼓起勇氣問下一個問題。「你進去過禮拜堂了嗎？你看到……」

莫拉點頭，心知對方接下來會問什麼，很想打斷，卻實在沒辦法對一個修女無禮。即使現在她已經四十歲了，但是面對黑色修女袍還是會很心慌。

「她是不是……」瑪麗．克雷蒙特院長的聲音轉為氣音。「卡蜜兒修女受了很大的痛苦嗎？」

「恐怕我現在還沒有答案，還要等到我完成……檢查。」她本來想說解剖，但那個字眼似乎太冷酷、太沒同情心了，不該讓院長這麼備受呵護的耳朵聽到。她也不想透露可怕的事實：她其實很清楚卡蜜兒發生了什麼事。有個人在禮拜堂碰到了這位年輕修女，當她驚駭地沿著走道想逃時，兇手追上去，扯掉了這位初學修女的白色頭巾。當兇手的揮擊撕裂她的頭皮時，她的鮮血濺在教堂長椅上，但她依然搖搖晃晃往前走，直到最後終於雙腳一軟，踉蹌著跪下去。即使在這之後，她的攻擊者還是沒有停手，還是繼續揮擊，把她的頭像一顆蛋似的擊破。

莫拉迴避瑪麗・克雷蒙特院長的目光，轉而望著掛在書桌後方的那個木製十字架，但那個巨大的標誌並沒有帶給她更多安慰。

瑞卓利插嘴。「我們還沒看過她的臥室。」一如往常，她完全公事公辦，只專注在接下來該做的事。

瑪麗・克雷蒙特院長眨眨眼忍住淚水。「是的，我正要帶佛斯特警探上樓去她們的寢室。」

瑞卓利點頭。「我們準備好了，隨時可以去。」

院長帶著他們爬上一道樓梯，這裡唯一的光線就是隔著彩繪玻璃窗透進來的天光。天氣晴朗時，太陽應該會照得牆上像個色彩豐富的調色盤，但在這個冬日早晨，牆上只有模糊的灰影。

「樓上的房間現在大部分都空著。這些年來，我們不得不讓修女們搬到樓下，一個接一個，」瑪麗・克雷蒙特院長說，她緩緩爬著樓梯，緊抓著扶手，好像每一階都得把自己硬拖上去。莫拉半預期著她會往後跌下來，每回院長搖搖晃晃地暫停，莫拉就繃緊神經。「賀辛塔修女最近膝蓋不太行，所以她也會搬到樓下的房間了。還有海倫修女也常常喘不過氣來。現在我們剩下這麼少人……」

「這棟建築物很大，照顧起來很辛苦。」莫拉說。

「而且很舊了。」院長補充，同時暫停下來喘口氣，又哀傷地笑了一聲。「像我們一樣老。要維護好花錢。我們本來以為可能得賣掉了，但是上帝幫我們找到了一個方式，保住這個修道院。」

「怎麼說？」

「去年有個人主動捐了一筆錢。現在我們開始翻修了。屋頂的石板瓦是新的，另外閣樓裡現在做了隔熱層。接下來，我們計畫把暖氣爐換新。」她回頭看了莫拉一眼。「信不信由你，比起一年前，這棟建築現在感覺上相當舒適了。」

院長深吸了一口氣，又開始爬樓梯，身上的玫瑰念珠嘩啦響。「我們這裡原本有四十五個人。我剛到灰岩修道院時，兩個翼樓的所有房間都住滿了。但現在我們愈來愈老。」

「你是什麼時候來的，院長？」莫拉問。

「我十八歲的時候，以初學修女的身分進來。當時有一位年輕的紳士想娶我，我為了上帝而拒絕他，恐怕很傷他的自尊。」她在階梯上暫停，往後看。莫拉第一次注意到她頭巾下方鼓起來的助聽器。「你大概沒辦法想像吧，艾爾思醫師？我也曾經那麼年輕過。」

的確，莫拉無法想像。除了眼前這個搖晃不穩的老修女之外，她無法想像瑪麗・克雷蒙特院長別種模樣。更別說是一個頗有魅力、有男人追求的女人。

他們終於來到樓梯頂，一條長廊在他們面前展開。這裡比較溫暖，簡直是舒適宜人。低而黑暗的天花板擋下了熱氣。裸露的木樑看起來至少有一世紀的歷史了。院長來到二樓後猶豫著，手放在門鈕上。最後她終於轉動，門開了，裡頭透出來的灰光照在她臉上。「這是娥蘇拉修女的房間。」她輕聲說。

那房間很小，很難容納他們所有人。佛斯特和瑞卓利走進去，莫拉則停留在門邊，她的目光掠過那些排列著書的書架，以及幾個種植著茂盛非洲菫的花盆。扇有直櫺的窗子和木樑很低的天花板，讓這個房間看起來像個中世紀學者的頂樓小屋，裡頭有一張簡樸的床和衣櫥，還有一張書桌和椅子。

「她的床鋪好了。」瑞卓利說，往下看著整齊塞好的床單。

「我們今天早上看到時就是這樣。」瑪麗．克雷蒙特院長說。

「她昨天晚上沒回來睡覺嗎？」

「很可能是她早起。她通常都很早就起來。」

「多早？」

「通常是在讚美經之前兩三個小時。」

「讚美經？」佛斯特問。

「我們的晨禱，在七點。今年夏天她總是很早就去花園。她喜歡去花園工作。」

「那冬天呢？」瑞卓利問，「這麼一人早的，她都去做什麼呢？」

「無論什麼季節，對我們這些還能動的人來說，總是有工作要做。但是很多修女現在身體都太虛弱了。今年我們只好雇用歐提斯太太來做飯。即使有她幫忙，我們還是有很多做不完的雜事。」

瑞卓利打開衣櫥門，裡頭掛著簡陋的黑色和褐色衣服。沒有色彩，也沒有任何裝飾。對擁有這些衣服的女人來說，天主的工作是最重要的，所有衣服的設計目的只是為了服事祂。

「這是她全部的衣服，都在這衣櫥裡了？」瑞卓利問。

「我們加入修會時，都發過清貧誓願的。」

「這表示你們要放棄自己所擁有的一切嗎？」

瑪麗．克雷蒙特院長露出耐心的微笑，就像面對著一個剛剛問了荒謬問題的小孩。「其實沒那麼辛苦的，警探。我們可以留著自己的書，還有少數個人的紀念品。就像你可以看到的，娥蘇拉喜歡她的非洲堇。我們來到這裡時，幾乎拋下了所有一切。這是一個默觀教會，我們不歡迎外頭世界造成的分心。」

「對不起，院長，」佛斯特說，「我不是天主教徒，所以我不懂那個詞的意思。什麼是默觀教會？」

他的提問態度相當尊重，所以瑪麗．克雷蒙特院長給他的微笑比給瑞卓利的要溫暖些。「默觀引導我們過著內省的生活，充滿了禱告、私下敬拜，以及沉思默想。這就是為什麼我們退避到隱修院裡，為什麼我們謝絕訪客。對我們來說，與世隔絕是一種舒適的狀態。」

「那如果有人違反規則呢？」瑞卓利問，「你們會把她踢出去嗎？」

聽到這個措詞直率的問題，莫拉看到佛斯特皺起臉。

「規則是大家自願服從的，」瑪麗．克雷蒙特院長說，「我們會遵守這些規則，是因為我們想遵守。」

「但是偶爾一定會有個修女，某天早上醒來說：『我想去海灘玩。』」

「這種事沒發生過。」

「一定發生過，她們是凡人。」

「這種事沒發生過。」

「沒有人違反過？沒有人翻牆出去？」

「我們不需要離開修道院，歐提斯太太會幫我們買雜貨。布洛菲神父會照顧我們的精神需求。」

「那寫信呢？打電話呢？即使是在高度警戒的監獄，偶爾也還是可以打一次電話。」佛斯特這會兒搖著頭，表情痛苦。

「我們這裡有一具電話，緊急狀況下可以使用。」瑪麗・克雷蒙特院長說。

「任何人都可以打嗎？」

「她們為什麼會想打？」

「那信件呢？你們可以收信吧？」

「我們有些人選擇不要收到任何信。」

「那如果你們想寄信呢？」

「寄給誰？」

「有差嗎？」

瑪麗・克雷蒙特院長一臉像是在說「主啊給我一點耐心吧」的僵硬笑容。「我只能重複剛剛講過的話，警探。我們不是囚犯。這樣的生活是我們自己選擇的。不同意這些規則的人，可以選擇離開。」

「那她們去外頭的世界，會做些什麼？」

「你似乎認為我們對於外頭的世界一無所知。但我們有些修女會去學校或醫院裡服務。」

「我以為隱修就表示不能離開修道院。」

「有時候，天主會召喚我們去牆外工作。幾年前，娥蘇拉修女感覺到天主召喚她去國外服務，她被獲准住在修道院外，同時遵守她的誓願。」

「但是她後來又回來了。」

「去年。」

「她不喜歡住在外頭的世界嗎？」

「她在印度的任務並不輕鬆。而且有暴力——她住的村子遭到恐怖分子攻擊。於是她又回來加入我們。在這裡，她可以再度感到安全。」

「她沒有家人，不能回去找他們嗎？」

「她最接近的家人是一個兄弟，兩年前過世了。我們現在就是她的家人，灰岩修道院就是她的家。當你厭倦了外頭的世界，需要安慰時，警探，」院長輕聲問，「你不就會回家嗎？」

這個回答似乎讓瑞卓利心神不寧。她的目光忽然轉到牆上掛著的十字架，然後又迅速別開眼睛。

「院長？」

那個穿著有油漬藍色套頭毛衣的女人站在走廊上，無趣、不感好奇的目光看著房間內。她的馬尾又有幾綹褐色頭髮散落下來。「布洛菲神父說他馬上趕過來應付記者。但是有太多記者打來了，所以伊莎貝爾修女已經把話筒暫時拿起來。她不知道該跟他們說什麼。」

「我馬上過去，歐提斯太太。」院長轉向瑞卓利。「你也看得出來，我們現在忙不過來了。你們待在這邊盡量看沒關係。我要下樓了。」

「在你走之前，」瑞卓利說，「請問哪個房間是卡蜜兒修女的？」

「在第四間。」

「門沒鎖嗎？」

「這些門都沒有鎖的，」瑪麗・克雷蒙特院長說，「從來沒有。」

莫拉踏入卡蜜兒的房間，第一個聞到的是漂白水和液體油皂的氣味。這個房間就跟娥蘇拉修女的一樣，有一扇直櫺的窗子面對著庭院，還有同樣低低的、有木樑的天花板。但是娥蘇拉的房間感覺有人長期居住，卡蜜兒的房間則徹底洗刷、消毒過，感覺上像個無菌室。刷了石灰水的牆壁上只有一個掛在床對面的十字架，其餘空無一物。卡蜜兒每天早上醒來時，雙眼第一個看到的應該就是這個十字架，也是她生活目標的象徵。這是個懺悔者的寢室。

莫拉低頭看著地板，發現有些地方被用力刷過，表面的亮光漆都磨掉了，木地板上留下一塊塊顏色比較淺的痕跡。她想像著嬌弱年輕的卡蜜兒跪在地上，抓著鋼絲刷，努力想磨掉……磨掉什麼？一世紀來累積的污漬？之前在這房間住過的所有女人的痕跡？

「老天，」瑞卓利說，「如果愛好清潔是僅次於虔誠的美德，那這個女人真是個聖人。」

莫拉走到窗前的書桌，那裡有一本攤開的書。《愛爾蘭的聖布麗姬傳》。她想像卡蜜兒在這張乾淨的書桌前閱讀，照進窗內的光在她精緻的五官上嬉戲著。她很好奇，在溫暖的日子裡，卡蜜兒是否會摘下她初學修女的白頭巾，坐在這裡，讓透進窗內的微風吹過她剪短的金髮。

「這裡有血。」佛斯特說。

莫拉轉身，看到佛斯特站在床邊，低頭看著弄皺的床單。

瑞卓利把床罩往後拉，露出鋪底床單上一些鮮紅的污漬。

「經血。」莫拉說，然後看到佛斯特紅著臉轉身。碰到女人身體功能的私密細節，就連已婚男人也還是會很尷尬的。

外頭有敲鐘聲傳來，莫拉的目光又轉向窗外。她看到一個修女從建築物裡走出來，要去打開大門。四個穿著黃色連身雨衣的訪客走進庭院。

「鑑識人員來了。」莫拉說。

「我下去跟他們會合。」佛斯特說，離開了房間。

凍雨還在下，滴答敲著窗玻璃，一層霧凇使得下頭庭院的視野模糊不清。隔著朦朧的玻璃，莫拉看到佛斯特走出去迎接那些鑑識人員。新的入侵者，褻瀆了這個修道院的聖潔。而在牆外，還有其他人等著要入侵。她看到一輛電視新聞轉播車緩緩駛經大門外，毫無疑問在用攝影機拍。他們怎麼這麼快就找來這裡？死亡的氣味有這麼強烈嗎？

她轉身看著瑞卓利。「珍，你是天主教徒，對吧？」

瑞卓利從鼻子哼了一聲，一邊翻看著卡蜜兒的衣櫃。「我？教義問答被死當了。」

「你是什麼時候開始不信上帝的？」

「大概就是我開始不相信有聖誕老公公的時候吧。根本沒撐到堅信禮，搞得我爸到今天還是想到就火大。耶穌啊，這個衣櫃真無聊。我想想，今天應該穿黑色還是褐色的修女袍？為什麼會有精神正常的年輕女孩想當修女？」

「修女也不是非穿修女袍不可。第二次梵諦岡大公會議就改掉規定了。」

「是啊，但是守貞的那部分還是沒改。想像一下，你這輩子再也沒有性生活了。」

「不曉得，」莫拉說，「不必再去想男人，可能也是個解脫。」

「我不確定有這個可能。」她關上衣櫃門，緩緩掃視著房間，尋找……什麼？莫拉很好奇。了解卡蜜兒性格的鑰匙？她人生為何結束得如此年輕、如此殘忍的解釋？但莫拉看不出這個房間裡有什麼線索。這是一個極其乾淨的房間，清除掉主人的所有痕跡。這個，或許就是有關卡蜜兒個性的最有力線索。一個年輕女子總是在洗刷，總是要去除塵埃，去除罪孽。

瑞卓利走到床邊，跪趴到地上檢查床底下。「老天，這下頭好乾淨，都可以把食物放在上頭吃了。」

大風搖撼著窗子，凍雨嘩啦砸在窗玻璃上。莫拉轉身過來，看著窗外下方的佛斯特和鑑識人員穿過庭院，朝禮拜堂走去。其中一個鑑識人員忽然在石砌地面滑了一下，雙手像個溜冰選手似的往外甩，掙扎著不要摔倒。我們全都掙扎著不要摔倒，莫拉心想，我們抗拒著誘惑的拉力，就像抗拒地心引力一般。然後等到我們終於跌倒，總是覺得很驚訝。

那批人馬進入禮拜堂，莫拉想像著他們沉默地站成一圈，往下凝視著娥蘇拉修女的血，他們呼出的氣形成一縷縷白煙。

她身後傳來砰地一響。

她轉身，警覺地看到瑞卓利坐在翻倒的椅子旁，頭埋在兩腿膝蓋間。

「珍，」莫拉在她旁邊跪下來。「珍？」

瑞卓利搖搖手打發她。「我沒事。我沒事……」

「發生了什麼事？」

「我只是……我想我起身太急了。只是有點暈眩……」瑞卓利想直起身子，然後又立刻垂下頭。

「你應該躺下來。」

「我不用躺下來。給我一分鐘，讓我腦袋清醒一下就好。」

莫拉想起在禮拜堂時，瑞卓利的臉色就不太好，她的臉太蒼白，她的嘴唇泛黑，當時莫拉還以為是因為太冷。但現在這個房間很溫暖，瑞卓利看起來還是同樣疲倦。

「你今天早上吃了早餐嗎？」莫拉問。

「呃……」

「你不記得了？」

「記得，我吃了，算是吧。」

「什麼意思？」

「吃了一片吐司麵包，行嗎？」瑞卓利甩掉莫拉的手，不耐煩地拒絕任何協助。就是這種強烈的自尊，搞得她有時候很難相處。「我想我得了流行性感冒了。」

「你確定只是這樣？」

瑞卓利拂開面前的頭髮，緩緩坐直身子。「確定。而且我今天早上不該喝那麼多咖啡的。」

「你喝了多少？」

「三杯——或許四杯。」

「那不是喝太多了嗎？」

「之前我需要咖啡因。但現在那些咖啡在我胃裡燒出一個洞了。我好想吐。」

「我陪你到洗手間。」

「不用了。」瑞卓利揮手拒絕她。「我自己去就可以，好嗎？」她緩緩起身，站了一會兒，好像不太確定自己能站穩。然後她挺直肩膀，帶著一絲昔日慣有的神氣步態，走出房間。

大門的敲鐘聲又把莫拉吸引回到窗前。她看著那個老修女再度從建築裡走出來，拖著腳步走過卵石地面去應門。新來的訪客不必解釋自己的來訪目的；修女立刻打開大門。一個穿著黑色長大衣的男人走進庭院，一手搭在那修女的肩膀上。那手勢既是安慰，也是表示熟悉。他們一起走向建築物，男人放慢腳步，配合修女罹患關節炎的步伐，他朝她低著頭，似乎深怕聽漏她講的任何一個字。

穿過庭院途中，他忽然停下來往上看，彷彿感覺到莫拉正在觀察他。

那一瞬間，他們的目光隔著窗玻璃相遇。她看到一張清瘦而俊美的臉，一頭黑髮被風吹亂了。而且她看到一抹白色，塞在豎起的黑色大衣領子裡。

他是神父。

剛剛歐提斯太太跑來說布洛菲神父正要趕過來時，莫拉還想像這位神父會是個滿頭灰髮的老人。但眼前這個抬頭看著她的男子很年輕，不會超過四十歲。

他和修女繼續往前，走進了修道院建築內，再也看不到了。庭院裡再度空無一人，但雪地留下了那個早晨所有人走過的痕跡。停屍間人員很快就會帶著擔架趕來，在雪地加上更多腳印。

她深吸一口氣，很不情願要再回到那個寒冷的禮拜堂，面對往下的工作。她離開房間，下樓去等待她的同事抵達。

3

珍・瑞卓利站在浴室洗手台前，瞪著鏡中的自己，非常不滿意。她忍不住把自己和高雅的艾爾思醫師比較，那位醫師總是尊貴、平靜，而且泰然自若，每根黑髮都在正確的位置，完美無瑕的皮膚上一抹亮紅的唇膏。而瑞卓利的頭髮則亂得像個報喪女妖，好大一團捲曲的黑髮，底下那張臉蒼白而憔悴。這不是我，她看著鏡子心想。我不認得鏡子裡的這個人。我是什麼時候變成這個陌生人的？

又一陣嘔吐感忽然湧上來，她閉上眼睛抗拒著，使盡全力搏鬥，彷彿這是性命交關的大事。然而，只憑意志力仍無法壓制必然發生的結果。她一手摀住嘴，衝向最接近的一間廁所，勉強來得及。等到她胃裡的東西都吐光了，她還是低頭湊在馬桶邊，不敢離開這個小隔間。她心想：一定是得了流行性感冒了。拜託，希望是感冒。

當嘔吐感終於過去，她筋疲力盡坐在馬桶上，往旁斜靠著小隔間的側牆。她想著自己眼前要做的工作。有那麼多人要訪談，想到要設法從這些震驚而沉默的女人身上挖出任何有用的資訊，就讓人覺得挫敗。最糟糕的是，還得無所事事站在旁邊，看著鑑識組的人員執行他們顯微鏡等級的尋寶活動。以往她總是最熱心搜尋證據的人，總是想找出更多，總是想搶每個犯罪現場的主導權。但現在她卻在這裡，躲在廁所的小隔間內，不願意回到她以往總是竭力爭取要去的、最忙碌的犯罪現場。她真希望自己可以一直躲在這裡，舒適而寧靜，不會有人看到她臉上的騷動。她很好奇剛剛艾爾思醫師已經看出了多少；或許根本沒有。艾爾思似乎總是對死人比對活人有興趣，而且每當她來到兇殺案的犯罪現場時，能支配她注意力的，就是屍體。

終於，瑞卓利站起來，走出隔間。現在她覺得腦袋比較清醒，也不再反胃難受。昔日的瑞卓利又悄悄回魂了。到了洗手台，她掬起冰涼的水漱口，沖掉嘴裡的酸味，然後又潑些水到臉上。振作起來，別那麼窩囊。要是讓男人看到你盔甲上有個洞，他們就會瞄準那裡拚命射擊。向來如此。她抓了一張紙巾擦乾臉，正要丟進垃圾桶時，忽然停下來，想起卡蜜兒修女的床，以及床單上的血。

那垃圾桶大概半滿，在成堆揉皺的紙巾裡，有一個衛生紙包住的小包。她忍住反感，把那個小包打開來。雖然已經知道裡面包的是什麼，但看到另外一個女人的經血，還是讓她驚跳一下。她對血早已司空見慣，而且剛剛才見過卡蜜兒屍體底下的一大灘血。但是看到這片衛生棉，卻讓她遠遠更為震撼。這片衛生棉溼透了，很沉重。這就是為什麼你下了床，她心想。兩腿之間流滲出來的暖意，還有床單的潮溼。你起床來到洗手間換衛生棉，把這塊溼透的扔在垃圾桶裡。

然後……然後你做了什麼？

瑞卓利走出洗手間，回到卡蜜兒的寢室。艾爾思醫師離開了，於是瑞卓利獨自在房間裡，皺眉看著染了血的床單，一片鮮紅出現在這個沒有色彩的房間。她走到窗前，往下看著庭院。

庭院裡那片凍雨和雪所形成的凝結表面上，現在有好幾道足跡。在大門外頭，又有一輛電視新聞轉播車停在牆邊，正在設定衛星傳送。死亡修女的報導，直接播送到你家客廳。一定會成為五點新聞的頭條，她心想；我們都對修女很好奇。發誓守貞，隱居在修道院的牆內，每個人都很好奇在那層修女服之下藏著什麼。激起我們興趣的是禁慾的部分；任何人要是打算對抗人類各種衝動中最強有力的那個，刻意棄絕生來該滿足的慾望，總會令我們感到好奇。修女的純潔度，反倒使得她們更加誘人了。

瑞卓利的目光掠過庭院，轉向禮拜堂。我現在應該在那裡的，她心想，我應該陪著鑑識組人員一起發抖，而不是逗留在這個有漂白水氣味的房間裡。但只有從這個房間，瑞卓利才有辦法看到卡蜜兒在一個昏暗冬日清晨從洗手間回來時，所必然看到的景象。她會看到燈光，透出禮拜堂的彩繪玻璃窗。

那裡不該有燈光的。

莫拉站在一邊，看著兩個停屍間人員打開一張乾淨的白布，輕柔地把卡蜜兒修女放上去。她看過運屍小組在其他現場搬動其他屍體。有時候他們就是當成例行公事，有時候還會帶著明顯的嫌惡。但偶爾一回，她會看到他們搬動被害人時特別溫柔。年幼的兒童會受到這種待遇，他們小小的腦袋被小心托住，靜止的軀體輕柔滑入屍袋。卡蜜兒修女所得到的，也是同樣的溫柔、同樣的哀傷。

莫拉幫忙把禮拜堂打開的門扶著，讓他們推著擔架出去，然後跟在後頭走向大門。牆外的新聞媒體群集，攝影機準備好要捕捉悲劇的典型畫面：擔架上的屍體，塑膠屍袋裡裝著一個明顯的人類形體。雖然一般大眾看不到被害人，但他們會聽說她是一位年輕女孩，而且會看著那個屍袋、在心裡解剖那具屍體。他們無情的想像力會侵犯卡蜜兒的隱私，那是莫拉的解剖刀永遠無法辦到的。

擔架推出修道院大門時，成群記者和攝影師都湧上來，不理會那位巡邏警員喊著要他們後退。

最後是神父終於設法控制住人群。一身黑衣、氣勢莊嚴的他大步走出大門，進入人群中，他憤怒的聲音壓下了混亂的嘈雜聲。

「這位可憐的修女有資格得到你們的尊重！你們就拿出一點敬意來吧。讓她過去！」

就連記者有時也可能會感到羞愧的，其中幾個就後退，讓搬運人員通過了。但是擔架送上車時，電視攝影機仍持續拍攝著。現在那些貪婪的攝影機轉向他們的下一個獵物：莫拉，她才剛溜出大門，正朝自己的車子走去，身上的大衣拉得好緊，彷彿那樣可以防止她被別人注意到。

「艾爾思醫師！你要發表聲明嗎？」

「死因是什麼？」

「有任何證據顯示這是性侵嗎？」

隨著記者的逼近，莫拉急忙翻出皮包裡的車鑰匙，按下遙控器解開車子的門鎖。她才剛打開車門，就聽到有人喊她的名字。但這回，那聲音充滿驚慌。

她回頭看，發現一個男人四肢大張躺在人行道上，幾個人彎腰圍著他。

「這裡有個攝影師倒下了！」一個人喊道，「趕快叫救護車！」

莫拉甩上車門，趕忙來到那個倒下的男人身旁。「發生了什麼事？」她問，「他滑倒了嗎？」

「不是，他剛剛正在跑——就忽然暈倒了——」

莫拉蹲在那男人側邊。他們已經把他翻過來呈仰天姿勢，她看到一個五十來歲的壯碩男子，臉色灰暗。他旁邊的雪地上，有一部印著WVSU字樣的電視攝影機。

他沒有呼吸了。

她扶著他的腦袋往後傾斜，好讓他肥胖的脖子伸展，打開氣道。然後她自己身體前傾，開始幫他做人工呼吸。走味的咖啡和香菸的氣味簡直令她作嘔。她想到肝炎和愛滋病和各種可以經過體液傳染的可怕病症，然後逼自己用嘴巴封住他的。她吹了一口氣，看到他的胸膛鼓起，表示他的肺部注入空氣。她又吹了兩口氣，去探他頸動脈的脈搏。

完全沒有。

她正要拉開那男人夾克的拉鍊，但另外一個人已經幫她弄好了。她抬頭看到那個神父跪在她對面，兩隻大手現在正在摸索那個男人的胸部找位置。他把手掌放在胸骨上方，然後看著她，以確認自己應該開始做胸部按壓。她看著那對亮藍的眼睛裡顯現出堅定的決心。

「開始按壓，」她說，「動手吧。」

那神父開始前傾下壓，隨著施力而大聲計數，好讓她抓準時間吹氣。「一千零一。一千零二……」他的聲音不慌不忙，只是平穩地數著，顯然非常內行。她不必指導他；他們兩個人像老搭檔一樣合作無間，中間還兩度交換位置，好讓對方喘口氣。

等到救護車抵達時，莫拉跪在雪地裡的長褲正面已經溼透了，而且儘管天氣很冷，她還是滿身大汗。她四肢僵硬站起來，筋疲力盡地看著急救人員插入靜脈注射針，做氣管插管，然後把擔架抬上救護車。

那個男人掉地的電視攝影機，現在由另一個WVSU的員工在操作。莫拉看著記者們包圍著救護車，心想，表演還是得繼續下去，即使現在的報導焦點是有關你自己的同事倒下。

她轉向站在她旁邊的神父，他的長褲膝蓋處也被融雪浸溼了。「謝謝你幫忙，」她說，「我想你以前做過心肺復甦術吧。」

他微笑，聳聳肩。「只對塑膠假人做過，沒想到真有一天會用上。」他伸出手來跟她握手。「我是丹尼爾．布洛菲。你是法醫嗎？」

「莫拉．艾爾思。這裡是你的堂區？」

他點頭。「我的教堂就在三個街區外。」

「是的，我看過。」

「你認為那個人能救活嗎？」

她搖搖頭。「心肺復甦術進行了那麼久，都還沒有脈搏，往後的預估不會樂觀。」

「但是他有活下去的機會吧？」

「不太大。」

「即使如此，我願意相信我們發揮了作用。」他看了那些還包圍著救護車的電視記者們一眼。「我陪你走過去開車吧，這樣你就可以順利離開，不會有攝影機湊到你面前。」

「接下來他們就會去追你。我希望你準備好了。」

「我已經答應要發表聲明。雖然我其實不曉得他們希望從我這裡聽到什麼。」

「他們是食人族，布洛菲神父。他們希望至少拿到你的一磅肉。如果有辦法的話，最好是十磅。」

他大笑。「那我應該警告他們，我的肉有很多筋，不好吃。」

他陪著她走到車子旁邊。她的溼長褲黏在腿上，纖維已經在寒風中凍硬了。等她回到驗屍處，就得換上刷手服，把長褲掛起來晾乾。

「如果我要發表聲明，」他說，「有什麼我該知道的嗎？任何你可以告訴我的？」

「你得去找瑞卓利警探談。負責偵辦的是她。」

「你認為這是孤立的個別事件嗎？其他堂區該擔心嗎？」

「我負責調查的對象是被害人，不是攻擊者。我沒辦法告訴你兇手的動機。」

「這些修女年紀大了。她們沒辦法反擊的。」

「我知道。」

「所以我們要怎麼告訴她們？這些住在修道院裡的修女？說她們即使有圍牆保護，也還是不安全？」

「我們沒有人是完全安全的。」

「這可不是我想給她們的答案。」

「但這是她們必須聽的答案。」她打開車門。「我是在天主教環境裡長大的，神父。我以前一直以為修女是不會被傷害的，但我剛剛看到了卡蜜兒修女所發生的事情。如果這種事有可能發生在一個修女身上，那麼就沒有人是不會被傷害的了。」她上了車。「希望你對付媒體順利。我很同情你。」

他幫她關上車門，站在那裡隔著車窗看她。儘管那張臉很俊美，但吸引她目光的，卻是神職人員所戴的白領。這麼一道窄窄的白領，把他和其他所有人隔開。讓他變得無法觸及。

他舉起手揮動，然後回頭看著那群已經朝他逼近的記者。她看到他挺直身子，深吸一口氣。然後他邁開大步，迎向他們。

「鑑於大體解剖的發現，以及死者過往的高血壓病史，我認為這位死者是自然死亡。最可能的事件發生順序是：死亡前二十四小時之內，發生了一次急性心肌梗塞，接著發生了心室性心律不整，也就是最終事件。推測死因：急性心肌梗塞引起的致命心律不整。口述者莫拉・艾爾思醫師，麻州法醫處。」

莫拉關掉口述錄音機，低頭看著預先印出來的圖表，她之前在上頭記錄了山繆・奈特屍體上的重大標記。割盲腸的舊疤痕。臀部和雙腿下側的屍斑，是因為他坐在床上死去、接下來好幾個小時血液沉積所形成的。奈特先生在他旅館房間裡的臨終時刻沒有目擊者，但莫拉可以想像他心裡想過什麼。胸口忽然一陣不規則的顫動。或許他意識到顫動的是心臟，因而恐慌了幾秒鐘。然後整個世界逐漸變黑。你是比較簡單的，她心想。迅速口述一下，奈特先生就可以擱在一邊。他們短暫認識的收場，將會是她在驗屍解剖報告上簽下自己的名字。

她的收件箱裡還有更多報告，一疊口述報告的抄錄稿需要她校訂、簽名。在冰櫃裡，還有另一具新的屍體等著和她進一步認識：卡蜜兒・麥基尼斯，她的解剖排定在明天早上九點進行，屆時瑞卓利和佛斯特也會來參加。莫拉翻閱著那些口述報告的抄錄稿，一邊在紙頁邊緣修改，但心裡還一邊想著卡蜜兒。她早上在禮拜堂裡感受到的寒冷依然逗留不去，她坐在桌前工作時，身上也還穿著毛衣，以抵禦記憶中的那股寒意。

她站起來，去摸一下她掛在暖氣片上的羊毛料長褲乾了沒有。差不多了，她心想，迅速解開腰部的繫繩，脫掉她穿了一下午的刷手服褲子。

回到椅子上，她靜坐了一會兒，看著牆上的花卉複製畫。為了抵消掉這份工作令人沮喪的感受，她當初裝潢辦公室時，挑的東西都是讓人聯想到生，而不是死。一盆榕屬植物放在房間的角落，莫拉和露易絲都長期細心呵護。牆上掛著裱框的花卉圖：一幅由白牡丹和藍鳶尾組成的花束。另一幅是一把插瓶的百葉薔薇，花瓣濃密得把花莖都壓得下垂。當她辦公桌上那疊檔案變得太高，當死亡的重量似乎大得令人不堪負荷，她就會抬頭看那些花卉圖，想著她的花園，想著肥沃土壤的氣味和春日青草的鮮綠。她會想到萬物生氣勃勃，而不是垂死的、腐敗的事物。

但在這個十二月天，春天似乎遙遠得前所未見。凍雨輕敲著窗戶，她想到要回家就很擔心。不曉得市政府是不是在馬路上撒鹽了，不曉得那些路面是否還像是一片溜冰場，讓汽車像冰上曲棍球似的在上頭滑行。

「艾爾思醫師？」露易絲透過對講機說。

「什麼事？」

「有一位班克斯醫師打電話來要找你。在一線。」

莫拉整個人僵住不動。「是……是維克多．班克斯醫師嗎？」她輕聲問。

「是的。他說他是『一個地球國際組織』的人。」

莫拉什麼都沒說，雙眼盯著電話，兩手放在辦公桌上不動。她幾乎聽不到凍雨敲擊窗子的聲音，只聽到自己心臟跳得好厲害。

「艾爾思醫師？」

「他是打長途電話嗎？」

「不是。他之前留過話，說他住在柱廊飯店。」

莫拉吞嚥了一下。「我現在沒辦法接電話。」

「他打來第二次了。他說他認識你。」

沒錯，他當然認識我。

「他上回打來是什麼時候？」莫拉問。

「今天下午，你還在犯罪現場的時候。我把留話放在你桌上了。」

莫拉發現有三張表示她不在時留話的粉紅色便條紙，放在一疊檔案後頭被遮住了。她拿起其中一張看。*維克多．班克斯醫師。下午十二點四十五分來電。*她瞪著那個名字，胃裡翻騰起來。為什麼是現在？她想不透。這麼多個月過去了，為什麼你忽然打電話來？你憑什麼覺得你可以再度回到我的人生裡？

「我要怎麼跟他說？」露易絲問。

莫拉深吸一口氣。「跟他說我會回電。」*等到我準備好再說吧。*

她把那張粉紅色便條紙揉成一團，丟進垃圾桶。過了一會兒，她還是沒法專注在眼前的報告上，於是站起來，穿上大衣。

看到她走出辦公室且已經收拾好要離開，露易絲顯得很驚訝。莫拉通常是最晚走的人，幾乎從來不曾在五點半之前離開。現在才剛過五點，露易絲自己也才關掉電腦準備要下班。

「我想早點走，免得塞車太嚴重。」莫拉說。

「我想現在已經太晚了。你看到天氣有多糟嗎？市政府大部分單位都提早下班了。」

「這是什麼時候的事情？」

「四點。」

「那你怎麼還在這裡？你早該回家了。」

「我先生要來接我。我的車子送修了，你還記得吧？」

莫拉皺了一下臉。是啊，露易絲早上提過車子送修的事情，但她當然忘了。一如往常，她的心思總是太專注在死者身上，對生者的聲音不夠留意。看著露易絲在脖子上圍了一條圍巾，穿上大衣，莫拉心想：我花在傾聽的時間不夠多。我沒趁著人們活著的時候，撥出時間多認識他們。即使在法醫處已經工作一年了，她對這位秘書的私人生活還是所知甚少。她沒見過露易絲的丈夫，只知道他叫維能。她想不起他在哪裡工作，也不記得他是做哪一行的。一部分也是因為露易絲很少跟她提起自己的私人生活。這是我的錯嗎？莫拉納悶著。她感覺到我根本不愛聽，感覺到我面對解剖刀和口述錄音機時、比跟身邊的人相處更自在嗎？

她們一起沿著走廊，走向通往員工停車場的出口。沒有閒聊，只是兩個平行的旅人，走向同樣的目的地。

露易絲的先生正在自己的車上等她，擋風玻璃上的雨刷在凍雨中迅速擺動著。露易絲和她丈夫開車離去時，莫拉揮手道別，然後她看到維能一臉困惑的表情，他大概很好奇這個女人是誰，揮著手一副很了解他們的模樣。

其實她並不真正了解任何人。

她走向停車場另一頭，溜滑著走過結冰的柏油地面，刺人的凍雨逼得她低下頭。在這一天結束之前，她還有一個地方要去，還有一個責任要履行。

她駛向聖方濟醫院，去探查娥蘇拉修女的狀況。

儘管多年前實習之後，她就沒在醫院病房工作過，但是最後一次在加護病房輪班的不愉快記憶依然鮮明。她還記得那些慌張的時刻，努力在睡眠不足的迷霧中思考。她還記得有天夜裡，三個病人在她值班時死掉了，忽然間一切都出了錯。直到現在，她踏入加護病房，依然覺得過往那些古老的責任和古老的失敗還糾纏著她，陰魂不散。

聖方濟醫院的外科加護病房有個中央護理站，周圍環繞著十二個隔間。莫拉來到職員櫃檯前，出示她的服務證。

「我是法醫處的艾爾思醫師。你們有一位病人娥蘇拉．羅蘭修女，我可以看一下她的病歷嗎？」

那個職員表情困惑地看著她。「可是那個病患還沒過世啊。」

「瑞卓利警探要求我來看一下她的狀況。」

「喔，她的病歷就在那邊的小格子裡。十號。」

莫拉走到那排格架，抽出十號病床的鋁板病歷夾。翻開來，裡頭是手術報告初稿。那是一份手寫的摘要，由神經外科醫師在手術剛結束後寫的：

「找到大塊硬腦膜下血腫，已將血水引流清除。右顱頂骨開放性粉碎骨折已清創、抬高。硬腦膜撕裂已合起。完整手術報告已口述。詹姆斯．袁醫師。」

接著她去看護士寫的，瀏覽了病患在手術後的進展。有靜脈注射的甘露醇和來適泄，加上強迫換氣，顱內壓已經穩定下來。看起來所有能做的都做了；現在就只能等，看會造成多少神經系統的損傷。

她拿著病歷夾，走向十號病床的隔間。坐在門外的警察認出她來，點了個頭。「嘿，艾爾思醫師。」

「病人狀況怎麼樣？」她問。

「大概還是老樣子。我想她還在昏迷中。」

莫拉看了一下緊閉的布簾。「裡頭還有誰？」

「醫師們。」

她敲敲門框，然後進入布簾內。兩名男子站在床邊。一個是高大的亞洲人，一對銳利的深色眼珠，滿頭濃密的銀髮。莫拉猜想他是神經外科醫師，然後看到他的名牌：袁醫師。站在他旁邊的那名男子比較年輕——三十來歲，白袍底下的肩膀很壯碩。長長的金髮在腦後綁成整齊的馬尾。簡直像是羅曼史小說的男主角從書裡走出來，莫拉心想，打量著那男人曬黑的臉和深邃的灰色眼珠。

「很抱歉闖進來，」她說，「我是艾爾思醫師，法醫處的。」

「法醫處？」袁醫師說，一臉不解。「你會不會來得太早了？」

「負責這個案子的警探託了我，要我過來看一下這位病人的狀況。另外還有一個被害人，你知道。」

「是的，我們聽說了。」

「我明天會驗屍，想比較一下這兩位被害人受傷的模式。」

「我想你在這裡看不到什麼。因為現在已經動過手術了。去看她入院時拍的X光片和頭部掃描，應該會比較有收穫。」

她低頭看著病人，不得不同意袁醫師的意見。娥蘇拉的頭部包著厚厚的繃帶，她的傷口現在經由外科醫師修補過，已經改變了。重度昏迷，接上了人工呼吸器。不同於纖瘦的卡蜜兒，娥蘇拉是個大塊頭，骨頭大而結實，一張平凡的圓臉像典型的農婦。靜脈注射的管線插入她多肉的臂膀。她的左手腕有個醫療警示手環，上面刻著「對盤尼西林過敏」。右手肘有一道粗醜的白疤，顯然是以前舊傷留下的痕跡，縫合得很糟糕。莫拉很好奇，是在海外工作時留下的紀念品嗎？

「我在手術室已經盡力做了能做的一切。」袁醫師說，「現在我們就祈禱薩克里夫醫師能防止任何醫療上的併發症。」

她看著那個綁馬尾的醫師，對方朝他點了個頭，露出微笑。「我是馬修．薩克里夫，她的內科醫師。」他說，「她好幾個月沒來看病了。我也是沒多久之前，才曉得她住進醫院了。」

「你知道她侄子的電話號碼嗎？」袁醫師問他。「他之前打給我的時候，我忘了問他。他說他會去找你談。」

薩克里夫點點頭。「知道。由我來跟她的家屬聯絡會比較單純。我會負責聯繫，把她的狀況告訴他們。」

「她的狀況如何？」莫拉問。

「我想算是穩定吧。」薩克里夫說。

「那神經外科方面呢？」莫拉問，看著袁醫師。

他搖搖頭。「現在還太早，沒辦法判斷。手術進行得很順利，但我剛剛也告訴薩克里夫醫師，即使她恢復意識——其實她非常可能不會醒過來了——也或許不會記得任何攻擊的細節。頭部受傷的病患常會有逆行性失憶症。」他低頭看一眼自己正在響的呼叫器。「對不起，不過我得去回應這個呼叫。薩克里夫可以提供你有關她的醫療病史。」然後他迅速走了兩大步，就出了病房門了。

薩克里夫把自己的聽診器遞向莫拉。「如果你想要的話，可以自己檢查她。」

她接過聽診器，來到床邊。一時之間，她只是看著娥蘇拉的胸膛起伏。她很少檢查活人；這會兒還得暫停一下，回想自己的看診技巧，清楚意識到薩克里夫醫師在旁邊，會看到她檢查一個還有心跳的身體時，感覺有多麼生疏。薩克里夫站在床頭，寬闊的肩膀和熱切的眼神令人無法忽視。他看著她拿出小手電筒照向病患的眼睛，然後對脖子進行觸診，她的手指滑過溫暖的皮膚。跟冰過的肌膚截然不同。

她暫停下來。「右邊沒有頸動脈脈搏。」

「什麼？」

「左邊的脈搏很強，但是右邊沒有。」她去拿病歷夾，翻到手術筆記。「啊，麻醉醫師在這裡寫了：『病患缺了右邊的頸總動脈。很可能是一般的解剖結構變異。』」

他皺眉，古銅色的臉發紅。「這件事我都忘了。」

「所以這個狀況以前就發現了？她這一側沒有脈搏？」

他點點頭。「先天的。」

莫拉把聽診器塞到耳朵，拉起病人袍，露出娥蘇拉龐大的乳房。儘管已經六十八歲了，她的皮膚依然蒼白而年輕。穿了幾十年的修女服，讓她的皮膚免於陽光照射的老化效果。她把聽診器的膜面按在娥蘇拉的胸部，聽到了穩定、有力的心跳聲。這是倖存者的心臟，持續輸送著血液，沒被打敗。

一名護士探頭進來。「薩克里夫醫師？X光室打電話來，說手提X光機拍的胸部片子已經處理好，你可以下去看了。」

「謝謝。」他看著莫拉。「如果你想看的話，我們也可以看到頭骨的片子。」

他們下樓時，一起搭電梯的還有六個年輕的護士，青春的臉龐和發亮的頭髮，彼此間咯咯笑著，同時一臉仰慕地朝薩克里夫醫師猛看。儘管這位醫師充滿吸引力，但他似乎對護士們的注目渾然不覺，凝重的雙眼只盯著改變的樓層號碼。醫師白袍的魅力，莫拉心想，回憶起自己十來歲時，在舊金山聖路加醫院當義工的那幾年。對當時的她來說，醫師似乎是不可觸及、不容質疑的。現在她自己也成了醫生，她太清楚那件白袍無法防止她犯錯，無法讓她永遠正確。

她看著那些護士身穿潔淨筆挺的制服，想著自己十六歲的時候——不像這些女孩會咯咯笑，而是安靜且嚴肅。即使當時，她就意識到人生的幽暗音調，本能地就被其中的小調旋律所吸引。

電梯門打開，那些護士們走出去，一群粉紅和白色的歡樂女郎消失了，電梯裡只剩莫拉和薩克里夫。

「她們搞得我好累，」他說，「活力太充沛了。我真希望我能有她們的十分之一，尤其是在待命一整夜之後。」他看了莫拉一眼。「你常常碰到嗎？」

「夜間待命？我們會輪流。」

「我猜想你的病人不會指望你很快趕過去。」

「不像你們這裡的生活，就像活在戰壕裡。」

他笑了，整個人忽然變成了一個金髮的衝浪少年。「戰壕裡的生活。有時候感覺就是這樣，在前線。」

X光片已經放在服務櫃檯等他們了。薩克里夫拿著那個大信封走進看片室，把第一套片子夾上燈箱，按了開關。

燈箱的光亮了，照出一個頭骨的影像。骨頭上有一道道閃電般交織的裂紋。她看得出兩個不同的敲擊點。第一記落在右顳骨，於是形成一道細細的裂紋，往耳朵方向伸展。第二記力道比較大，落在第一記後方，把頭骨頂部往下擠壓，於是骨頭朝內碎裂。

「他第一記是擊中她的頭部側面。」她說。

「你怎麼看得出來那是第一記？」

「因為第二記所造成的這些裂紋，在碰到第一條裂紋時，就停止了，沒再往下延伸。」她指著那些裂紋。「這些線連上第一條裂紋時，就會停止，看到了沒？因為打擊的力量無法延伸到縫隙之外。這表示打到右太陽穴的是第一記。或許她剛好在轉身。也或許她沒看到他，這一記是從側面擊中的。」

「他出其不意攻擊。」薩克里夫說。

「而且這一記就足以讓她站不穩。然後第二記落下來，在前一記的後方，就在這裡。」她指著第二道裂紋。

「這一記比較重，」他說，「把頭骨頂往下壓。」

他拿下那些頭骨的片子，放上電腦斷層掃描片。這些片子可以看到頭骨內部，秀出腦子的各種切面。他看到破裂血管滲血所形成的一個血囊。上升的壓力會擠壓腦部。這個傷有可能造成像卡蜜兒那樣的致命效果。

但是每個人的身體構造和忍耐力都不一樣。年輕得多的卡蜜兒被這些傷壓垮了；娥蘇拉的心臟卻仍持續跳動，她的身體不願意屈服。這不是奇蹟，只不過是造化弄人，就像新聞裡那個從六樓窗口掉下來的小孩，身上竟然只有擦傷而已。

「我真想不到，她居然能活下來。」他喃喃道。

「我也想不到。」她看著薩克里夫。燈箱的光照著他半邊臉，掠過他稜角分明的臉頰。「這些敲擊是存心要置人於死地的。」

4

卡蜜兒．麥基尼斯有年輕的骨骼，莫拉心想，望著掛在停屍間燈箱上頭的X光片。歲月還沒有磨蝕掉這位初學修女的關節，也沒有壓緊她的脊椎骨，或鈣化她肋骨上頭的肋軟骨。而且現在永遠不會了。卡蜜兒將會埋進泥土裡，她的骨骼會永遠停留在年輕狀態。

吉間已經在衣服完全沒脫時拍好了X光片，這是標準程序，以防可能會有子彈碎片或其他金屬物嵌在衣服裡。除了十字架，還有胸部幾枚顯然是安全別針之外，X光片上看不到其他金屬。

莫拉把軀幹的X光片拉下來，那些僵硬的X光片在她手中彎曲時，發出一個音樂般的乒聲。然後她拿出頭骨的片子，卡進燈箱的夾子裡。

「耶穌啊。」佛斯特警探咕噥道。

頭骨的毀損狀況令人驚駭。有一記敲擊非常重，使得頭骨的碎片都嵌進腦部，遠低於周圍頭骨的高度。雖然莫拉還沒動刀，但她已經可以預見到顱內的損傷了。破裂的血管，充滿出血的小囊。還有腦部，因為血壓增高而造成腦疝。

「跟我們解說吧，醫師，」瑞卓利簡單扼要地說。她今天早上氣色比較好了，走進停屍間時邁著她慣常的輕快步伐，又回復到以往的女戰士姿態。「你看到了什麼？」

「總共有三次不同的敲擊，」莫拉說，「第一次擊中這裡，在頭頂。」她指著一條斜穿的裂痕。「隨後的兩次是在後腦。我的猜想是，她此時臉朝下。無助地趴在地上。最後一記敲擊打碎了她的頭骨。」

這個收場殘酷得讓她和兩位警探都沉默了好一會兒，想像著那個倒地的女人，臉壓著石砌地板。攻擊者舉起胳膊，手裡抓著致死武器。敲碎骨頭的聲音打破禮拜堂裡的寂靜。

「就像用棍子打死一隻小海豹。」瑞卓利說，「她一點機會也沒有。」

莫拉轉向解剖台，卡蜜兒．麥基尼斯躺在上面，身上還穿著被血染透的修女服。「我們幫她脫掉吧。」

戴上手套、穿著實驗袍的吉間站在旁邊等，像解剖室裡面的鬼魂。他已經沉默而有效率地擺好一盤工具，把燈光調整到適當的角度，同時準備好標本容器。莫拉幾乎都不必開口；只要一個眼神，他就能看穿她的心思。

首先是脫掉那雙很醜但實用的黑色皮鞋。然後他們暫停一下，看著被害人穿了很多層的衣服，準備進行一項他們從沒有嘗試過的任務：脫掉修女的衣服。

「應該先拿掉胸巾。」莫拉說。

「什麼是胸巾？」佛斯特問。

「胸前的小披肩。但是我沒看到正面有任何釦子，X光上頭也沒看到任何拉鍊。我們把她翻成側躺，來檢查她的背面吧。」

已經進入屍僵狀態的屍體輕得像個兒童。他們把她往側邊翻，莫拉動手拉開胸巾的邊緣。

「魔鬼氈。」她說。

佛斯特驚笑一聲。「你在開玩笑吧。」

「中世紀遇上現代。」莫拉拆下胸巾，折好了，放在旁邊一塊塑膠布上。

「無論如何，這樣讓人很失望。修女居然用魔鬼氈。」

「你希望她們維持中世紀的樣子？」瑞卓利說。

「我只是以為她們會比較傳統。」

「我不想害你幻滅，佛斯特警探，」莫拉說，一邊拿掉十字架和項鍊。「但是這個時代，有些修道院甚至有自己的網站了。」

「啊，老天。上網的修女，真是想不到。」

「接下來應該就輪到聖衣了，」莫拉說，指著從肩膀到小腿的那件無袖罩袍。她小心翼翼地把聖衣拉到被害人的頭部以上。那布料染了血，變得很僵硬。她把這件衣服放在另一塊塑膠布上，接著拿掉的是皮帶。

他們脫到最後一層毛料衣服——一件黑色的修女袍，寬鬆地罩住卡蜜兒．麥基尼斯纖瘦的形體。她最後一層樸素的防護。

多年來幫屍體脫衣服的經驗，莫拉從來沒這麼不情願過。這個女人選擇的生活是避開男人的眼睛；而現在她卻會淒慘地暴露出來，身體會被探觸，孔洞會被抹拭採樣。想到這樣的入侵，讓莫拉覺得喉頭發苦，只好暫停一下，讓自己鎮定下來。她看到吉間疑惑的眼神，完全看不出有任何困擾。在這個連空氣都似乎感傷起來的房間裡，吉間無動於衷的臉有助於大家恢復平靜。

她重新專注於眼前的任務。她和吉間一起把修女袍拉起來，往上經過大腿和臀部。衣服很寬大，他們不必破壞手臂的屍僵就脫掉了。但是下頭還有更多衣服——她脖子上套著一件白色的棉罩衣，前幅用安全別針扣在一件染血的T恤上。出現在X光片上的就是這些安全別針。雙腿穿著厚厚的黑色緊身長褲，他們先脫掉緊身長褲，露出裡面的白色棉質內褲。那內褲簡樸得荒謬，設計來盡可能蓋住最多皮膚，這種內褲是給老婆婆穿的，而不是一個適婚年齡的年輕女子。內褲下方鼓起一塊衛生棉。莫拉稍早看過染了經血的床單就料到了，被害人現在處於月經期間。

接下來莫拉對付那件T恤，她拆下安全別針，拉開魔鬼氈，把棉罩衣脫掉。但是因為屍僵的關係，要脫掉T恤就沒那麼容易了。她拿起剪刀，直接把T恤從中間剪斷，布料往兩旁敞開，底下還有一層。

她吃了一驚，瞪著那條緊緊纏繞在胸部、用兩根安全別針固定在胸前的布條。

「那個是要做什麼的？」佛斯特問。

「看起來她是要把自己的乳房裹住。」莫拉說。

「為什麼？」

「我也不知道。」

「用這個代替胸罩？」瑞卓利問。

「我無法想像她為什麼要綁這個，而不穿胸罩。看看她綁得有多緊。一定很不舒服。」

瑞卓利冷哼了一聲。「是喔，胸罩又有多舒服？」

「這不是什麼宗教規定吧？」佛斯特說，「會不會是修女服的一部分？」

「不是，這只是一般的彈性繃帶。你去藥房就可以買到這種繃帶，用來纏住扭傷的腳踝。」

「但是我們怎麼知道修女平常穿什麼？我的意思是，在那些長袍底下，她們搞不好穿著黑色蕾絲內褲和網襪。」

在場沒有人笑得出來。

莫拉低頭凝視著卡蜜兒，忽然被這種綁住乳房的象徵搞得很不安。女性的特徵被遮掩、抑制。狠狠往下壓。卡蜜兒把這條繃帶繞在自己的胸部、拉著那彈性布料緊裹住皮膚時，心裡在想什麼？這對象徵女性的乳房令她感到厭惡嗎？當她的乳房消失在這條繃帶底下，她的曲線變平了，她的性徵壓抑了，她是否也覺得自己變得更乾淨、更純潔了？

莫拉拆下兩個安全別針，放在托盤上。然後在吉間的協助下，她開始拆掉繃帶，逐漸露出一截截皮膚。但是就連厚厚的彈性繃帶，也無法讓健康的皮膚變得皺縮。最後一段繃帶拆開來，露出成熟的年輕乳房，皮膚上有著布料的印痕。其他女人會以這樣的乳房為傲；卡蜜兒．麥基尼斯卻掩蓋起來，彷彿引以為恥。

還有最後一件衣服要脫掉：棉質內褲。

莫拉把鬆緊腰帶往下拉過臀部，經過大腿。黏在褲子上的衛生棉上頭只有一點點血。

「新的衛生棉，」瑞卓利注意到。「看起來才剛換。」

但莫拉沒在看衛生棉，而是盯著沒有血色的腹部，在兩塊突出的髖骨之間顯得鬆弛。蒼白的皮膚上有一道道條紋泛著銀色光澤。一時之間，她什麼都沒說，沉默消化著這些條紋所表示的意義，同時也思索著那對緊緊纏住的乳房。

莫拉轉向托盤，拿起那條彈性繃帶，緩緩打開來檢查著。

「你在找什麼？」瑞卓利問。

「污漬。」莫拉說。

「血跡已經到處都有了。」

「不是找血跡……」莫拉暫停，攤在托盤上的彈性繃帶露出兩個液體乾掉的環狀印子。老天，她心想。這怎麼可能？

她看著吉間。「我們把她抬起來，檢查骨盆。」

他朝她皺眉。「要破壞屍僵？」

「她的肌肉量並不多。」卡蜜兒很苗條；這會讓他們的工作容易一點。

吉間走到檢查台的尾端。莫拉按住骨盆時，吉間的雙手就探到左大腿下，用力拉鬆臀部。破壞屍僵就跟字面上一樣殘忍——強行扯裂僵直的肌肉組織。這當然不是個愉快的過程，也顯然嚇壞了佛斯特，他往後退離檢查台，一臉蒼白。吉間使勁推了一下，力道傳送過骨盆，莫拉感覺到肌肉忽然扯斷了。

「啊老天！」佛斯特說，轉開身子。

但結果是瑞卓利踉蹌著衝到水槽旁的椅子，坐下去，頭埋進雙手裡。堅忍的瑞卓利以往從來不抱怨解剖室的景象或氣味，眼前卻好像連這些解剖前的準備工作都看不下去了。

莫拉繞到解剖台另一側，再度按著骨盆，讓吉間拉扯右大腿。在這個努力破壞僵直現象的過程中，就連她都覺得好想吐。她讀醫學院期間經歷過種種嚴酷考驗，其中最令她喪膽的，就是輪到去整型外科實習的期間。對著骨頭又鑽又鋸，讓髖骨脫臼而必須使用的蠻力。眼前，當她感覺到肌肉扯斷時，也帶來了同樣的厭惡。右臀忽然鬆弛了，就連吉間平常沒有表情的臉也掠過一絲反感。但是若要完全看清外生殖器，就沒有別的方法，而她急著想盡快確認自己的懷疑。

他們把兩條大腿都往外拉，然後吉間把一盞燈對準了會陰。陰道裡積著一灘血，莫拉稍早認為那是一般的經血。但現在她盯著那些血，被自己所看到的嚇壞了。她伸手去拿紗布，輕輕擦掉那些血，露出底下的黏膜。

「六點鐘方向有二度會陰私裂傷。」她說。

「要做棉棒擦拭嗎？」

「要。另外我們得做整體切除。」

「發生了什麼事？」佛斯特問。

莫拉看著她。「我很少做這個，但我要把所有骨盆器官整塊切除。切穿恥骨，把裡頭一整塊拿出來。」

「你認為她被性侵了？」

莫拉沒回答。她繞到工具托盤前，拿起一把解剖刀，移到軀幹旁，開始做Y字形切口。

對講機發出響聲。「艾爾思醫師？」露易絲的聲音從擴音器傳出來。

「什麼事？」

「一線有找你的電話。維克多．班克斯醫師又打來了，就是那個組織，一個地球。」

莫拉僵住了，手抓著解剖刀。刀尖才剛碰到皮膚。

「艾爾思醫師？」露易絲說。

「我現在沒空。」

「我要跟他說你會回電嗎？」

「不用。」

「這是他今天第三次打來了。他還問能不能打去你家。」

「不准把我家電話號碼給他。」話說出口，莫拉才發現口氣太嚴厲了，又看到吉間轉過來望著她。她覺得佛斯特和瑞卓利也在觀察她。她吸了口氣，比較冷靜地說：「請告訴班克斯醫師我沒辦法接電話。往後也繼續這樣說，說到他不再打來為止。」

對講機另一頭頓了一下。「是的，艾爾思醫師，」露易絲終於說，聽起來被這番談話弄得很不高興。這是莫拉第一次兇她，往後還得找個辦法撫平裂痕，修補損傷。這番對話害莫拉慌亂不安。她低頭看著卡蜜兒．麥基尼斯的軀幹，想重新把注意力集中在眼前的事情。但她的思緒亂七八糟，握著解剖刀的手顫抖不穩。

其他人也看得出來。

「為什麼『一個地球』要來糾纏你？」瑞卓利問，「想逼你捐錢嗎？」

「這事情跟『一個地球』沒有關係。」

「那不然是什麼？」瑞卓利又繼續逼問，「這個傢伙在騷擾你嗎？」

「我只是想避開這個人而已。」

「聽起來他很不屈不撓啊。」

「你才知道。」

「你要我去幫你打發掉他嗎？叫他滾遠一點？」講這句話的不光是警察身分的瑞卓利；也是

女人身分的瑞卓利，她可不會容忍跋扈的男人。

「這是私事。」莫拉說。

「你如果需要幫忙，跟我說一聲就行了。」

「謝了，不過我自己會處理的。」莫拉把解剖刀放在卡蜜兒的皮膚上，只想拋開這個有關維克多．班克斯的話題。她吸了口氣，忽然覺得好諷刺：死屍的氣味還不如說出維克多的名字那麼困擾她。活人遠比死人要更令她煩擾。在停屍間裡，沒有人會傷害她，或者背叛她。在停屍間裡，她是主掌大局的人。

「所以這個傢伙是誰？」瑞卓利問。每個人心裡都有同樣的問題，而莫拉早晚得回答。她的解剖刀切過皮肉，看著皮膚像一道白色簾幕打開。「是我的前夫。」她說。

她做了Y字形切口，把蒼白的皮膚往兩邊拉開。吉間用一把普通園藝剪將肋骨剪斷，然後拉出胸骨和肋骨所組成的三角形，露出正常的心臟和肺臟，以及沒有疾病的肝臟、脾臟和胰臟。這是一個年輕女人乾淨、健康的器官，不抽菸不喝酒，也還沒老到動脈變窄或堵塞。莫拉只說了幾句評語，同時把器官切除，放在一個金屬盆子裡，然後迅速轉到下一個目標：檢查骨盆器官。

骨盆腔內整體切除這個步驟，她通常只用在姦殺案的被害人身上，相較起一般解剖，這個步驟可以對骨盆內的器官做更仔細的檢查。這不是個愉快的程序，因為要把骨盆的內容物全部挖出來。她和吉間鋸開恥骨支時，看到佛斯特轉開身子，她並不驚訝。但沒想到的是，瑞卓利也從解剖台旁退開。現在沒有人談莫拉的前夫打電話來的事，沒有人進一步問她的私生活細節了。整個解剖忽然變得極其嚴肅，無法交談。而莫拉卻出奇地鬆了口氣。

她拿起整塊骨盆內器官，連同外生殖器和恥骨，放到切割板上。甚至在她切下子宮之前，光是從外觀，她就知道自己所害怕的事情已經得到確認了。子宮比正常的狀況要大，子宮底高過恥骨許多，子宮壁呈海綿狀。她劃開子宮，露出子宮內膜，發現這層內膜還是很厚，而且充滿了血。

她抬頭看著瑞卓利。厲聲問：「這個女人上個星期離開過修道院嗎？」

「上回卡蜜兒離開修道院，已經是三月的事情了，回鱈角拜訪她的家人。瑪麗・克雷蒙特院長是這麼告訴我的。」

「那你就得去搜索修道院裡了。立刻就得開始。」

「為什麼？要找什麼？」

「一個剛出生的嬰兒。」

這個答案似乎讓瑞卓利完全驚呆了。她臉色發白瞪著莫拉。然後看著解剖台上卡蜜兒・麥基尼斯的屍體。「可是……她是修女啊。」

「沒錯，」莫拉說，「而且她最近才剛生產過。」

5

這一天傍晚莫拉走出法醫處大樓時，外頭又在下雪了。輕柔、蕾絲般的小雪片有如白蛾般撲動著，微微照亮了停車場裡的車。今天她為天氣做足了準備，穿了足底有溝紋的短靴。即使如此，她走在停車場裡還是很謹慎，靴子在結冰的雪地上很滑，身體準備好隨時會倒地。等到她終於走到自己的汽車旁，不禁放心地吐出一口大氣，然後掏著皮包找車鑰匙。因為找得太專心，於是沒注意到附近一輛車門甩上的聲音。直到她聽到腳步聲，才轉身面對那個走近的男人。他走到離她沒幾步的距離，停下來，什麼話都沒說，只是站在那裡望著她，雙手插在皮夾克的口袋裡。雪花落在他的金髮上，沾在他修剪整齊的大鬍子上。

他看著她的凌志汽車說：「我就猜這輛黑車是你的。你老是穿得一身黑，老是走在黑暗的那一邊。何況，還有誰會把車子保持得這麼乾淨？」

她終於有辦法開口，說出來的聲音沙啞，聽起來好陌生。「你跑來這裡做什麼，維克多？」

「好像只有跑來這裡，我才有辦法見到你。」

「在停車場偷襲我？」

「你覺得這是偷襲？」

「你就坐在這裡等我。我想這是偷襲沒錯。」

「我也實在沒有什麼辦法了。你都不回我的電話。」

「我還沒找到機會。」

「你換了新號碼也沒告訴過我。」

「你從來沒問啊。」

他抬頭看了一眼天上的落雪，一片片像遊行彩紙般飛舞，然後他嘆了一口氣。「好吧，這就跟以前一樣，對吧？」

「太像了。」她轉向自己的車，按下遙控鍵。門鎖啪地打開了。

「你不想知道我為什麼跑來嗎？」

「我還有事，得離開了。」

「我大老遠飛來波士頓，你連為什麼都不問。」

「好吧。」她看著他。「為什麼？」

「三年了，莫拉。」他走得更近，她聞到他身上的氣味。皮革和肥皂，雪花在溫暖的皮膚上融化。三年了，她心想，他幾乎沒有變。腦袋依然像小男孩似的昂起，眼睛周圍有同樣的笑紋。而且即使在十二月，他的頭髮看起來還是像被太陽曬得褪色，不是染的，而是天生金髮，又長時間在戶外曬出了深淺層次。維克多．班克斯似乎散發出自己的魅力，而她就像其他每個人一樣容易被吸過去。她覺得那股舊日的引力又把她拉向他。

「你難道從來沒好奇過，這會不會是個錯誤？」他問。

「你是說離婚，還是說結婚？」

「既然我都站在這裡跟你講話了，那麼我指的是哪個，不是很清楚了嗎？」

「你拖了這麼久才告訴我。」她轉向自己的車。

「你沒有再婚。」

她暫停，轉身看著他。「那你呢？」

「沒有。」

「那麼我猜想，我們兩個都同樣難以相處吧。」

「你待在婚姻裡的時間不夠久，還不足以判斷。」

她笑出聲，那憤恨、厭惡的聲音在一片白色的靜默中顯得好刺耳。「當初是你老是趕著去機場，老是離家去拯救全世界。」

「放棄這個婚姻的人可不是我。」

「有外遇的人不是我。」她又轉身，拉開了車門。

「該死，你能不能等一下聽我說？」

他伸手抓住她的胳臂，她很驚訝那緊握的手所傳送出來的怒氣。她冷冷瞪著他，眼神表明他太過分了。

他鬆開手。「對不起。耶穌啊，我不想搞成這樣的。」

「不然你希望怎樣？」

「希望我們之間還有情分。」

的確是有，她心想。有太多了，這就是為什麼她不能讓這場對話再繼續下去。她害怕自己又會被吸回去，而且已經可以感覺到這樣的狀況正在發生。

「聽我說，」他又開口。「我只來波士頓幾天。明天我在哈佛公共衛生學院有個約，但是之後我就沒事了。聖誕節快到了，莫拉。我想我們可以一起過節，如果你有空的話。」

「然後你又要飛走了。」

「至少我們可以多聊一下。你不能請幾天假嗎？」

「我有工作，維克多。我不能就這樣丟下不管。」

他朝法醫處的建築看了一眼，然後不敢置信地笑了一聲。「我不懂你為什麼會想做這樣的工作。」

「黑暗的那一邊，記得嗎？這就是我。」

他看著她，聲音變得比較柔和了。「你都沒變。一點也沒有。」

「你也是，問題就出在這裡。」她上了車，關上車門。

他敲敲車窗。她看著他，站在窗外凝視著她，雪花沾在他的睫毛上，她實在沒辦法，只好降下車窗，繼續兩人的對話。

「我們什麼時候可以再談？」他問。

「我得走了。」

「那就晚一點。今天晚上吧。」

「我不曉得我什麼時候才會到家。」

「拜託，莫拉。」他湊近了，輕聲說著。「試一下吧。我住在柱廊飯店。打電話給我。」

她嘆了口氣。「我會考慮的。」

他伸手進來，捏緊她的胳膊。再一次，他的氣味牽動了溫暖的回憶，讓她想起那些夜晚，兩人身上蓋著乾淨的床單，彼此雙腿交纏。想到悠長、緩慢的熱吻，還有新鮮檸檬摻伏特加的滋味。兩年的婚姻，留下了種種抹不去的回憶，有好有壞，而在那一刻，他的手按在她的胳膊上，好的回憶佔了上風。

「我會等你的電話。」他說，已經認定自己贏了。

他以為就這麼容易？她納悶著，一邊開出停車場，朝牙買加平原駛去。一個微笑，一次碰觸，我就會原諒一切？

汽車輪胎忽然在結冰的路面打滑，她抓緊方向盤，立刻把注意力轉到眼前，努力想重新控制好車子。她之前太激動了，根本沒意識到自己開得有多快。她的車子甩尾，輪胎旋轉，設法抓牢地面。直到她把車子又拉回直線行駛，才終於能再度呼吸，再度憤怒。

你先是傷透了我的心，接著又差點害死我。

等到她在灰岩修道院對街停下來時，她覺得這趟車程把她累壞了。她坐在車上一會兒，努力控制好自己的情緒。她賴以為生的字眼，就是控制。一旦踏出車子，她就是公眾人物，執法人員和媒體都認得她。他們期望她表現得冷靜而合乎邏輯，於是她會做到。這份工作的很大一部分，就是要拿出那個樣子。

她下車，這回她充滿自信地過了馬路，靴子穩穩踩在地上。街道上整齊停放著一輛接一輛警車，兩個電視新聞採訪人員坐在他們的廂型車上，等著看有什麼突破性的進展。冬日的天光已經逐漸褪入黑夜。

她拉了大門旁的鐵鐘，一個修女出現了，黑色修女服從陰影中冒出來。那修女認出莫拉，於是默默開門，兩人完全沒交談。

庭院裡的雪地上，現在有好幾打腳印了。整個修道院跟莫拉昨天早晨首次踏入時大不相同。今天，所有平靜的外觀都被正在進行中的搜索破壞掉了。所有窗戶都亮著燈，她可以聽到男人的聲音從幾個拱門裡傳來。走進門廳，她聞到番茄醬汁和乳酪，對她來說是一種不愉快的氣味，因為會讓她想起以前在醫院實習時，自助餐廳裡常供應的那些乏味、像在嚼皮革的義大利千層麵。

她朝食堂裡看了一眼，發現修女們正坐在桌前，默默吃著晚餐。她看到顫抖的手舉起搖晃不穩的叉子，送進沒有牙齒的嘴裡；看到牛奶沿著滿佈皺紋的下巴流淌。這些女人大半輩子都活在圍牆內，在隱居狀態下變老。其中可有任何人暗自後悔，想到自己錯過了什麼？想到她們只要走出修道院大門、再也不回來的人生會是如何？

沿著走廊往前，她聽到男人的聲音，在這個女修道院裡感覺格外陌生而令人驚訝。兩個警察認出她來，朝她揮手。

「嘿，醫師。」

「找到什麼了嗎？」她問。

「還沒有。我們正要收工了。」

「瑞卓利人呢？」

「樓上，在修女的寢室區。」

莫拉爬上樓梯，看到兩個搜查小組的成員正要下樓——是來實習的警校生，看起來像高中剛畢業而已。一個是男生，臉上還有青春痘；另一個是女生，一臉冷漠表情——那是很多女警慣常用來保護自己的機制。兩個人認出莫拉後，都尊敬地往下看著她。這讓她覺得自己好老，看著這些年輕人謙恭地讓到一旁，好讓她先過。她真的這麼令人畏懼，讓人看不出她的表象之下，其實也有種種不安全感？她一直努力加強自己的演技，扮演無敵的法醫，到現在都還在演。她禮貌地朝他們點個頭致意，目光迅速掠過他們。就連繼續往上爬時，也知道他們還在看著她。

她在卡蜜兒修女的寢室裡找到了瑞卓利，她正坐在床上，疲倦得雙肩垮下。

「看起來每個人都回家了，只剩下你。」莫拉說。

瑞卓利轉過頭來看著她，雙眼深陷而空茫，臉上還有些疲倦的線條，是莫拉以前從來沒看過的。

「我們什麼都沒找到。從中午就開始搜查了。但是需要時間，要仔細檢查每個衣櫥、每個抽屜。然後還有後頭的田地和花園——誰曉得雪底下有什麼？她有可能幾天前就把小孩包起來，丟進垃圾堆了。也有可能交給某個大門外的人。我們要花上好幾天搜查，但要找的嬰兒說不定根本不在這裡。」

「那修道院的院長怎麼說？」

「我沒告訴她我們在找什麼。」

「為什麼不說？」

「我不希望她知道。」

「她說不定能幫上忙。」

「也說不定她會採取一些手段，以確保我們找不到。你認為這個總教區還需要更多醜聞嗎？你認為她會希望世人知道，這個修會裡有人殺了自己的小孩嗎？」

「我們還不確定那個小孩是不是死了，我們只曉得它不見了。」

「你對解剖的發現完全確定？」

「是的。卡蜜兒生前處於懷孕末期。另外，我不相信無玷成胎。」她在瑞卓利旁的床邊坐下。「孩子的父親（father）可能是這樁攻擊的關鍵。我們得查出他是誰。」

「是啊，我正在想著這個字眼。神父（Father）。」

「布洛菲神父？」

「長得很帥。你見過他嗎？」

莫拉想起那對明亮的藍眼珠，隔著倒下的攝影師看著她。想起他昨天大步走出大門時，像個身穿黑袍的戰士，要去挑戰那群有如餓狼的記者們。

「他可以一再進來，」瑞卓利說，「他會帶領彌撒，會聽告解。在告解室裡面跟另一個人訴說自己的祕密，還有什麼比這個更親密的？」

「你是暗示兩人之間是合意性交。」

「我只是說，他長得很帥。」

「我們並不確定那個嬰兒是在修道院裡受孕的。卡蜜兒不是三月時去拜訪過家人嗎？」

「是啊，當時她祖母過世了。」

「時間剛好湊得上。如果她在三月受孕，現在就懷孕九個月了。事情有可能是在她回家的時候發生的。」

「也有可能就是在這裡，就在圍牆之內發生的。」瑞卓利諷刺地哼了一聲。「還發誓要守貞呢。」

她們坐在那裡好一會兒，兩人都沒說話，只是盯著牆上的十字架。我們人類太不完美了，莫拉心想。如果真有天主，為什麼祂要立下這些我們做不到的標準？為什麼要訂下這些我們永遠達不到的目標？

莫拉說：「我以前一度想當修女。」

「我還以為你不信教。」

「當時我九歲，才剛發現我是領養的。我表哥偷偷告訴我，忽然間一切都有了解釋。為什麼我長得不像我爸媽。為什麼家裡沒有我嬰兒時期的照片。我一整個週末都關在房間裡哭。」她搖搖頭。「我可憐的爸媽。他們不知道該怎麼辦，於是就帶我去看電影，好讓我開心一點。我們看了《真善美》，票價才七毛五，因為那是老電影。」她暫停一下。「我覺得茱莉．安德魯絲好美，我想要像她演的瑪麗亞修女一樣，住在修道院裡。」

「嘿，醫師。你要不要聽一個祕密？」

「什麼？」

「我也是。」

莫拉看著她。「你在開玩笑。」

「我雖然教義問答被死當了。但是誰抗拒得了茱莉．安德魯絲的魅力？」

說到這裡，兩人都大笑，但那是一種不安的笑聲，而且很快就陷入沉默。

「那麼，是什麼讓你改變心意的？」瑞卓利問，「有關當修女？」

莫拉站起來走到窗前，往下看著黑暗的庭院，然後說：「我只不過是長大了，不再相信我無法看到或聞到或觸摸到的東西，也不再相信無法用科學證明的東西。」她暫停一下。「而且我發現了男生。」

「啊，沒錯。男生。」瑞卓利笑了。「總是這樣的。」

「那是生命真正的目的，你知道。從生物學的觀點來看。」

「性愛？」

「繁衍後代。那是我們基因要求的。要我們生育。我們以為自己的人生由自己操控，但從頭到尾，我們只不過是DNA的奴隸。而我們的DNA要我們生小孩。」

莫拉轉身，很驚訝地發現瑞卓利的睫毛上閃著淚光。但她迅速用手一擦，那些眼淚又消失了。

「珍？」

「我只是累了，這幾天都沒睡好。」

「沒有別的問題嗎？」

「還能有什麼問題？」她回答得太快、戒心太重了。瑞卓利自己也知道，她臉紅了。「我要去洗手間，」她說著站起來，似乎急著想逃避。到了門邊，她停下來回頭。「順便講一聲，你知道放在那張桌子上的那本書？卡蜜兒正在讀的？我昨天查了那個名字。」

「誰？」

「愛爾蘭的聖布麗姬。那是一本傳記。很好笑，好像任何人事物都有個守護聖人。有製帽師的守護聖人。有用藥成癮者的守護聖人。要命，甚至搞丟的鑰匙都有個守護聖人。」

「那麼聖布麗姬是守護什麼的？」

「新生兒。」瑞卓利輕聲說，「布麗姬是新生兒的守護聖人。」她走出房間。

莫拉低頭看著放著那本書的書桌。一天前，她還想像卡蜜兒坐在這張桌子前，默默翻著書頁，閱讀著一個日後將會成為聖人的愛爾蘭年輕女子的人生，想從中獲得啟發。但現在她腦海中浮現出另一幅圖像——不是寧靜的卡蜜兒，而是痛苦的卡蜜兒，向聖布麗姬祈禱能拯救她死去的孩子。我求你，把他擁入你寬容的懷中。雖然他沒受洗，但請你帶他進入亮光。他是無辜的。他沒有罪。

她帶著新的理解，看著這個樸素的房間。一塵不染的地板，漂白水和地板蠟的氣味——全都有了新的意義。潔淨是無罪的隱喻。墮落的卡蜜兒拚命想洗刷掉她的罪孽。這幾個月來，她一定明白自己懷孕了，藏在很多層的修女服之下。或者她拒絕接受現實？她向自己否認，就像懷孕的少女有時候會否認自己隆起肚子的證據？

然後當你的孩子來到這個世界，你怎麼辦？你慌了手腳？或者你殘酷而冷靜地處理掉自己罪孽的證據？

她聽到外頭庭院裡傳來男人的聲音，隔著窗子，她看到兩個警察的身影從建築裡走出去。他們都暫停下來把大衣拉緊，抬頭看了一眼正在下的雪，像夜空落下來的銀粉。然後他們走出庭院，大門的鉸鏈吱呀著在他們身後關上。她努力傾聽著可有其他聲音，但是什麼都沒聽到。只有雪夜的一片靜寂。這麼安靜，她心想。彷彿這棟建築裡只剩我一個人。孤單無依，被人遺忘。

她聽到一個吱嘎聲，感覺到移動的輕響，感覺到房間裡有另外一個人。她後頸忽然寒毛直豎，笑了一聲。「老天，珍，別偷偷摸摸接近我，像是……」她轉身，話講到一半停住了。

沒有人。

一時之間她沒動，沒呼吸，只是瞪著那一片空蕩。無人的空間，擦亮的地板。她第一個不理性的想法是：這個房間鬧鬼了，然後邏輯又重新取得控制。老舊的地板常常會發出吱嘎聲，暖氣管也會發出呻吟。那不是腳步聲，而是地板遇冷收縮而造成的。她會以為有另外一個人在房間裡，有完全合理的解釋。

但她還是感覺到它的存在，還是感覺到它在觀察她。

現在她手臂上的寒毛也豎起來了，每一根神經都警戒著。她頭頂有個什麼輕快跑過去，像是爪子抓著木頭。她的目光猛地轉向天花板。是動物？正在逃離我。

她走出房間，自己心臟狂跳的聲音幾乎蓋過了頭頂上傳來的任何聲響。就在那裡——沿著走廊愈跑愈遠！

砰—砰—砰。

她跟著那聲音走，眼睛看著天花板，一路走得好快，差點撞上剛從洗手間出來的瑞卓利。

「嘿，」瑞卓利說，「怎麼這麼急？」

「噓！」莫拉指著有深色橫樑的天花板。

「什麼？」

「你聽。」

她們等著，竭力想聽到可有任何新的聲音。但除了自己的心跳，莫拉只聽到一片寂靜。

「或許你只是聽到了水管裡的水在流動，」瑞卓利說，「我剛剛沖了馬桶。」

「那不是水管。」

「唔，那你聽到了什麼？」

莫拉的目光又轉回天花板上的古老橫樑。「那裡。」

又是那個扒著木板的聲音，在走廊的另一頭。

瑞卓利往上凝視著。「那是什麼鬼啊？老鼠？」

「不，」莫拉用氣音說，「無論是什麼，都比老鼠大。」她悄悄沿著走廊往前，瑞卓利就緊跟在她後頭，走向她們聽到那聲音的位置。

毫無預警地，一連串砰砰聲迅速敲過天花板，回頭朝她們來時的方向跑去。

「跑到另一側的翼樓了！」瑞卓利說。

瑞卓利帶頭，她們進入走廊盡頭的一扇門，瑞卓利按開了電燈開關。她們往前看著一條空蕩的走廊。這裡很冷，空氣滯悶而潮溼。隔著一道道敞開的門，她們看到廢棄不用的房間，還有一堆罩上床單的家具，形成幽靈般的影子。

無論剛剛溜到這一棟翼樓的是什麼，現在都安靜無聲了，完全不洩漏自己的所在位置。

「你的人搜索過這一棟翼樓嗎？」莫拉問。

「所有房間都清查過了。」

「那樓上呢？就是天花板上方。」

「那只是閣樓空間。」

「唔，有個什麼在上頭活動，」莫拉輕聲說，「而且它夠聰明，曉得我們在追捕它。」

莫拉和瑞卓利蹲在禮拜堂上方的走廊上，打量著一塊桃花心木鑲板，剛剛瑪麗．克雷蒙特院長告訴她們，這塊鑲板可以通往這棟建築最頂部、專供維修和安裝管線之用的夾層。瑞卓利輕推一下那塊鑲板；那鑲板無聲盪開，她們望著那片黑暗，傾聽著裡頭的動靜。一陣暖風拂過她們的臉。整棟大樓裡上升的熱氣都困在這個夾層裡了，她們隔著打開的鑲板，可以感覺到那些熱氣洩出來。

瑞卓利拿著手電筒照向裡頭，她們看到了一根根巨大的橡木，以及新裝的粉紅色隔熱墊。地板上還有迂迴的電線。

瑞卓利帶頭走進去，莫拉也打開自己的手電筒跟上。這個夾層的高度不足以讓她們站直身子；她們得一直低著頭，避開那些呈拱狀、橫過天花板的橡木樑。她們的燈光呈弧狀掃過，在黑暗中畫出一個圓。而在這個圓形之外，是看不見的未知領域。莫拉可以感覺到自己的呼吸變得急促。低低的天花板，滯悶的空氣，都讓她覺得像是被埋進墳墓裡。

她感覺到一隻手碰觸她的胳膊，差點驚跳起來。瑞卓利沒說話，只是指著右邊。

瑞卓利帶頭，她們在陰影間走動，腳下的木地板被她們的重量壓得吱嘎響。

「慢著，」莫拉低聲說，「你不是應該找人來支援嗎？」

「為什麼？」

「因為這裡可能會有什麼狀況啊。」

「我才不要找人來支援，搞不好我們最後逮到的，只是一隻蠢浣熊……」她暫停，手電筒往左掃，然後往右。「我想我們現在是在西翼樓上頭。這裡很溫暖。把你的手電筒關掉。」

「什麼？」

「關掉就是了。我想檢查一個東西。」

莫拉很不情願地關掉了。瑞卓利也關了她的。

在乍來的黑暗中，莫拉感覺到自己的脈搏猛跳。我們看不到周圍有什麼。也不曉得可能會有什麼朝我們而來。她眨眨眼，努力讓自己的雙眼適應這片黑暗。然後她注意到那光——銀色的，從地板的縫隙透上來，到處都有。碰到比較大的縫隙，或是剛好木材的節孔在乾燥的空氣裡收縮，就會有一道比較寬的光。

瑞卓利的腳步吱嘎著往前走。她忽然蹲下，腦袋湊向地板。一時之間，她保持那個姿勢，然後輕笑一聲。「嘿。這完全就像我讀里維爾高中的時候，偷窺男生的更衣室。」

「你在看什麼？」

「卡蜜兒的房間。我們就在正上方。這裡有個節孔。」

莫拉緩慢而小心地走過黑暗，來到瑞卓利蹲著的地方。她跪下來，隔著那個縫隙往下看。

她正看著卡蜜兒的書桌。

她直起身子，一陣寒意有如冰涼的手指，忽然沿著她的脊椎往上摸。無論在上頭這裡的是什麼，它都可以看到我，在那個房間。它在看著我。

砰——砰——砰。

瑞卓利連忙轉身，急得兩人手肘相撞。

莫拉摸索著打開自己的手電筒，到處亂照，想看看還有誰躲在這個夾層裡。她看到了羽毛般的蜘蛛網，看到了頭上低懸的巨大橫樑。這裡好暖，空氣滯悶，那種窒息感搞得她更恐慌。

她和瑞卓利本能地形成防禦姿勢，兩人背靠背，莫拉感覺到瑞卓利繃緊的肌肉，聽到她急促的呼吸聲，同時她們各自用手電筒掃過黑暗，尋找一對發亮的眼睛，一張野獸的臉。

莫拉拿著手電筒掃過周圍，動作太急，第一次還漏掉了。直到她手電筒的光又掃回來，發現光線尾端掠過了粗糙木板上一片不規則的表面。她瞪著眼睛，但是不敢相信自己所看到的。

她朝那裡走了一步，但是當她更靠近時，心中的驚駭更加深了，手裡的光線開始照出附近的其他類似形體。有好多……

老天，這是墓地。死嬰的墓地。

手電筒的光線晃動著。她平常解剖時總是穩如磐石的手，眼前卻無法停止顫抖。她停下腳步，光線往下直照著一張臉。那對亮晶晶藍色眼睛往上看著她，有如彈珠般發出光澤。她瞪著看，逐漸明白她看到的到底是什麼。

然後她笑了，一聲驚詫的駭笑。

此時，瑞卓利已經來到她旁邊，手電筒照著那粉紅色的皮膚，那小巧的嘴，那毫無生氣的眼睛。「搞什麼鬼啊，」她說，「原來只是個玩偶。」

莫拉搖著手電筒的光，照向附近地上的其他物件。她看到光滑的塑膠皮膚，胖嘟嘟的四肢。玻璃眼珠的光芒回瞪著她。「全都是玩偶，」她說，「有一大堆。」

「你看到這些玩偶是排成一排的嗎？像個詭異的育嬰房。」

「或者是某種儀式，」莫拉輕聲說，「在天主的聖所裡，進行一個不敬的儀式。」

砰—砰—砰。

她們兩個都猛地旋轉，手電筒劃過黑暗，什麼都沒發現。那聲音比較微弱了。無論之前跟她們一起在這夾層裡的是什麼，現在都跑遠了，老早退出她們手電筒能照到的範圍。莫拉看到瑞卓利已經握著手槍，嚇了一跳；這位警探的動作太迅速了，莫拉根本沒注意到她拔槍。

「我不認為那是動物。」莫拉說。

瑞卓利頓了一下才說：「我也不認為。」

「拜託，我們離開這裡吧。」

「好的。」瑞卓利深吸一口氣，莫拉聽到她聲音裡出現第一絲恐懼的顫音。「好的，沒問題。我們慢慢退出去，一次走一步。」

她們兩個靠得很近，循原路往回走。空氣變得更涼、更潮溼了；也或許是恐懼使得莫拉的皮膚發冷。等到她們靠近那道鑲板門，她已經準備好要直衝出去了。

她們走過那道鑲板開口，進入禮拜堂的走廊，莫拉深吸了兩口冷空氣，她的恐懼開始消散。在燈光下，她覺得自己恢復冷靜，又有辦法理性思考了。她在裡頭的黑暗中，到底看到了什麼？

一排玩偶，如此而已。塑膠皮膚和玻璃眼珠及尼龍頭髮。

「那不是動物。」瑞卓利說，她已經蹲下來，正盯著走廊的地板。

「什麼？」

「這裡有個腳印。」瑞卓利指著粉塵上的一些污痕。上頭有一個運動鞋踩過的印子。

莫拉回頭看著自己的鞋子後方，發現自己也在走廊的灰塵上踩出了痕跡。留下那個腳印的人，就在她們之前溜出了那個夾層。

「好吧，我們要追捕的是這個，」瑞卓利說，搖著頭。「耶穌啊，還好我根本沒開槍。我真不願意想……」

莫拉瞪著那腳印，打了個寒噤。那是兒童的腳印。

6

葛瑞絲．歐提斯坐在修道院的食堂桌前，搖著頭。「她才七歲。你們不能相信她講的話。她老是撒謊。」

「我們還是想跟她談談，」瑞卓利說，「當然了，要先得到你的允許。」

「跟她談什麼？」

「談她在那個夾層空間裡做的事。」

「她弄壞了東西，對吧？」葛瑞絲緊張地看了瑪麗．克雷蒙特院長一眼，之前就是院長把葛瑞絲從廚房裡叫出來的。「我會處罰她的，院長。我一直設法盯著她，但是她都偷偷調皮搗蛋。我從來不曉得她跑去那裡……」

瑪麗．克雷蒙特院長一隻關節扭曲的手放在葛瑞絲的肩膀上。「拜託，就讓警方跟她談吧。」

葛瑞絲沉默了一會兒，一臉猶豫。晚餐後的廚房清潔工作讓她的圍裙沾上了油漬和番茄醬汁，一綹綹黯淡的褐色頭髮從綁著的馬尾溜下來，無力地垂在她流汗的臉上。那是一張粗獷、疲倦的臉，這輩子大概從來沒有漂亮過，而且還有一些怨恨的皺紋。但眼前，其他人都等著她做決定，她成了掌控局面的人，手裡握著權力，於是她似乎享受著那種滋味。要盡可能把決定的時間往後拖，讓瑞卓利和莫拉慢慢等。

「你是在怕什麼，歐提斯太太？」莫拉低聲問。

這個問題似乎激起了葛瑞絲的敵意。「我什麼都不怕。」

「那麼你為什麼不願意讓我們跟你女兒談？」

「因為她不可靠。」

「是的，我們知道她才七歲——」

「她很愛撒謊。」她衝口而出，像鞭子狠狠揮動。葛瑞絲那張原本就沒有吸引力的臉，這會兒更是帶著一種醜陋的神色。「她什麼都要撒謊。甚至是一些愚蠢的小事。你們不能相信她說的話——一點都不能信。」

莫拉看了院長一眼，對方不知所措地搖了一下頭。

「這個小女孩平常很安靜，很不張揚的，」瑪麗．克雷蒙特院長說，「所以我們才讓葛瑞絲工作時帶她來修道院裡。」

「我負擔不起找保姆，」葛瑞絲插嘴。「我其實什麼都負擔不起。這是我唯一有辦法工作的方式，讓她放學後來這裡。」

「所以她就是待在這裡等？」莫拉問，「等到你做完一天的工作？」

「不然我要拿她怎麼辦？我得工作，你知道。我丈夫待在那邊也不是免費的。現在這個時代，要是你沒錢，連死都死不起。」

「你說什麼？」

「我丈夫。他是聖嘉琳安養院的病人。天曉得他還得在那邊待多久。」葛瑞絲狠狠看了院長一眼，目光凌厲得像毒鏢。「我在這裡工作，是講好的條件。」顯然不是個愉快的條件，莫拉心想。葛瑞絲大約三十五歲，不可能超過太多，但她一定覺得自己這輩子好像完蛋了。她被種種責任綁住，有個她顯然不怎麼喜愛的女兒，還有個拖太久還不死的丈夫。對葛瑞絲．歐提斯而言，灰岩修道院不是聖所，而是她的監獄。

「你的丈夫為什麼會在聖嘉琳？」莫拉柔聲問。

「我跟你說過，他快死了。」

「是什麼病？」

「盧．賈里格症，漸凍人，肌萎縮側索硬化症。」葛瑞絲說，絲毫不帶情緒，但莫拉知道這種病的可怕真相。她讀醫學院時，檢查過一個肌萎縮側索硬化症的病患。儘管神智完全清醒，也感覺得到疼痛，但那病人沒辦法動，因為他的肌肉萎縮了，讓他退化到像是只剩一個腦子，困在一具無用的身軀裡。當時她檢查他的心臟和肺臟，觸診他的腹部，都會覺得他盯著她看，但她就是不敢對上他的目光，因為她知道自己會看到他眼中的那種絕望。當她終於走出他的病房，覺得既解脫又有點內疚——但也只是一點點。他的悲劇不是她的。她只是個學生，短暫經過他的人生，沒有義務分擔他的不幸。她可以一走了之，而她也的確就這麼做了。

葛瑞絲．歐提斯沒辦法。那種結果鐫刻在她臉上憤恨的溝紋中，在她頭髮上早現的零星灰髮裡。她說：「至少我警告過你了。她講話不可靠。她很愛編故事。有時候那些故事荒謬得很。」

「我們了解，」莫拉說，「小孩都這樣的。」

「如果你們想跟她談，我得在場陪著。只是想確保她乖一點。」

「當然了，這是你身為父母的權利。」

最後，葛瑞絲終於站起來。「諾妮現在躲在廚房裡，我去叫她來。」

幾分鐘之後，葛瑞絲又出現了，用力拉著一個深色頭髮女孩的手。顯然諾妮不想出來，一路抗拒著，小小身軀的每一吋都竭力抗拒著葛瑞絲無情的拉扯。最後，葛瑞絲乾脆從小女孩的腋下把她抱起來，重重放進一張椅子——一點也不溫柔，而是筋疲力盡的厭煩和反感。那小女孩一時間坐著不動，看起來很驚訝自己這麼輕易就被擊敗了。她一頭捲髮，像個小精靈，有著方正的下巴和靈動的深色眼珠，迅速就把房間裡的每個人都看了一遍。她只敢偷偷看瑪麗・克雷蒙特院長一眼，接著看莫拉的時間稍稍比較久，最後轉向瑞卓利。她目光停留在那兒，彷彿瑞卓利是房間裡唯一值得專心看的人。就像一隻狗選擇去煩在場唯一會對狗過敏而發氣喘的人，諾妮把她的注意力放在這群人裡最不喜歡小孩的那位。

葛瑞絲用手肘輕撞一下女兒。「你一定要跟她們談。」

諾妮的臉抗議地皺起來。她張嘴吐出兩個字，沙啞得像青蛙叫。「不想。」

「我才不管你想不想。她們是警察。」

諾妮的雙眼依然看著瑞卓利。「她們看起來不像警察。」

「唔，她們真的是警察。」葛瑞絲說，「如果你不跟她們講實話，她們就會把你抓去關進監牢裡。」

這種話正就是警察最不想聽到父母說的。兒童會因此害怕警察，但警察正希望取得他們的信任。

瑞卓利立刻示意葛瑞絲不要再說了。她蹲到諾妮的椅子前面，雙眼齊平看著小女孩。她們出奇地相似，兩人都有捲曲的深色頭髮和熱切的眼神，瑞卓利簡直像是看著年輕版的自己。要是諾妮也同樣頑固，那麼往下就有得瞧了。

「我們先把一些事情講清楚，好嗎？」瑞卓利對著小女孩說，聲音直截了當而不帶感情，彷彿她談話的對象不是兒童，而是一個袖珍版的成人。「我不會把你關進監牢裡。我從來沒把小孩關進監牢裡的。」

小女孩半信半疑地看著她。「即使是壞小孩？」她質疑。

「即使壞小孩也沒有過。」

「即使是非常、非常壞的小孩？」

瑞卓利猶豫著，眼中現出一絲不耐。諾妮可不會輕易放過她。

「好吧，」她勉強承認。「碰到非常、非常壞的小孩，我會把他們送到少年感化院。」

「那就是小孩的監牢了。」

「是的。」

「所以你是會把小孩抓去關進監牢的。」

瑞卓利看了莫拉一眼，你能相信這個嗎？那目光無言地表明了。「好吧，」她嘆氣。「你說得沒錯。但是我不打算把你關進監牢裡。」

「你為什麼沒穿制服？」

「因為我是刑事警探。我們不必穿制服的。但是我真的是警察。」

「你是女警察。」

「對，沒錯。我是女警察。所以你要不要告訴我，你在上頭那裡做什麼，就是閣樓裡？」

諾妮坐在椅子上往前躬身，像個滴水嘴獸似的盯著瑞卓利。整整一分鐘，她們眼對眼瞪著彼此，等著對方先打破沉默。

葛瑞絲終於失去耐性，朝小女孩的肩膀狠狠拍了一下。「快點！告訴她！」

「拜託，歐提斯太太，」瑞卓利說，「沒必要動手。」

「但是你看到她那個死樣子了嗎？老是那麼難搞，什麼都要抵抗。」

「我們就輕鬆一點，好嗎？我可以等。」我可以等，小鬼，只要你也可以等。瑞卓利的目光如此告訴那小女孩。「那麼，諾妮，告訴我們，你那些娃娃是哪裡弄來的。你在上頭玩的那些。」

「我沒有偷。」

「我沒說是你偷的啊。」

「我是不小心發現的，有一整箱。」

「在哪裡發現的？」

「在閣樓裡。上頭還有其他箱子。」

葛瑞絲說：「你不應該跑去上面的。你應該要待在廚房附近，不要去打擾任何人。」

「我沒打擾任何人。就算我想，這整個地方也沒有人可以打擾。」

「所以你在閣樓裡發現了那些娃娃。」瑞卓利說，把談話導回眼前的主題。

「有一整箱。」

瑞卓利疑問地轉頭看瑪麗．克雷蒙特，這位院長回答：「那是幾年前的一個慈善計畫。我們縫玩偶服裝，為墨西哥的一家孤兒院募款。」

「所以你發現了那些娃娃，」瑞卓利對諾妮說，「就在上頭那裡玩？」

「那些娃娃也沒有別人要。」

「那你怎麼曉得閣樓要怎麼去？」

「我看過那個男人進去那裡。」

那個男人？瑞卓利看了莫拉一眼。她更湊近諾妮。「什麼男人？」

「他腰帶上有一些東西。」

「東西？」

「一把槌子，還有其他的。」她指著修道院長。「她也看過他，還跟他講話。」

瑪麗．克雷蒙特院長吃驚地笑了一聲。「啊，我知道她是指誰了。過去幾個星期來，我們進行了一連串整修工作。有幾個男人在閣樓上工作，鋪設新的隔熱墊。」

「那是什麼時候的事情？」瑞卓利問。

「十月。」

「你有這些人的名字嗎？」

「我可以查帳本。我們付給承包商的每一筆錢，都有紀錄。」

所以這也不是什麼驚人的洩密。這個小女孩注意到工人爬進一個自己以前不曉得的祕密空間。只能從一道祕密小門進入。任何小孩都會忍不住去偷看一下裡頭吧——尤其是這麼好奇的小孩。

「上面很黑，你不在乎？」瑞卓利問。

「我有手電筒，你知道。」這什麼笨問題嘛，諾妮的口氣如此暗示。

「只有你自己一個人，你不怕？」

「為什麼要怕？」

的確，為什麼要怕？莫拉心想。這個小女孩無所畏懼，不怕黑，也不怕警察。她眼神平穩極了，看著問話的警察，彷彿引導這場談話的人是她，而不是瑞卓利。但是儘管看起來泰然自若，她畢竟只是個小孩，而且衣衫襤褸。一頭纏結的捲髮，沾了許多閣樓裡的灰塵。她的粉紅色長袖運動衫看起來好破，像是接收別人穿過的舊衣服，而且大了幾號，捲起來的袖口髒兮兮的。只有她的鞋子看起來是新的——全新的Keds帆布鞋，有魔鬼氈貼帶。她的腳搆不太到地上，於是她持續以一種單調的節奏前後擺動著雙腿，像個精力過剩的節拍器。

葛瑞絲說：「相信我，我不曉得她跑去那兒。我沒辦法隨時盯著她。我得負責做飯、上菜，弄完了還得清理。我們要忙到九點才能離開這裡，回到家要忙到十點以後，才有辦法送她上床睡覺。」葛瑞絲看著諾妮。「一部分的問題就在這裡，你知道。她只要一累，就一直鬧脾氣，講什麼她都要頂嘴。去年她害我胃潰瘍。都是因為她搞得我壓力很大，搞得我的胃開始消化自己。我有時痛得直不起腰來，但是她才不管。照樣不肯乖乖去睡覺，不肯乖乖去洗澡。完全不管其他人。但小孩就是這樣，自私到極點。全世界都該繞著她旋轉。」

葛瑞絲發洩她的沮喪之時，莫拉觀察著諾妮的反應。那小女孩整個人僵住不動，雙腿不再搖晃，下巴緊咬成倔強的方形。只有那對深色眼珠短暫閃出淚光，但同樣迅速地，她用一邊的髒袖口偷偷一擦，眼淚消失了。她不聾也不啞，莫拉心想。她聽到了母親聲音裡的怒氣。每一天，以十幾種不同的方式，葛瑞絲一定會傳達出她對這個小孩的厭惡。而且這個小孩明白的。難怪諾妮很難搞，難怪她會惹葛瑞絲生氣。那是她唯一可以從她母親那邊奮力得到的情緒，也是能證明母女之間有任何情感的唯一證據。才七歲，她就已經曉得自己休想得到愛了。她比大人以為的要懂事，而且她所看到和聽到的，一定令她很痛苦。

瑞卓利蹲著太久了，這會兒她站起來伸展兩腿。現在已經八點了，她們沒吃晚餐，瑞卓利顯然已經沒什麼精力。她站著往下注視小女孩，兩個人的頭髮同樣亂，也有同樣堅定的臉。

瑞卓利疲倦地耐著性子說：「那麼，諾妮，你常常上去閣樓嗎？」

那一頭沾了灰塵的亂髮起勁點著。

「你在那裡都做些什麼？」

「沒做什麼。」

「你剛剛才說，你在那邊玩娃娃。」

「那個我已經跟你講過了。」

「那其他你還做了什麼？」

女孩聳聳肩。

瑞卓利進逼。「拜託，在上頭一定很無聊。我無法想像你為什麼要待在那個閣樓，除非有什麼好玩的事情可以看。」

諾妮的眼光垂下，看著自己的大腿。

「你偷看過修女們吧？你知道，就是看她們在做些什麼？」

「我常常看到她們啊。」

「那她們在自己房間裡的時候呢？」

「我是不准上去那裡的。」

「但是你有趁她們沒看到你的時候看嗎？趁她們不曉得的時候？」

諾妮低著頭。她對著自己的運動衫說：「那是偷看。」

「而且你明曉得不可以那樣的，」葛瑞絲說，「那是侵犯隱私。我已經跟你講過了。」

諾妮雙手交抱在胸前，用響亮的聲音宣布：「侵犯隱私。」聽起來像是嘲弄她母親。葛瑞絲紅著臉湊近她女兒，像是要打她。

瑞卓利迅速比個手勢阻止了葛瑞絲。「歐提斯太太，麻煩你和瑪麗・克雷蒙特院長離開食堂一下好嗎？」

「你原先說我可以留下的。」葛瑞絲說。

「我想諾妮可能需要多一點警方的勸說。如果你不在場的話，會比較有用。」

「喔。」葛瑞絲點頭，眼睛裡一抹不滿的神色。「當然可以。」瑞卓利對這個女人的判斷很正確。葛瑞絲根本沒興趣保護她女兒，而是想看到諾妮被懲戒、被嚇唬。葛瑞絲狠狠看了諾妮一眼，眼神表明現在你麻煩大了，然後走出食堂，院長跟在她後面。

一時之間，沒有人說話。諾妮低頭坐著，雙手放在膝上。完全就像個聽話的小孩。演技真不錯。

瑞卓利拉了一張椅子坐下，面對著諾妮。她在那邊等著，沒講話，讓沉默繼續延續下去。

最後，諾妮終於從一頭不乖的亂髮底下偷偷看了一眼瑞卓利。「你在等什麼？」她問。

「等你告訴我，你在卡蜜兒的房間看到了什麼。因為我知道你在偷窺她。我小時候也常做同樣的事情。偷看大人。看他們會做什麼奇奇怪怪的事情。」

「那是侵犯隱私。」

「是啊，可是很好玩，對不對？」

諾妮抬起頭，深色眼珠熱切盯著瑞卓利。「這是陷阱，你想設計我。」

「我不玩花招的，好嗎？我需要你幫我。我想你非常聰明。我敢說你看到一些大人根本不會注意到的事情。你覺得呢？」

諾妮悶悶不樂地聳了下肩膀。「或許吧。」

「那麼你看到修女們做了些什麼，告訴我一些吧。」

「比方奇怪的事情嗎？」

「是啊。」

諾妮湊近瑞卓利，輕聲說：「艾比蓋兒修女穿尿布。她會尿在自己褲子裡，因為她非常、非常老了。」

「你覺得有多老？」

「五十歲吧。」

「哇，那還真老呢。」

「科妮麗亞修女老是挖鼻孔。」

「好噁。」

「而且她覺得沒人看到的時候，會把鼻屎彈到地上。」

「加倍噁。」

「而且她老是叫我去洗手，說因為我是個骯髒的小女孩。但是她自己都不洗手，手上還有鼻屎乾。」

「你搞得我都沒胃口了，小鬼。」

「所以我就跟她說，為什麼她不洗掉她的鼻屎乾，然後她就跟我發脾氣了。她說我講太多話。娥蘇拉修女也這樣說，因為我問她為什麼那位女士一根手指都沒有，她就叫我安靜點。我媽咪老是要我道歉。她說我給她丟臉。因為我老是跑去一些我不該去的地方。」

「好了，好了，」瑞卓利說，一副很頭痛的樣子。「這些事情很有趣。但是你知道我想聽的是什麼嗎？」

「什麼？」

「你在卡蜜兒的房間看到了什麼。隔著那個窺視孔。你之前偷看過，有沒有？」

諾妮的眼光又垂回膝上。「或許吧。」

「有沒有？」

這回諾妮順從地點了個頭。「我想看……」

「想看什麼？」

「想看她們的衣服底下穿了什麼。」

莫拉差點忍不住大笑出聲。她還記得自己在諸聖嬰學校時，也很好奇修女服底下穿了什麼。修女似乎是謎樣的生物，她們的身體百般掩飾得沒有形狀，黑袍擋住了好奇的目光。耶穌的新娘貼身穿的是什麼？她以前都想像是很醜的、腰線蓋住肚臍的白色燈籠褲，以及設計來遮掩並束縛的棉胸罩，還有厚厚的長筒襪把浮凸著青筋的兩腿包得像香腸。她還想像那些身體禁錮在一層又一層乏味的棉布底下。然後有一天，癟起嘴的蘿倫西亞修女爬樓梯時提起自己的裙子，莫拉驚訝地看見修女拉高的裙底內，露出了一抹紅色。那不光是一件紅色連身襯裙，還是一件紅色絲緞襯裙。從此她就無法再用以往的眼光看蘿倫西亞修女，或是任何修女了。

「你知道，」瑞卓利說，湊向那女孩。「我也一直很好奇她們的修女服底下穿了什麼。結果你看到了沒有？」

諾妮表情嚴肅地搖頭。「她從來不脫掉衣服。」

「連睡覺的時候都不脫？」

「她們睡覺之前，我就得回家了。我從來沒看到。」

「唔，那你看到了什麼？卡蜜兒獨自在房間裡都做些什麼？」

諾妮翻白眼，好像答案簡直無聊得不值一提。「她在打掃，老是在打掃。她是最愛乾淨的修女。」

莫拉想起那刷過的地板，表面的亮光漆都磨掉了。

「她還做些其他什麼？」瑞卓利問。

「她會看書。」

「還有呢？」

諾妮頓了一下。「她常常哭。」

「你知道她為什麼哭嗎？」

諾妮咬著她的下唇思索。忽然間她臉色一亮，想到答案了。「因為她為耶穌感到遺憾。」

「你為什麼這麼想？」

諾妮煩惱地嘆了口氣。「你不曉得嗎？祂死在十字架上啊。」

「也許她是為了別的事情哭。」

「可是她一直看著祂。祂就掛在牆上。」

莫拉想著那個十字架，掛在卡蜜兒的床對面。她想像著那個年輕的初學修女拜倒在十字架前，祈禱……祈禱什麼？原諒她的罪？從種種後果中解脫出來？但是隨著每個月過去，她體內的孩子都會長得更大，她會開始感覺到它在動。任何祈禱或刷洗，都無法洗去那種罪。

「問完了嗎？」諾妮問。

瑞卓利嘆口氣，往後靠坐在她的椅子上。「是的，小朋友。問完了。你可以去找你媽了。」

諾妮跳下椅子，隨著砰地一聲落地，她的捲髮也彈跳著。「她也在為那些鴨子傷心。」

「老天，聽起來當晚餐真不錯，」瑞卓利說，「烤鴨。」

「她以前常常去餵鴨子，但是接著那些鴨子冬天都飛走了。我媽媽說有些鴨子不會再回來了，因為會在南方被吃掉。」

「是啊，唔，這就是人生啊。」瑞卓利揮手打發她。「去吧，你媽在等你呢。」

那女孩快走到廚房門時，莫拉又喊她：「諾妮？卡蜜兒餵的那些鴨子，是在哪裡？」

「就是池塘的那些？」

「哪個池塘？」

「你知道，在後面。就連鴨子飛走之後，她也還是一直跑去外頭找牠們，但是我媽咪說那是浪費時間，因為那些鴨子大概已經在佛羅里達了。迪士尼世界也在那裡。」她補充，然後蹦蹦跳跳離開食堂。

接下來有好長一段沉默。

瑞卓利緩緩轉身看著莫拉。「你剛剛聽到了嗎？」

「是的。」

「你認為……」

莫拉點頭。「你們得去搜查那個池塘。」

莫拉的車駛入她家的車道時，已經快十點了。她客廳的燈亮著，製造出家裡有人在等著她的假象，但是她知道屋裡沒人。迎接她回家的，向來就是個空房子，打開那些燈的並不是人類的手，而是附近沃爾瑪商場買來的一套三個自動定時器。在白晝短暫的冬天，她會設定那些燈五點打開，以確保自己回家時不會看到一棟黑暗的房子。她當初選擇在波士頓西郊的布魯克萊定居，是因為這裡的街道安靜、行道樹排列成行，讓她很有安全感。她的鄰居大部分都是都會專業人員，跟她一樣在市區工作，每天晚上回到這個郊區的避風港。她一邊的鄰居特魯什金是來自以色列的機器人工程師。另一邊的鄰居莉莉和蘇珊是人權律師。夏天時，每一戶的花園都整理得乾淨整齊，車子都打蠟發亮，像個新版的美國夢，在這裡，女同志和移民專業人士會隔著修剪過的樹籬開心揮手招呼。在離市區這麼近的距離內，這裡是最安全的住宅區，但莫拉知道安全這個觀念有多麼虛假。通往郊區的路上可能有被害人，也可能有掠食者。她的解剖台是個民主的終點站，不會歧視郊區的家庭主婦。

儘管她客廳裡的燈提供了舒適的光，但屋子裡感覺很冷。也或許是她把冬天帶進來了，就像某些卡通裡面的角色，頭頂總是懸著暴雨雲。她打開溫度自動調節器，點燃了瓦斯壁爐裡的火——很方便的設施，一開始她覺得太假了，但後來愈來愈懂得欣賞。火就是火。無論是用開關點燃，或是用木頭和引火柴折騰半天。今夜，她渴望著火帶來的溫暖和歡喜的亮光，也很慶幸可以這麼快就能獲得滿足。

她倒了一杯雪利酒，坐在壁爐旁的一張椅子上。隔著窗子，她看得到對街那棟房子上掛了聖誕節燈飾，像是閃爍的冰柱從屋簷垂下——讓她心煩地想起自己根本都忘了要過聖誕節。她還沒買聖誕樹，也沒去採購禮物，甚至沒去買聖誕卡。這將是她連續第二年這樣了。去年冬天，她才剛搬來波士頓，正在忙著安頓家裡和工作，幾乎沒注意到聖誕節就這樣匆匆過去。那你今年的理由是什麼？她心想。現在她只剩一星期的時間，可以買棵樹來掛上彩燈、調製應景的蛋酒。最少，她應該要像小時候那樣，在鋼琴上彈幾首聖誕頌歌。琴譜應該還在琴凳裡，一直沒動過，上回拿出來是……

是我跟維克多共度的最後一個聖誕節。

她看著邊桌上的電話。已經可以感覺到雪利酒的後勁，她知道自己現在做的任何決定，都會太鹵莽，都會受到酒精的影響。

但是她拿起了電話。飯店接線生幫她轉接到房間裡時，她凝視著壁爐，想著：這是個錯誤。我這樣只會搞得自己心碎而已。

他接了電話：「莫拉？」她半個字都還沒說，他就知道打來的是她。

「我知道現在很晚了。」她說。

「才十點半而已。」

「但是我不該打這通電話的。」

「那你為什麼要打？」他輕聲問。

她停頓一下，閉上眼睛。即使如此，她還是可以看到火焰發出的亮光。即使你沒看著火，即使你假裝那些火不存在，但是火焰還在持續燃燒。無論你是不是看著，都照樣在燒。

「我想，我不該再繼續躲著你了，」她說，「否則我的人生永遠不可能往前走。」

「唔，這個打電話的理由，讓我覺得很榮幸。」

她嘆氣。「我表達得不夠清楚。」

「你想告訴我的話，我不認為有任何辦法可以講得很仁慈。你至少可以做的，就是當著我的面說出來，而不是透過電話。」

「那樣會比較仁慈嗎？」

「會勇敢得多。」這是挑釁，要攻擊她的勇氣。

她身子坐直些，雙眼又回到壁爐內的火。「為什麼你覺得有差別？」

「面對現實吧，我們都需要往前走。我們一直都還困在原地，因為兩個人都沒真正搞懂到底是哪裡出了錯。我愛過你，而且我認為你也愛過我，但是看看我們最後的收場是什麼。我們連朋友都做不成。告訴我這是為什麼。為什麼兩個曾經跟對方結婚的人，彼此沒辦法進行一場禮貌的談話？就像我們跟其他人談話那樣？」

「因為你不是其他人。」*因為我愛過你。*

「我們可以辦得到的，好嗎？只要談話，面對面。埋葬舊日鬼魂。我很快就會離開波士頓了。現在不談，以後永遠不會有機會了。我們可以繼續躲著對方，也可以開誠布公，談一下到底發生了什麼事。如果你想要的話，一切都怪我也可以。我承認，我的確該被怪罪。但是，我們就別再假裝對方不存在了吧。」

她低頭看著喝空的雪利酒杯。「你想什麼時候碰面？」

「我現在就可以過去。」

隔著玻璃窗，她看到對街的裝飾燈忽然變暗了，那些閃爍的冰柱消失在雪夜裡。現在離聖誕節還有一星期，而她這輩子從來沒有覺得這麼孤單過。

「我住在布魯克萊。」她說。

7

她看到他的車頭燈照過墜落的雪花。他開得很慢，搜尋著她家的地址，然後在車道盡頭停下來。你也有疑慮嗎，維克多？她心想。你是否也在想這會不會是個錯誤，在想你應該掉頭回市區？

車子在人行道邊停好了。

她離開窗邊，站在客廳裡，意識到自己的心臟猛跳，雙手冒汗。門鈴聲讓她嚇了一跳。她還沒準備好要面對他，但他現在已經到了。她也不能就讓他站在外頭的寒風裡枯等。

門鈴又響了。

她打開門，雪花迴旋著撲進來，同時在他的夾克上閃爍，在他的頭髮和鬍子上發亮。這一刻就像典型的賀卡圖案，舊情人站在她家門口，渴求的目光搜尋著她的臉，而她除了「請進」之外想不出要說什麼。沒有親吻，沒有擁抱，連握手都沒有。

他踏入屋內，脫掉夾克。她接過去掛起來，聞到一股熟悉的皮革氣味，維克多的氣味，令她喉頭發痛。她關上衣櫥門，轉身看著他。「要喝杯酒嗎？」

「咖啡怎麼樣？」

「真正的那種？」

「才三年不見而已，莫拉。你根本不必問的。」

的確，她不必問。他向來喝很濃的黑咖啡。她感覺到一股不安的熟悉感，帶頭走向廚房。她從冷凍庫拿出那袋蘇特羅山咖啡店的咖啡豆。那是他們在舊金山時最喜歡的牌子，她到現在還持續訂購，那家店每兩個星期就會寄一袋過來。婚姻雖然告終，但有些事物就是無法放棄。她磨著豆子，打開咖啡機，意識到他在打量她的廚房，看著一塵不染的Sub-Zero不鏽鋼冰箱、Viking爐子，還有黑色大理石的料理台面。她買下這棟房子不久後，就把廚房重新裝修過，而且看到他現在站在她的領土，讓她有種得意的感覺，他所看到的一切都是她辛苦工作掙來的。就這點來說，他們的離婚相當簡單；完全沒有要求對方什麼。才結婚兩年，他們就只是拿回各自的資產，分道揚鑣。這個家是她一個人的，而且每天晚上，當她走進門，她知道裡頭每樣東西都不會有別人動過。每一件家具都是她買的，她挑的。

「看起來，你終於有個夢想中的廚房了。」他說。

「我很滿意。」

「那麼告訴我，用六爐口的精緻爐子做菜，食物真的比較好吃嗎？」

她不太喜歡他話中蘊含的諷刺，於是反擊：「事實上，的確比較好吃。而且用義大利的理查．基諾里（Richard Ginori）瓷器，也會比較好吃。」

「那以前那些可靠的Crate and Barrel餐具呢？」

「我決定好好寵自己，維克多。我不再對擁有錢和花錢感到罪惡了。人生太短，不能一直活得像個嬉皮。」

「啊拜託，莫拉。跟我住在一起，就是活得像嬉皮嗎？」

「你讓我覺得，把錢花在少數奢侈享受上頭，好像就背叛了奮鬥的目標。」

「什麼奮鬥的目標？」

「對你來說，所有一切都是奮鬥的目標。有很多人在安哥拉挨餓，所以我買一塊好桌布就是一種罪。或者吃牛排。或者擁有賓士車。」

「我以為你也相信這些的。」

「猜猜怎麼著，維克多？理想主義變得太累了。我並不以擁有錢為恥，也不想因為花錢而覺得罪惡。」

她幫他倒了咖啡，好奇著他會不會注意到一些諷刺的小細節：他這麼迷蘇特羅山的咖啡豆，但這些豆子卻是從西岸大老遠運來的（浪費噴射機燃料！）。或者她裝咖啡的杯子上頭印著一家藥廠的商標（廠商賄賂！）。但他只是沉默的接過杯子。對於一個總是被自己的理想主義所驅動的人來說，他今天真的是特別克制。

當初也就是這種熱情吸引了她。他們是在舊金山一個探討第三世界醫藥狀況的學術會議上認識的。當時她發表了一篇有關海外死者解剖率的論文；他的演講則是有關「一個地球」醫療團隊在海外所碰到的許多人類悲劇。站在滿室穿著光鮮的聽眾面前，維克多看起來不像醫生，倒是比較像個疲倦而不修邊幅的背包客。他其實才剛從瓜地馬拉市搭飛機趕過來，連燙襯衫的時間都沒有。他走進會場時只帶了一盒幻燈片。沒帶講稿，沒帶筆記，只有那些珍貴的影像，悲慘地在銀幕上播放著。因破傷風而垂死的衣索比亞年輕媽媽，被遺棄在路旁的祕魯兔唇嬰兒，死於肺炎的哈薩克女孩包在裹屍布中。他強調，每張幻燈片都是一樁原本可以防止的死亡。這些都是戰爭、貧窮和愚昧的無辜受害者，而且本來是他的組織「一個地球」可以挽救的。但是他們從來沒有足夠的金錢與足夠的義工，以滿足每次人道主義危機的需求。

莫拉雖然坐在黑暗會場中段的位置，但聽著他慷慨激昂地談起帳篷診所和食物救濟站，談起每天都有被遺忘的窮人死去，還是讓她很感動。

等到燈光亮起，她所看到站在演講台上的，再也不是一個衣衫凌亂的醫師，而是一個因為意志堅強而格外耀眼的男子。她，向來堅持在自己生活中保持秩序與理性，卻發現自己被這個男子所吸引，他的生活緊張到簡直可怕，他的工作會帶領他到全世界最混亂的地方。

那麼，他在她身上看到了什麼？絕對不是個跟他類似的十字軍女戰士。反之，她為他的生活帶來了穩定和冷靜。她是計算收支、負責持家的那個人，是在他跑遍各大洲、處理一個接一個危機之時，守候在家裡的那個人。他的生活只靠一個行李箱，而且充滿了危險刺激。

沒有我之後，那樣的生活會快樂得多吧？她心想。他看起來並不特別快樂，坐在我的廚房餐桌前，喝著咖啡。從很多方面看來，他還是同樣的那個維克多。他的頭髮有點亂，他的襯衫需要好好燙一下，衣領的邊緣都磨損了——全都是他對浮面表象不屑的證據。但從某些方面看來，他又的確是不一樣了。更老、更疲倦，看起來似乎很安靜，甚至是哀傷，他的熱情之火被成熟的閱歷稍微壓下去了。

她拿著自己那杯咖啡坐下來，兩人隔桌對望。

「我們三年前就該有這番談話了。」他說。

「三年前，你根本不會聽我講的。」

「你試過嗎？你有坦白告訴我，說你厭倦當一個活動人士的妻子嗎？」

她低頭看著自己的咖啡。沒有，她都沒告訴他。當時她克制住了，就像她總是克制住任何擾亂她的情緒。憤怒、怨恨、絕望——這些情緒都會讓她覺得失控，也是她無法忍受的。後來終於簽下離婚協議書時，她感覺出奇地超然。

「我從不曉得那樣的狀況對你有多辛苦。」他說。

「如果當初我告訴你，情況會有改變嗎？」

「你可以試試看啊。」

「然後你會怎麼做？辭掉『一個地球』的工作？當時根本沒有妥協的辦法。你一直在扮演聖人維克多，從這裡頭得到太多滿足和興奮了。所有的獎項，所有的讚美。不會有人只因為當個好丈夫，就能登上《時人》雜誌封面的。」

「你認為這是我做這些事的原因？為了受到矚目、為了知名度？耶穌啊，莫拉。你明知道這份工作有多麼重要！拜託也至少給我一點認可吧。」

她嘆氣。「你說得沒錯，我那樣講對你不公平。但是我們都知道，如果你辭職的話，你會想念那份工作的。」

「沒錯，我會想念。」他承認。然後低聲補充：「但是我當時沒想到，我會有多麼想念你。」

她讓那些話過去，沒有回答，讓沉默在他們之間延續。老實說，她不曉得該說什麼，他的招認讓她完全猝不及防。

「你氣色很好，」他說，「而且你似乎很滿足，是這樣嗎？」

「沒錯。」她的回答太快、太不假思索。她感覺自己臉紅了。

「新工作很適應？」他問。

「很有挑戰性。」

「比在加州大學嚇唬那些醫學院學生要有趣？」

她笑了一聲。「我才沒有嚇唬學生呢。」

「他們可能不這麼認為。」

「我對他們的要求比較高，如此而已。而且他們通常也幾乎都能達到要求。」

「你是個好老師，莫拉。我很確定那所大學會很希望你再回去的。」

「唔，我們都往前走了，不是嗎？」她可以感覺到他的目光盯著她，而她刻意保持面無表情。

「我昨天在電視上看到你了，」他說，「晚間新聞裡。有關那些修女被攻擊的報導。」

「我本來希望攝影機不會拍到我的。」

「我一眼就認出你了。他們拍到你走出大門。」

「那是這份工作的職業傷害之一。總是會受到公眾矚目。」

「我想，尤其是那個案子吧。每個電視台都在報導。」

「電視上怎麼說？」

「說警方目前沒有任何嫌疑犯。說至今還不曉得動機。」他搖搖頭。「聽起來的確完全沒道理，居然去攻擊修女。除非有某種性攻擊。」

「那樣就會比較有道理嗎？」

「你明知道我的意思。」

是的，她確實知道，而且她也夠了解維克多，不會被他的評論激怒。冷血算計的性掠食者和搞不清現實的精神病患，兩者之間的確是有所不同的。

「我今天上午做了驗屍解剖，」她說，「多處頭骨破裂。中腦膜動脈被扯破。他打了她一次又一次，大概是用槌子。我不認為可以把這種攻擊歸為理性的。」

他搖著頭。「你怎麼有辦法對付，莫拉？你以前是替整齊、乾淨的醫院死者做解剖，現在卻要處理這樣的案子？」

「醫院裡的死者也不見得都是整齊、乾淨的。」

「但是幫兇殺案的被害人驗屍？而且她很年輕，不是嗎？」

「才二十歲。」她暫停，差點就要把解剖中的其他發現告訴他。他們當夫妻時，總是會分享醫學八卦，相信對方會對這類資訊保密。但是這個主題太沉重了，她不想邀請死神更深入這段談話。

她站起來要幫兩人加咖啡。等到她拿著咖啡壺回到桌前，她說：「接下來談談你自己吧，聖人維克多最近在忙什麼？」

「拜託不要那樣喊我。」

「你以前覺得這個綽號很好笑的。」

「現在我覺得很不吉利。當媒體開始稱呼你是聖人，你就曉得他們在等待機會，要把你從神壇上拉下來。」

「我有注意到，你和『一個地球』常常登上新聞。」

他嘆了口氣。「很不幸。」

「為什麼很不幸？」

「對全球慈善機構來說，這一年過得很糟糕。有那麼多新的衝突，那麼多流離失所的難民。那就是我們上新聞的唯一原因。因為我們必須介入。我們只是運氣好，今年還能收到一筆大額捐款。」

「都是媒體幫忙報導的結果？」

他聳聳肩。「偶爾就會有一家大公司忽然良心發現，決定開一張支票給你。」

「而且還可以扣抵稅款，我相信也對他們沒有壞處。」

「但是錢花得好快。只要有個瘋子忽然發動戰爭，忽然間，我們就得處理上百萬的難民，又會有十萬名兒童死於傷寒或霍亂。就是這種事害我晚上睡不著覺，莫拉。想到那些小孩。」他喝了口咖啡，然後放下杯子，好像再也受不了那個滋味了。

她看著他靜坐在那裡，注意到他黃褐色頭髮裡面新出現的灰絲。他雖然老了些，她心想，但是那種理想主義一點都沒有消失。一開始吸引她的，就是這種理想主義——後來也因此逼得他們分手。這個世界需要維克多的關注，她競爭不過，而且她根本就不該試的。到頭來，他和那個法國護士的外遇並不意外。那是他的反抗行動，以此維護自己的獨立性。

他們陷入沉默，不看對方。兩個曾經彼此相愛的人，現在卻想不出有什麼話可說。她聽到他站起來，然後看著他站在水槽前沖洗自己的杯子。

「多明妮克最近怎麼樣？」她問。

「不曉得。」

「她還在『一個地球』工作嗎？」

「沒有。她離開了。在那件事情之後，我們兩個都不自在，所以……」他聳聳肩。

「你們沒有保持聯絡？」

「她對我並不重要，莫拉。你知道的。」

「真好笑，但是她對我變得很重要。」

他轉過來面對她。「你想，會有那麼一天，你不再生她氣了嗎？」

「已經三年了，我想我應該不要再氣了。」

「你沒有回答我的問題。」

她低頭。「你有外遇。我必須生氣。這是唯一的辦法。」

「唯一的辦法？」

「這樣我才能離開你，才能忘記你。」

他走向她。雙手放在她肩上，那觸摸溫暖而親密。「我不希望你忘記我。即使這表示你恨我，但至少你對我是有感覺的。最讓我難受的就是這一點：你有辦法就這樣走掉，對於一切似乎都無動於衷。」

那是我所知道唯一的應對方式，她心想，同時感覺到他的雙臂環繞住她，感覺到他溫暖的氣息拂過她的頭髮。她老早學會該如何把這一切混亂的情緒裝箱。他們兩個太不配了，活力十足的維克多，娶了死亡天后。他們怎麼會以為這樣的婚姻行得通？

因為我想要他的熱度、他的激情。我想要自己永遠不可能做到的。

電話鈴聲響起，維克多攬著她肩膀的雙臂僵住。他退開，拋下她渴望著他的溫暖。她起身，走向廚房的電話。拿起來時看了一下來電者，於是知道這通電話會讓她又回到外頭的雪夜中。她跟那位警探談話，匆忙記下路怎麼走，同時看到維克多認命地搖了一下頭。今夜，被緊急叫去工作的是她，而他是被丟在家裡的人。

她掛斷電話。「對不起，我得出門了。」

「是死神打來的？」

「羅斯伯里有個命案現場。他們正在等我。」

他跟著她進入走廊，走向前門。「你要我陪你一起去嗎？」

「為什麼？」

「讓你有個伴啊。」

「相信我，命案現場會有很多伴的。」

他朝客廳窗子外頭看了一眼，雪下得很大。「今天夜裡開車不太安全。」

「對我們兩個來說都是。」她彎腰穿上鞋子，很慶幸現在說話看不到他的臉。「你沒有必要開車回旅館，乾脆就留在這裡吧？」

「你的意思是，留在這裡過夜？」

「這樣對你可能比較方便。你可以睡客房。我大概要幾個小時後才能處理完。」

他的沉默害她臉紅了。她還是不敢看他，只是低頭扣好了自己的大衣，接著打開前門，忽然急著想逃離現場。

然後她聽到他說：「我會等你回來。」

閃示的警燈照向大雪形成的白紗簾。她把車停在一輛巡邏車正後方，一名巡邏警員走上來，那張臉半藏在豎起的衣領後頭，像烏龜縮回自己的殼裡。莫拉降下車窗，瞇眼看著他手電筒的亮光。雪片被風吹進車裡，在儀表板上滑行。

「我是法醫處的艾爾思醫師。」她說。

「好的，你可以停在這裡，沒問題。」

「屍體在哪裡？」

「裡頭。」他的手電筒揮向對街的一棟建築物。「前門上了掛鎖——你得從小巷的入口進去。這一帶都停電了，所以走路要小心。你要帶著手電筒。那條巷子裡堆了各式各樣的箱子和垃圾。」

她踏出車子，走進一片蕾絲般的白色雪幕中。今天她為天氣做足了準備，也很慶幸自己穿在防水保溫棉靴子裡的雙腳溫暖而乾燥。路上落下的新雪至少有六吋深，但雪花輕柔如羽毛，於是她的靴子在積雪上踩出一道溝，完全沒有碰到一絲阻力。

到了小巷入口，她打開手電筒，看到了一條垂下的警方封鎖帶，那黃色幾乎被外頭罩上的一層白完全遮住了。她跨過那封鎖帶，靴子踢到一個結實的東西，聽到了玻璃瓶滾開的嘩啦聲。這條巷子之前被當成垃圾堆了，她心想，不曉得在這層白色的積雪之下，埋藏了什麼樣噁心的東西。

她敲了門喊道：「哈囉？我是法醫。」

門盪開了，一支手電筒照向她的眼睛。她看不到拿手電筒的那名男子，但是認出達倫・克羅警探的聲音。

「嘿，醫師。歡迎光臨蟑螂城。」

「拜託手電筒不要對著我照，可以嗎？」

手電筒的光線從她臉上往下落，她看到了克羅的剪影，寬肩膀和隱隱的威脅性。他是兇殺組比較年輕的警探之一，每回和他合作，她都覺得自己走進了電視影集的佈景裡，而克羅就是其中的男主角，頭髮像明星般吹得很有型，姿態也像電影明星般驕傲而自信。像克羅這樣的男人，對女人唯一會尊重的，就是冷冰冰的專業作風，所以她也只讓他看到這一面。儘管男性法醫可能會跟克羅說笑，但她不行；她必須劃清界線，設下障礙，否則他就會設法削減她的權威。

她戴上手套和鞋套，走進屋裡。手電筒照著四周，她看到金屬表面的反光。一台大型電冰箱和金屬料理台面，一個商用爐台和幾台烤箱。

「這裡以前是柯提娜老媽義大利餐廳，」克羅說，「後來停業申請破產。房子兩年前被宣布成為危樓，兩個入口都加了掛鎖。巷子裡的那道門，看起來是被破壞掉好一陣子了。這個廚房裡的所有設備是打算要拍賣的，但是我不曉得誰會想要買。髒死了。」他的手電筒照向瓦斯爐，多年累積的油污厚得結成一層硬殼。一堆蟑螂被光照得匆匆逃走。「這個地方到處爬滿了蟑螂，都是這些可口的油汙養出來的。」

「屍體是誰發現的？」

「緝毒組的人。他們正在一個街區外進行突襲搜查。嫌犯跑掉了，他們認為他跑進這條巷子。追過來發現這道門被撬開，於是跑進來找嫌犯，結果發現了一個大驚喜。」他的手電筒指著地板。「這裡的灰塵有刮過的痕跡。看起來是加害者把被害人拖過廚房。」手電筒的光揮向廚房另一端。「屍體就在那邊，要穿過用餐室才看得到。」

「你們已經拍好影片了？」

「對。還得弄來兩組電池，才有足夠的光。現在兩組電池的電力都用完了。所以那裡會有點暗。」

她跟著克羅走向廚房門，手臂緊貼著身體，提醒自己不要碰任何表面——反正她也不想碰。她聽到周圍的陰影裡到處都有窸窣聲，心裡想著幾千隻昆蟲腳快步掠過牆面，黏在她頭上的天花板。她雖然對血污和怪誕都處之泰然，但是食腐昆蟲實在讓她很受不了。

走進用餐室，她聞到舊餐廳後方小巷常有的氣味組合：垃圾和走味啤酒。但在這裡還有別的：一種不祥的熟悉臭味，讓她的脈搏加速。那就是她來訪這裡的目標，她不禁好奇又擔心起來。

「看起來是有一些流浪漢闖進來過這裡，」克羅說，手電筒指著地板，於是她看到了舊毯子和一疊疊報紙。「另外那邊還有一些蠟燭。垃圾這麼多，幸好他們沒把這邊給燒了。」他的手電筒掠過一堆食物包裝紙和空罐頭，最頂端有兩個黃色眼珠瞪著他們瞧——一隻老鼠，毫不畏懼，甚至是趾高氣揚，料準他們不敢過來。

老鼠和蟑螂。有這些食腐動物，屍體還能剩下多少？她納悶著。

「繞過那個轉角就是了。」克羅帶著運動健將的自信，經過一張張桌子和堆疊的椅子。「靠這一側走。前面有一些腳印，我們不想破壞。有個人踩著血離開屍體，大概就是到這邊逐漸消失。」

他帶著她進入一條短廊。盡頭的門內有黯淡的燈光照出來，那是男廁。

「醫師來了。」克羅喊道。

另一道手電筒的光出現在門口。克羅的搭檔傑瑞．史力普走出男廁，戴著手套的手朝莫拉疲倦地揮了一下。史力普是兇殺組最年長的警探，每回莫拉看到他，他的肩膀似乎都下垂得更嚴重一點。她很好奇他會這麼無精打采，有多少是因為跟克羅搭檔所造成的。智慧和經驗都敵不過年輕的好鬥者，史力普老早就把控制權讓給那位跋扈的搭檔了。

「裡頭可不好看，」史力普說，「幸好現在不是七月。我真不敢想像，要不是這裡冷成這樣，會是什麼氣味。」

克羅大笑。「聽起來有人準備好要去佛羅里達過退休生活了。」

「嘿，我已經找好一戶很不錯的小公寓了。離海灘才一個街區。到時候我會成天只穿一條泳褲，曬太陽曬個夠。」

溫暖的海灘，莫拉心想。細糖般的沙子。他們現在都會想待在那裡，而不是這條陰冷的小走廊，只有三把手電筒照亮。

「全都交給你了，醫師。」史力普說。

莫拉走向門口，她的手電筒往下照著髒兮兮的地面，看到瓷磚鋪成黑白棋盤圖案。上頭有腳印和乾掉的血跡。

「沿著牆邊走。」克羅說。

她走進男廁，但立刻又往後縮，被腳邊一道竄過去的陰影嚇到了。「耶穌啊！」她說著駭笑一聲。

「是啊，那些老鼠是老大，」克羅說，「牠們可是享用了一頓人餐呢。」

在一間廁所小隔間的門下方，她看到一條尾巴掠過，想到那個流行已久的傳聞，說老鼠在下水道系統裡面游泳，從馬桶裡面冒出來。

她手電筒的光緩緩移動，照出兩個缺了水龍頭的洗手台，經過一個小便斗，裡頭的排水孔被垃圾和菸蒂堵住了。她的光線往下，照出一具裸屍，側躺在小便斗下頭。外露的顏面骨在纏結的黑色頭髮後頭發出光澤。食腐動物一直在大吃這一大批新鮮的肉，軀幹上頭有許多老鼠的咬痕。但最讓她驚駭的，並不是利齒造成的毀損，而是這具屍體好小。

是兒童嗎？

莫拉在旁邊蹲下，屍體的右臉頰貼著地板。她湊近後，看到完全發育的乳房——這不是小孩，她心想，而是小個子的成年女人，她的五官都被除去了。大吃的食腐動物已經貪婪地啃遍了沒貼地的左半邊臉，吃掉了皮膚，甚至是鼻軟骨。軀幹上殘餘的皮膚顏色很深。拉丁美洲裔的？她很好奇，她的手電筒照過瘦削的肩膀，往下來到脊椎。裸露的軀幹上到處散佈著泛紫的深色小腫粒。她的手電筒照向左臂，看到更多同樣的皮膚病變。這些腫起的疹子一路往下，直到大腿和小腿，再往下……

她的手電筒停留在腳踝。「老天！」她說。

屍體的左腳不見了。腳踝處被砍斷，傷口的邊緣腐爛發黑。

她的燈光轉到另一邊腳踝，看到另一隻被砍斷的殘肢，右腳也不見了。

「接下來，你看看兩手吧。」克羅說，此時他走近些，就站在她旁邊。他的手電筒燈光也加入，兩人照著屍體那兩隻往前攏、藏在軀幹陰影裡的手臂。

她沒看到兩隻手掌，只有被砍斷的殘肢，傷口邊緣被食腐動物咬得參差不齊。

她一時驚呆得身體往後晃。

「我想手腳不會是老鼠吃掉的。」克羅說。

她吞嚥了一口。「的確不是。這些都是截肢。」

「你想，兇手是在她還活著的時候，就切除掉手腳的嗎？」

她低頭看著地面上染血的瓷磚，只在殘肢附近看到一小灘乾掉的黑色血跡，沒有掃射的濺血痕。「手腳被砍下來的時候，已經沒有動脈壓了。截肢是死後進行的。」她看著克羅。「你找到截肢下來的手腳了嗎？」

「沒有。兇手帶走了。誰曉得為什麼？」

「兇手這麼做，可能有一個合理的原因。」史力普說，「我們現在沒有指紋，也就沒辦法查出她的身分了。」

莫拉說：「如果他是想抹去她的身分……」她望著死者的臉，那發出光澤的骨頭，想到其中含意，她心頭又冒出一股驚恐之感。「我得把她翻過來。」她說。

她從工具包裡拿出一張拋棄式床單，鋪在屍體旁邊。然後史力普和克羅一起把屍體往旁翻到床單上頭。

史力普猛吸一口氣，往後瑟縮。原先貼著地板的右臉現在看得到了。同時他們看到了一個子彈孔，貫穿左乳房。

但是嚇退史力普的並不是子彈孔，而是被害者的臉，那隻沒有眼皮的右眼往上看著他們。右臉之前貼著男廁的地板，應該是逃過老鼠的啃咬，但結果那張臉的皮膚沒了。露出了乾掉的、像皮革般一股股的肌肉，還有灰白色外凸的顴骨。

「這也不是老鼠咬的。」史力普說。

「沒錯，」莫拉說，「這個毀損不是食腐動物造成的。」

「基督啊，他就這樣把皮扯下來？那就像是剝掉一層……」

面具。只不過製作這個面具的材料，不是橡皮或塑膠，而是人類皮膚。

「他割掉了臉，還有雙手。他讓我們無法查出死者的身分。」史力普說。

「但是為什麼把雙腳也砍掉帶走？」克羅說，「一點道理也沒有。沒有人會用腳趾紋去鑑定身分的。何況，這被害人看起來就是那種失蹤了也不會被注意到的。她是黑人嗎？還是拉丁美洲人？」

「她失蹤有沒有被注意到，跟種族有什麼關係？」莫拉問。

「我只是說，這個人不會是什麼郊區的家庭主婦。不然她為什麼會死在這個地方？」

莫拉起身，她對克羅的反感忽然強烈到極點，只想盡量遠離他。她揮著手電筒在男廁裡照了一圈，光線掃過一個個洗手台和小便斗。

「那裡有血，在牆上。」

「依我看，兇手就是在這裡做掉她的，」克羅說，「把她拖來這裡，按到牆上，扣下扳機。然後就在她倒下的地方，把她的手腳砍掉。」

莫拉低頭看著瓷磚上的血。只有小小幾抹，因為截肢的時候，被害人已經死了。她的心臟已經停止跳動，停止把血輸送出去。兇手蹲在她旁邊，刀子深深切過她的手腕、割開她的關節時，她已經沒有任何感覺了。然後他的刀子劃過她的肉，剝下她的臉皮，像是在給一隻熊剝皮。最後他弄完了，還把自己的戰利品收集起來帶走，把她丟在這裡，像個棄置的屠體，送給這棟屋子裡肆虐的食腐動物。

死者身上沒有衣服可以阻擋利齒，幾天之內，老鼠就會把肌肉給啃掉大半。一個月內，就可以啃到見骨。

她抬頭望著克羅。「她的衣服呢？」

「我們只找到一隻鞋子。球鞋，四號。我想是他離開時不小心掉下來的，就在廚房地上。」

「上頭有血嗎？」

「有，鞋面上有血濺痕。」

她低頭看著死者右腳踝那段殘肢。「所以他就在這個房間裡面，脫掉了她的衣服。」

「死後性侵？」史力普問。

克羅冷哼一聲。「這個女人渾身都有這種噁心的怪疹子，誰會想要上她啊？總之，那疹子是什麼？應該沒有傳染性吧？不會是像天花之類的？」

「不是，這些皮膚病看起來像是慢性病，不是急性症狀。你看到有些疹子表面已經結痂了？」

「嗯，我無法想像任何人想碰她，更別說上她了。」

「總是有可能的。」史力普說。

「或者他脫掉她的衣服，只是為了露出屍體，」莫拉說，「好讓食腐動物更快毀壞屍體。」

「那為什麼要把衣服帶走？」

「這樣被害人的身分就更難查出來了。」

「我想他把衣服帶走，只是因為他想要。」克羅說。

莫拉看著他。「為什麼？」

「就跟他把手腳和臉皮帶走是同樣的原因。他想要紀念品。」克羅看著莫拉，在傾斜的影子中，他似乎顯得更高、更具威脅性。「我想這個兇手有收藏癖。」

她家的門廊燈亮著；隔著繽紛飛落的白雪，她可以看到那泛黃的微光。這個深夜時間，她家是這個街區唯一還亮燈的房子。以往的好多個夜晚，她都會回到這棟不是人手打開、而是電動定時器開燈的房子。但今夜，她心想，屋裡真的有人等著我回來。

然後她看到維克多的車子沒停在她的屋子前。他離開了，她心想。我回來了，一如往常，回到一棟空蕩的房子。那亮起的門廊燈，本來感覺那麼溫暖的，現在卻讓她覺得冷酷而孤寂。

她轉入車道，覺得胸中因為失望而空虛。最讓她難受的不是他離開，而是自己對此的反應。才跟他相處一個晚上，她心想，我就回到三年前的模樣，我的決心動搖了，我的獨立性瓦解了。

她按了車庫遙控器。門轟隆打開，她驚訝地詫笑一聲，看到裡頭有一輛藍色豐田車，停在左邊車格裡。

維克多沒離開，只不過是把他的車子挪到車庫裡而已。

她把自己的車停到那輛租來的豐田車旁邊，等到車庫門在她身後關上，她又在車上繼續坐了一會兒，清楚意識到自己加快的脈搏，還有血液中的期待高漲，像是嗑了藥似的。才十秒鐘，她就從絕望轉為狂喜。她還得提醒自己，一切都沒有改變。她和維克多之間，什麼都改變不了。

她下了車，深吸口氣，然後走進屋裡。

「維克多？」

沒有回應。

她朝客廳看了一眼，然後走進通往廚房的走廊。咖啡杯洗淨收好了，所有他來訪的痕跡全數抹去。她察看了幾間臥室和她的書房，還是沒看到維克多。

回到客廳，她才看到他的腳，穿著白色襪子，從沙發一角伸出來。她站在那裡看著他睡覺，他一隻手臂垂向地板，滿臉平靜。這不是她記憶中的維克多，不是那個一開始熱情強烈而吸引她、後來又逼走她的男人。她對兩人婚姻的記憶，就是種種爭吵，只有相愛的人才有辦法留下那麼深的傷口。離婚扭曲了她對他的記憶，把他變得更陰暗、更憤怒。之前她也長期助長這樣的記憶，因而此刻看到他這麼不設防，讓她驚訝地記起以往。

我以前老是看你睡覺的樣子。我以前一直愛著你。

她去櫥櫃裡拿了條毯子，幫他蓋上。然後伸手想摸他的頭髮，中途停住，她的手懸在他頭頂上方。

他忽然睜開眼睛看著她。

「你醒了。」她說。

「我本來沒打算睡著的。現在幾點了？」

「兩點三十。」

他哀嘆起來。「我要走了——」

「你不如就留下吧。外頭雪下得好大。」

「我把車子移進車庫裡了。希望你不介意。之前市政府的鏟雪車經過——」

「你不移車的話，就會被拖吊。沒問題。」她微笑，然後輕聲說：「回去睡覺吧。」

他們彼此凝視片刻。渴望的同時又懷疑，她什麼都沒說，太清楚做錯一個決定的種種後果。他們兩個當然都在想同樣一件事：她的臥室就在前方走廊裡。只要一小段路，一個擁抱，她就又會回去了。回到她之前百般努力想逃離的老路。

她起身，那種堅忍的毅力簡直就像是努力逃出流沙。「明天早上見了。」她說。

她在他眼中看到的是失望嗎？她很好奇。但想到那個可能性，不禁有點小小的開心。

躺在床上，她睡不著，知道他在同一個屋簷下。她的屋簷，她的領土。當年在舊金山，他們住的房子是他在婚前擁有的，她從來不曾真正覺得那是她的房子。今夜，情況翻轉過來，她是掌控全局的人。接下來會發生什麼事，是由她決定。

種種可能性讓她覺得苦惱。

直到她驚醒時，這才明白自己睡著了。天光照亮了窗戶。她躺在床上一會兒，想著是什麼吵醒了自己，想著待會兒要跟他說什麼。然後她聽到車庫門隆隆打開，汽車的引擎低吼著倒出車道。

她爬下床，望向窗外，剛好看到維克多的汽車開走，繞過轉角消失了。

8

天剛破曉，珍．瑞卓利就醒了。她這棟公寓外頭的街道依然安靜；早晨的通勤人潮還沒出現。她往上看著一片昏暗，心裡想著：拜託，你得去做這件事。你不能一直把頭埋在沙子裡。

她打開燈，坐在床緣，覺得反胃想吐。儘管房間裡很冷，但她卻在冒汗，身上的T恤黏在潮溼的腋下。

該去面對現實了。

她赤腳走進浴室。那個紙袋擱在洗手台旁的台面上，是她前一夜放的，好確保自己今天早上不會忘了使用。其實她根本不需要任何提醒。她打開袋子裡面的那個紙盒，拆掉錫箔紙小包，然後拿出驗孕棒。昨天夜裡她閱讀過好幾次說明，已經記住了。但現在她還是暫停下來又閱讀了一次，再拖延一下。

最後她終於坐在馬桶上。手拿驗孕棒放在大腿之間，把小便尿在棒子尖端，用清晨的排尿浸溼棒頭。

然後等兩分鐘，說明書上是這樣指示的。

她把驗孕棒放在台面上，接著走進廚房。她倒了一杯柳橙汁，那隻手以往可以握住手槍，扣下扳機，一發接一發，擊中每一個目標，但現在握著那杯柳橙汁湊近嘴邊時，同樣的那隻手卻在發抖。她瞪著廚房裡的時鐘，看著秒針一格接一格移動，感覺自己的脈搏隨著兩分鐘倒數愈來愈快。她從來不懦弱，面對敵人從不畏縮，但眼前這種害怕是完全不同的，私密而折磨。她害怕自己會做錯決定，害怕自己的餘生會因而受苦。

該死，珍。快點去看吧。

她忽然好氣自己，很厭惡自己的懦弱，於是放下果汁，走回浴室。中間甚至沒在門邊停下來鼓起勇氣，而是直接走到洗手台，拿起那根驗孕棒。

她不必閱讀說明書，就知道驗孕棒格子裡的那條紫線是什麼意思。

她不記得自己是怎麼走回臥室的。回過神來的時候，她發現自己坐在床緣，驗孕棒放在膝上。她從來不喜歡紫色；太女性化、太豔麗了。現在光是看到那條紫線，就讓她想吐。她本來以為自己完全準備好要面對結果，但其實她毫無準備。她的雙腿因為以同一個姿勢坐太久而發麻，但她好像沒辦法換個姿勢。就連她的腦袋也停擺，每個思緒都被震驚和猶豫不決給困住了。她想不出接下來該做什麼。腦海中浮現的第一個衝動非常幼稚，而且完全非理性。

我要找我媽媽。

她三十四歲，已經獨立了。她不時就得踢開一扇門，追捕謀殺犯。她殺過一個男人。而現在她卻這樣：忽然間，渴望著她母親的懷抱。

電話響了。

她不知所措地看著電話，好像認不出那是什麼。響到第四聲時，才終於接起來。

「嘿，你還在家裡嗎？」佛斯特說，「搜查小組全都到了。」

她努力想集中注意力，搞懂他的話。搜查小組。池塘。她轉頭看著床頭的時鐘，很驚訝地發現已經八點十五分了。

「瑞卓利？他們準備好要開始打撈了。你要我們先開始嗎？」

「好的。我馬上趕過去。」她掛斷電話。聽筒砰地一聲放回聽筒架，像是催眠師的彈指聲。她坐直身子，催眠狀態打破了，再度把全副注意力放在工作上。

她把驗孕棒扔進垃圾桶。然後換衣服出門工作。

老鼠女。

活了一輩子，到最後就被濃縮成這個稱號，莫拉心想，往下看著解剖台上躺著的屍體，種種恐怖狀況都蓋在一張床單下頭。無名，無臉，你的存在就被總結為三個字，只強調你生命結束時有多麼屈辱，成為老鼠的飼料。

這個綽號是達倫·克羅昨天夜裡取的，當時他們站在那棟廢屋裡，手電筒光線外環繞著奔忙的老鼠和蟑螂之類。他毫不在意地把這個綽號告訴運屍人員，到了第二天早上，莫拉走進她的辦公室，才發現法醫處的員工也稱呼那位被害人為「老鼠女」了。她知道這只是個方便的稱呼，否則也只能稱這個女人是無名氏，但莫拉聽到連史力普警探都這麼喊，還是不禁皺了下臉。這就是我們超越恐怖的方式，她心想。我們跟這些被害人保持距離。我們用綽號、生理特徵，或案件編號稱呼他們。然後他們就變得不太像人類，這樣他們的厄運就不會令我們心碎。

她抬頭看著克羅和史力普走進來。史力普因為昨天夜裡的加班而一臉疲倦，解剖室刺眼的燈光更殘酷地強調了他的眼袋和鬆垮的下巴。站在他旁邊的克羅則像一頭年輕的獅子，古銅色的肌膚，身材精壯而充滿自信。克羅是那種你不想得罪的人：在他傲慢的外表之下，還潛藏著殘暴。他低頭看屍體，厭惡地撇著嘴。這回的驗屍不會愉快，就連克羅似乎也對即將發生的解剖帶著一些驚惶。

「X光片掛在燈箱上了，」莫拉說，「我們先過去看一下吧。」

她走到房間另外一頭的牆邊，按了開關。燈箱閃爍著亮起，照著肋骨、脊椎和骨盆所形成的鬼影。散佈在胸腔裡，像是一片銀河般灑在肺臟和心臟上的，是發亮的金屬斑點。

「看起來像是霰彈。」史力普說。

「一開始我也是這麼想的，」莫拉說，「但是如果你看這裡，就在這根肋骨旁邊，看到這塊暗影了嗎？在肋骨的輪廓下幾乎看不見。」

「金屬包覆彈？」克羅說。

「我覺得是。」

「所以這個不是霰彈槍的子彈。」

「對。這個看起來像是格雷瑟子彈。從我在這裡看到的彈丸數量來判斷，最可能是藍色彈尖的子彈。黃銅包覆層，裡頭裝的是十二號的小鉛丸。」

這種子彈的設計，是要造成遠超過傳統子彈的破壞性。對著目標發射一顆格雷瑟子彈，擊中後，子彈內的鋼珠就會形成一大堆碎片。她不必切開軀幹就知道，這麼一顆格雷瑟子彈會造成毀滅性的損害。

她取下胸部X光片，夾上兩張新的片子。這兩張影像讓人更不安，而原因是出在裡頭所缺少的東西。這兩張是左右兩隻前臂的X光片。前臂的兩根長骨：橈骨和尺骨，通常是從手肘延伸往下，在手腕處接上卵石般密集排列的腕骨。但這兩隻手臂的骨頭，卻是突然中斷。

「左手從這裡脫離了，就在橈骨莖突和舟狀骨之間的關節，」莫拉說，「兇手把所有腕骨、連同整隻手都切掉了。從別的角度，甚至可以看到刀子沿著橈骨莖突的邊緣，留下一些切割痕。他就從手臂骨和腕骨相接的地方，切下了整隻手。」她指著另外一張X光片。「現在看看右手。這裡，他就沒有切得那麼整齊了。刀子不是直切過腕關節，而且把手切除時，留下鉤骨沒切掉。你們可以看到刀子在這邊切過，看起來他找不到關節的確切位置，最後就盲目地到處亂鋸，直到他找到關節。」

「所以這兩隻手不是隨便砍掉，比方說用斧頭之類的。」史力普說。

「對。是用刀子切下的。他切下的方式，就像一般人切雞腿，你會把雞腿拉一拉，露出關節，然後切穿韌帶。這麼一來，你就不必鋸穿骨頭了。」

史力普皺起臉。「我想我今天晚上不敢吃雞肉了。」

「他用的是什麼樣的刀？」克羅問。

「有可能是去骨刀，也有可能是手術刀。殘肢被老鼠咬得太嚴重，所以從傷口邊緣看不出來。我們得把骨頭燉煮過，讓軟組織脫離，然後用顯微鏡查看切割痕。」

「我想我今天晚上也沒辦法喝濃湯了。」史力普說。

克羅看了史力普的大肚腩一眼。「或許你該多來停屍間走走，可以減肥。」

「你的意思是，不必跑健身房去浪費生命？」史力普狠狠反擊。

莫拉看了他一眼，很驚訝他的回嘴。就連平常好脾氣的史力普，對他搭檔的忍耐也是有極限的。

克羅只是大笑，不在乎自己激怒了別人。「嘿，等到你準備要增加肌肉——我指的是腰部以上——歡迎跟我一起去健身房。」

「我們還有一些X光片要看，」莫拉插嘴，動作俐落地拉下X光片。吉間遞給她下一套片子，她往上插入夾子裡。燈箱裡發亮的是老鼠女的頭部和頸部。昨天夜裡，莫拉看著屍體的臉部，只看到露出來的肉，還被飢餓的食腐動物糟蹋過。但在剝了皮的肉底下，顏面骨卻出奇地完整無損，只缺了鼻骨頂端，那是在兇手剝下臉皮時削掉的。

「門牙不見了，」史力普說，「你想會是他也帶走了嗎？」

「不是。這些看起來是因為牙齦萎縮而脫落的。就是這一點，讓我覺得很驚訝。」

「為什麼？」

「這類萎縮通常是發生在老年人，或是齒列不好的人身上。但這個女人其他部分看起來都還算年輕。」

「你怎麼看得出來？她的臉已經不見了。」

「她的脊椎X光片裡，沒有一般老年人常有的退化性病變。她沒有變白的毛髮，頭髮或陰毛裡面都沒有。另外她的眼睛也沒有角膜老年環。」

「那你認為她幾歲？」

「我想不會超過四十歲。」

莫拉看著夾在燈箱上的X光片。「但是這些片子更符合老年人的特徵。我從來沒見過任何人有這麼嚴重的骨蝕，更別說是年輕女人了。她一定沒辦法戴假牙，更別說她花不起錢。顯然地，這個女人連基本的牙醫照護都沒有。」

「所以不會有牙齒X光片讓我們比對。」

「我想這個女人至少二十年沒看過牙醫了。」

史力普嘆氣。「沒有指紋、沒有臉、沒有牙齒X光片。我們永遠也查不出她的身分。或許這就是兇手的目的。」

「但是這無法解釋為什麼兇手砍掉了她的雙腳。」莫拉說，目光還是停留在燈箱上那個無名氏的頭骨上。「我想兇手這麼做，是有其他原因的。或許是權力，也或許是憤怒。你剝掉一個女人的臉皮，拿走的不光是一個紀念品而已。你還偷走了她這個人的精華。你取走了她的靈魂。」

「是啊，唔，他弄走了這位死者的精華，」克羅說，「誰會想要一個沒牙齒、全身有瘡的女人啊？要是他想收集臉皮，不是應該會找個長相好一點的，好放在壁爐台上嗎？」

「或許他才剛開始，」史力普輕聲說，「或許這是他第一次殺人。」

莫拉轉向解剖台。「我們開始吧。」

趁著史力普和克羅戴上口罩，莫拉揭開了罩住屍體的床單，聞到一陣強烈的腐臭。她昨天夜裡已經抽取了眼球玻璃體液以測量鉀濃度，結果得知死者大約死於被發現的三十六小時之前。屍僵還沒褪去，四肢還很僵硬。儘管命案現場的氣溫像個冷藏肉櫃，但分解已經開始了。細菌已逐步破壞蛋白質，釋出氣體。低溫只會減緩分解速度，無法予以停止。

雖然她已經看過這張毀掉的臉，但是再看到一次，依然令她震驚。皮膚上的那些病變也還是令她駭然，在明亮的燈光下，那些深色的腫粒特別清楚，還穿插著老鼠的咬痕。而在這片被蹂躪的皮膚上頭，那個子彈孔就似乎很不起眼了——只不過是胸骨左邊一個小小的穿入傷。格雷瑟子彈的設計，是要把跳彈的危險降到最低，同時在子彈進入身體時造成最大傷害。子彈俐落穿入後，黃銅包覆層裡的小鉛丸就會爆開來。這麼小的傷口，完全看不出在胸部裡面造成的毀滅。

「所以這個皮膚上的髒東西是什麼？」克羅問。

莫拉把注意力放在沒有老鼠咬過的皮膚上。那種泛紫的腫粒分佈在軀體和四肢，有的上頭還結了痂皮。

「我不曉得這是什麼，」莫拉說，「看起來是全身性的。可能是藥物過敏。可能是癌症的一種症狀。」她暫停。「也有可能是細菌造成的。」

「你的意思是——會傳染的？」史力普說，朝後退開一步。

「所以我才會建議你們戴口罩。」

她戴著手套的手伸出一根手指，撫過其中一個結了痂皮的皮膚病變，幾片白色鱗屑剝落。「我覺得其中某些有點像乾癬。但是分佈的狀況完全不對。乾癬通常主要是發生在手肘和膝蓋。」

「嘿，乾癬不是有辦法治療嗎？」克羅說，「我在電視上常常看到廣告。惱人的乾癬。」

「乾癬是一種發炎疾病，用類固醇藥膏治療的效果很好。紫外線燈治療也有幫助。但是看看她的牙齒吧，這個女人不會有錢買昂貴的藥膏或看醫生。如果這是乾癬，她大概很多年都沒去治療。」

這樣的皮膚病一定是非常殘酷的折磨，莫拉心想，尤其是在夏天。即使在天氣最熱的時候，她也會想穿著長褲和長袖襯衫，以遮掩這種皮膚病變。

「這個兇手不但挑了個沒有牙齒的被害人，」克羅說，「還割掉了一張有這種皮膚的臉。」

「乾癬通常不會出現在臉上。」

「你認為這有什麼意義嗎？或許兇手只割掉皮膚還好的部位。」

「不曉得，」莫拉說，「我根本不懂為什麼有人會做這種事情。」

她把注意力轉向右腕殘肢。白色的骨頭在裸露的肉裡發著光澤。飢餓老鼠的牙齒啃咬過那些開放的傷口，毀掉了刀子留下的切割痕，但是若用電子顯微鏡掃描那些骨頭的切割表面，或許可以看出刀子的特徵。她從解剖台上抬起那隻前臂，檢查傷口下方，一個黃色小點吸引了她的目光。

「吉間，可以把鑷子遞給我嗎？」她說。

「怎麼回事？」克羅問。

「有某種纖維黏在傷口邊緣。」

吉間的動作太安靜了，鑷子彷彿變魔術似的交到她手裡。她拿著放大鏡湊近手腕殘肢，然後用鑷子從凝血形成的痂皮和乾掉的肉裡夾出那根纖維，放在一個托盤裡。

隔著放大鏡，她看到一條粗而捲曲的線，染成醒目的鮮黃色。

「是來自她衣服上的嗎？」克羅問。

「看起來很粗，不像是衣服的纖維。」

「或許是地毯？」

「黃色地毯？我無法想像。」她把那條線放進吉間打開來準備好的證物袋裡，然後問：「死亡現場有任何東西符合這條纖維的嗎？」

「沒有任何黃色的東西。」克羅說。

「黃色繩索呢？」莫拉說，「兇手可能用來綁住她的手腕。」

「然後把剪斷的繩子也帶走？」史力普搖搖頭。「太怪了，這傢伙做事也太仔細了。」

莫拉低頭看著屍體，小得像個兒童。「兇手根本不需要綁住她的手腕。她應該很容易控制的。」

要取她的性命太簡單了。這麼瘦的胳臂，被攻擊者抓住也掙扎不了太久；這麼短的腿，也一定跑不過兇手。

你已經被糟蹋得這麼慘了，莫拉心想。現在我的解剖刀又要在你身上留下新的痕跡了。

她安靜而有效率地解剖，刀子劃過皮膚和肌肉。死因明顯得就像X光片燈箱上那些發亮的碎彈片。當軀幹終於打開來，她毫不意外地看到繃緊的心包囊，還有遍佈整個肺臟的小塊出血。

格雷瑟子彈穿入胸部，然後爆開來，那些致命的碎片擊遍胸部各處。金屬割開了動脈和靜脈，穿入心臟和肺臟。於是血液大量流入心包囊，把心臟壓迫得無法擴張，無法跳動。這就是心包填塞。

死亡一定發生得相當快。

對講機響起。「艾爾思醫師？」

莫拉轉向喇叭。「是的，露易絲？」

「瑞卓利警探在一線。你有辦法接電話嗎？」

莫拉脫下手套，走過去拿起電話。「瑞卓利？」她說。

「嘿，醫師。看起來我們這裡需要你。」

「怎麼回事？」

「我們在池塘邊。花了好一陣子，才清掉池塘表面的浮冰。」

「你們打撈完畢了嗎？」

「對。我們有發現了。」

9

莫拉出了修道院後圍牆上的鐵柵門，開始走向池塘邊那群等著他的警察，此時寒風刮過開闊的田野，鞭打著她的大衣和羊毛圍巾。地上的積雪已經結了一層薄冰，在她靴子底下像糖殼般碎裂。她覺得每一雙眼睛都緊盯著她穿過田野，包括背後柵門裡的修女，還有等著她走過去的警察們。她是整片白色世界裡唯一移動的人影。而在這片午後的寂靜中，每個聲音似乎都被放大了，從她靴子踩出的吱嘎聲，到她自己的呼吸聲。

瑞卓利從人群中冒出來，走上前來迎接她。「謝謝你這麼快就趕來。」

「所以有關這個鴨子池塘的事情，諾妮說得沒錯。」

「是啊。既然卡蜜兒常常跑來這裡，所以也難怪她會想到要利用這個池塘。池面的結冰還很薄，大概就是在過去一兩天開始結凍的。」瑞卓利看著水面。「我們打撈到第三次，就撈到了。」

那是個小池塘，淺淺的黑色橢圓形，夏天時想必倒映著白雲、藍天和經過的飛鳥。池塘一端的水裡冒出香蒲的枯梗，像是罩著一層冰的石筍。池邊周圍的積雪都被徹底踐踏過，白色裡混雜著泥巴。

在水邊，一個小小的形體放在地上，上頭蓋著拋棄式床單。莫拉在旁邊蹲下來，一臉嚴肅的佛斯特警探揭開床單，露出一個布包裹，上頭的爛泥已經開始結塊。

「感覺上，裡頭還放了石頭增加重量，」佛斯特說，「所以沉到了池底。我們還沒拆開來，想說等你來比較好。」

莫拉脫下羊毛手套，換上乳膠手套。這手套抵擋不了寒風，她揭開那個布包裹最外頭一層的平紋薄布時，手指很快就變得冰冷。兩個拳頭大小的石頭掉出來。下一層也是同樣溼透的，但是沒沾到泥巴。那是一條粉藍色的羊毛毯。這種顏色就是很多人會用來包嬰兒的，她心想。毯子可以讓嬰兒保持安全與溫暖。

此時她的手指已經凍得僵硬而笨拙。她拉開毯子一角，只能看到一隻腳。小小的，簡直像個玩偶，皮膚發暗，是一種大理石紋的藍色。

看到這裡就夠了。

她又把布蓋回去，連同最外頭的床單。然後她站起來，看著瑞卓利。「直接送到停屍間吧。回去再拆開來看。」

瑞卓利只是點點頭，沉默地往下看著那個小包裹。那些溼布在寒風中已經開始凍硬了。

此時佛斯特開口了。「她怎麼做得出來？就把她的寶寶像這樣扔到水裡？」

莫拉剝下乳膠手套，僵硬的手指重新伸進羊毛手套裡。她想著包裹著嬰兒的淡藍色毯子。溫暖的羊毛料，就像她的手套。卡蜜兒可以用任何東西包她的寶寶——報紙、舊床單、破布——但是她選擇用一條毯子包住，彷彿是要保護它，隔開冰凍的池水。

「我的意思是，居然淹死她自己的小孩，」佛斯特說，「她一定是瘋了。」

「這個嬰兒可能原本就死掉了。」

「好吧，所以她先殺了這個嬰兒，再丟進水裡。那她還是一定瘋了。」

「我們現在不能有任何先入為主的想法，一切等解剖完再說。」莫拉朝修道院看了一眼。三個修女像黑袍鬼魂般站在鐵柵門裡的拱門下，觀察著他們。她對瑞卓利說：「你告訴瑪麗‧克雷蒙特院長了嗎？」

瑞卓利沒回答，目光還是停留在池塘裡撈出來的那個布包裹。一名運屍人員雙手拿起布包裹，放進太大的屍袋中，迅速拉上拉鍊。她聽到那聲音，皺了一下臉。

莫拉又問：「修女們都知道了嗎？」

瑞卓利這才終於看著她。「我們的發現已經通知她們了。」

「她們一定曉得父親是誰吧。」

「她們根本不承認她有懷孕的可能。」

「但是證據就在這裡啊。」

瑞卓利哼了一聲。「信念的力量比證據更強。」

對什麼的信念？莫拉很納悶。一個年輕女子的美德？去相信人類的貞潔，不是太不牢靠了嗎？

他們沉默地看著屍袋被搬走。不必動用擔架走過雪地，那個運屍人員極其溫柔地將袋子抱在懷裡，彷彿是抱著自己的孩子，然後嚴肅而堅定地走過刮風的田野，朝向修道院。

莫拉的手機響了，打破了這片哀悼的寂靜。她打開手機，低聲說：「我是艾爾思醫師。」

「很抱歉，早上沒跟你道別就離開了。」

她感覺自己臉紅了，心跳速度加倍。「維克多。」

「我得去劍橋市的哈佛大學赴約，離開時不想吵醒你。希望你不會認為我是丟下你跑掉。」

「其實呢，我還真的是這麼想。」

「我們晚一點可以碰面嗎？吃晚飯？」

她暫停，忽然感覺到瑞卓利正在觀察她。也感覺到維克多聲音對自己造成的身體反應。脈搏加快，開心地期待。他已經設法回到她的人生中，她心想。我已經開始在想種種可能性了。

她轉身避開瑞卓利的目光，聲音壓低。「我不曉得什麼時候才會有空。眼前還有一大堆事情。」

「你可以在晚餐時告訴我一切。」

「事情已經變得愈來愈詭異了。」

「你總得吃飯吧，莫拉。我可以帶你出去吃嗎？你最喜歡的餐廳？」

她回答得太快、太急切了。「不，就去我家吧。我會盡量趕在七點前回家。」

「我可不敢指望你會幫我做飯。」

「那就讓你做了。」

他大笑。「真勇敢。」

「要是我晚了，你可以從車庫的側門進去。你大概知道鑰匙放在哪裡。」

「別跟我說你還是藏在那隻舊鞋裡面。」

「到目前為止還沒人發現。我們晚上見了。」

她掛了電話轉身，這才發現瑞卓利和佛斯特都在看著她。

「浪漫的約會？」瑞卓利問。

「到了我這個年紀，有任何約會都是走運了。」她說，然後把手機放進皮包裡。「我們就回停屍間碰面了。」

她回頭循著雪地上那條眾人踩出來的小徑，步伐沉重地穿過田野，同時感覺到他們還在背後看著她。因此當她終於穿過後門，進入修道院的圍牆內，不禁鬆了一口氣。但才往庭院走了幾步，就聽到有人喊她的名字。

她轉身，看到布洛菲神父從一道門出來。他走向她，一身黑的莊嚴身影，襯著灰色的陰鬱天空，兩隻眼珠顯得特別藍。

「瑪麗．克雷蒙特院長想跟你談談。」他說。

「她大概應該去找瑞卓利警探。」

「她比較希望跟你談。」

「為什麼？」

「因為你不是警察。至少你似乎願意聽聽她的憂慮。願意理解。」

「理解什麼，神父？」

他頓了一下，風吹得他們的大衣不斷翻拍，刺痛他們的臉。

「信仰這種事，是不能隨便拿來取笑的。」他說。

這就是為什麼瑪麗．克雷蒙特院長不願意跟瑞卓利談，莫拉心想。因為瑞卓利無法隱藏自己的懷疑態度，以及她對教會的不屑。信仰是很個人的事情，不應該成為別人輕蔑的目標。

「這對她來說很重要，」布洛菲神父說，「拜託。」

她跟著他走進建築裡，沿著昏暗通風的走廊往前，來到院長的辦公室。瑪麗・克雷蒙特正坐在書桌後。他們進去時，她抬起頭，隔著厚鏡片的那雙眼睛顯然很憤怒。

「請坐，艾爾思醫師。」

雖然就讀諸聖嬰學校已經是很多年前了，但看到一個發怒的修女，還是令莫拉心慌，她乖乖聽話，像個心知犯錯的女學生坐進椅子裡。布洛菲神父則站在一旁，沉默地旁觀著這場即將到來的煎熬。

「我們從來沒有被告知這場搜查的原因，」瑪麗・克雷蒙特院長說，「你們破壞了我們的生活，侵犯了我們的隱私。從一開始，我們就百般配合，可是你們卻把我們當成敵人似的。現在你們至少該告訴我們，你們到底在找什麼。」

「我真的覺得，這件事你應該找瑞卓利警探談才對。」

「但是啟動這場搜查的人是你。」

「我只是告訴他們有關我解剖時的發現，就是卡蜜兒修女最近剛生產過。搜查修道院是瑞卓利警探決定的。」

「但是都不告訴我們為什麼。」

「警方調查通常都會保密的。」

「那是因為你們不相信我們。對不對？」

莫拉看著瑪麗・克雷蒙特院長控訴的眼神，發現自己只能說實話。「我們只能謹慎進行，沒有別的辦法。」

這個誠實的回答並沒有激得院長更生氣，反倒像是平息了她的狂怒。她忽然一臉筋疲力盡，往後靠坐在椅子裡，回復到她真正的模樣：一個衰弱而蒼老的女人。「這是什麼世界啊，連我們都信不過了。」

「我們對其他人也是這樣的，院長。」

「但問題就出在這裡，艾爾思醫師。我們不像其他人一樣。」她說這些話的口氣沒有任何優越感。反之，從她的聲音裡，莫拉只聽到了哀傷和不知所措。「要是早知道你們在找什麼的話，我們會幫忙，我們會合作的。」

「你們真的都不曉得卡蜜兒懷孕了？」

「我們怎麼會曉得呢？瑞卓利警探今天早上告訴我的時候，我根本不相信。我到現在還是沒辦法相信。」

「恐怕證據就在池塘裡。」

院長似乎在椅子裡縮得更小了。她的目光落在自己罹患關節炎而指節腫大的手上。她沉默看著，彷彿那雙手不屬於她。然後她輕聲說：「我們怎麼都不曉得呢？」

「懷孕是可以掩飾的。很多青少女就會隱藏自己的狀況，瞞著自己的母親。有些人甚至連自己都不肯承認，直到生產的那一刻。卡蜜兒自己可能就一直處於否認的狀態。我必須承認，我在解剖時嚇了一大跳，完全沒想到這樣的發現會是在……」

「在一個修女身上。」瑪麗．克雷蒙特院長說。她直視著莫拉。

「但是修女也是人。」

院長露出虛弱的微笑。「謝謝你說出這一點。」

「而且她這麼年輕——」

「你以為只有年輕人才要努力抵抗誘惑嗎？」

莫拉想到自己難以入眠的夜晚。想到維克多，就睡在走廊另一頭。

「我們所有人，」瑪麗．克雷蒙特院長說，「一輩子都會受到各式各樣的吸引。當然了，誘惑會改變。年輕時，就是長得帥的小夥子。然後是甜點或食物。或者，等到你老了、累了，就只是早上多睡一個小時的機會而已。世上有這麼多小小的慾望，我們就跟其他所有人一樣脆弱，只不過我們不能承認。我們的誓願讓我們與眾不同。穿著修女服雖然是一種喜悅，艾爾思醫師，但是完美是一種沉重的負擔，我們根本沒有人能達到。」

「尤其是對一個這麼年輕的女人來說。」

「年紀大了，也不會變得比較容易。」

「卡蜜兒才二十歲。在發終身願、成為正式修女之前，她一定有一些疑慮。」

瑪麗．克雷蒙特院長一時沒回答，只是望著窗外，那裡只面對著一面空牆。每次她望向窗外，這個視野應該會提醒她，她的世界就局限在石牆內。她說：「我發終身願時，也才二十一歲。」

「你當時有疑慮嗎？」

「一點都沒有。」她看著莫拉。「我非常清楚自己的選擇。」

「怎麼會呢？」

「因為天主跟我說了話。」

莫拉什麼都沒說。

「我知道你在想什麼，」瑪麗．克雷蒙特院長說，「只有精神病患者才會聽到天主的聲音。只有精神病患者才會聽到天使跟他們說話。你是醫師，你大概會用科學家的觀點看待一切。你會告訴我那只是做夢，或者是腦內化學物質不平衡，是暫時性的精神分裂症發作。這些理論我都知道。我也知道一般人是怎麼說聖女貞德的——說他們綁在火刑柱上燒死的是一個瘋子。你就是這樣想的，對吧？」

「恐怕我並不信教。」

「但是你以前曾經信教？」

「我從小是在天主教家庭長大的，我的養父母是天主教徒。」

「那麼你很熟悉聖人的生平。很多人都聽到過天主的聲音。你要怎麼解釋這個呢？」

莫拉猶豫了，心知自己接下來要說的話，很可能會冒犯這位院長。「幻聽常常會被詮釋為靈性經驗。」

出乎莫拉的意料，瑪麗．克雷蒙特院長似乎並不覺得被冒犯。她只是望著莫拉，眼神堅定。

「你覺得我像是瘋了嗎？」

「一點也不像。」

「但是我卻告訴你，我曾經聽到天主的聲音。」她的目光再度轉到窗外那片灰牆，砌石上的結冰閃耀。「這件事，你是我第二個告訴的人，因為我知道大家會怎麼想。要不是發生在我自己身上，換了我聽別人說，也不會相信的。當你只有十八歲，而祂召喚你獻身教會，你除了聽從，還有什麼選擇呢？」

她在椅子上往後靠坐，輕聲說：「我當時有心愛的人，你知道。他想娶我。」

「是的，」莫拉說，「你跟我說過。」

「他不明白。沒有人明白一個年輕女孩為什麼想要逃避人生。這就是他們說的：逃避，像個懦夫。任由天主擺布。當然了，我的愛人想改變我的心意。我母親也是。但是我知道我在做什麼。從被召喚的那一刻，我就知道了。當時我站在家中後院，聽著蟋蟀聲。我聽到祂的聲音，清晰得像鐘聲。然後我就知道了。」她看著莫拉。而莫拉正在椅子上挪動，很想打斷對方。這番有關天主聖音的談話讓她很不自在。

莫拉看了一下錶。「院長，恐怕我得走了。」

「你很納悶我為什麼告訴你這件事。」

「是的。」

「這件事，我另外只告訴過一個人，你知道是誰嗎？」

「不知道。」

「卡蜜兒修女。」

莫拉看著院長被眼鏡放大的藍眼珠。「為什麼是卡蜜兒？」

「因為她也聽到聲音了。這就是為什麼她加入我們。她在非常富裕的家庭裡長大，從小住在海恩尼斯港的一棟大宅裡，離甘迺迪家族的老家不遠。但是她被召喚要獻身教會，跟我一樣。當你被召喚，艾爾思醫師，你就知道你蒙福了，而且你會滿心喜悅地應答。她對於發終身願、成為正式修女毫無疑慮。她對這個修會是全心全意投入的。」

「那我們要怎麼解釋她的懷孕？是怎麼發生的？」

「瑞卓利警探已經問過這個問題了。但是她只想知道名字和日期。哪個修理工進入過這個修道院？卡蜜兒是幾月離開修道院去探望家人的？警方只在乎具體的細節，不關心靈修。他們才不在乎卡蜜兒被天主召喚的事情。」

「但是她的確懷孕了。要不是一時受到誘惑，就是被強暴了。」

院長沉默了片刻，雙眼往下看著自己的手，然後她低聲說：「還有第三個解釋，艾爾思醫師。」

莫拉皺眉。「那會是什麼？」

「我知道你會嘲笑這件事。你是醫師。你大概都仰賴你實驗室裡的測試，仰賴你可以在顯微鏡底下看到的結果。但是你難道從不曾看到一些無法解釋的東西？當一個應該死掉的病人，忽然間又活了過來？你難道沒有目睹過奇蹟？」

「每個醫師的職業生涯中，都至少會看到過幾次的。」

「不光是驚喜而已。我指的是一些讓你震驚的。一些科學無法解釋的案例。」

莫拉回想起自己在舊金山綜合醫院當實習醫師的那兩年。「有個女人，她有胰臟癌。」

「本來是無法治癒的，對吧？」

「對。等於就是判死刑了。她根本不可能活下去的。我第一次看到她的時候，醫生都認為她是末期。她已經神智不清，有黃疸了。醫生決定停止餵食她，因為她快死了。我還記得病歷上的醫囑，說盡量讓她保持舒適就好。到最後，你能做的就是這樣，用止痛藥減輕他們的痛苦。我還以為她剩不了幾天的。」

「但是她出乎你的意料。」

「有天早上她醒來，跟護士說她餓了。四個星期後，她出院回家了。」

院長點點頭。「奇蹟。」

「不，院長。」莫拉看著她的眼睛。「那是自然緩解。」

「那只是一個說法，用來解釋你不曉得發生了什麼事。」

「緩解狀況的確會發生的。癌細胞的範圍有可能自行縮小，或者其實是一開始就診斷錯誤了。」

「或者也可能是別的，是科學無法解釋的。」

「你希望我說那是個奇蹟？」

「我希望你考慮其他的可能性。有那麼多從瀕死狀態復元的人，都說他們臨死前看見了一道亮光。或者看到自己深愛的人，說他們的時候未到。你要怎麼解釋這種舉世共通的視覺畫面呢？」

「腦部缺氧的幻覺。」

「或者是神的證據。」

「我很希望能發現這樣的證據。要是知道人類除了這一生的實際壽命之外，還有往後的，會是一種安慰。但是我不能只憑信仰就接受。這就是你想表達的，對不對？說卡蜜兒的懷孕是某種奇蹟？只是另一個神聖範例？」

「你說你不相信奇蹟，但是你無法解釋你那位胰臟癌的病人為什麼還活著。」

「很多事不見得有簡單的解釋。」

「因為醫學還不完全了解死亡。對不對？」

「但是我們了解受孕。我們知道受孕需要一個精子和一個卵子。這是簡單的生物學。我不相信無玷成胎。我相信的是，卡蜜兒有過性交，可能是被迫，也可能是兩廂情願。但她的孩子是以慣常的方式受孕的。而且孩子父親的身分，很可能就跟她的謀殺有關。」

「那如果永遠找不到父親呢？」

「我們會有小孩的ＤＮＡ，現在只需要父親的名字而已。」

「你對你的科學真有信心，艾爾思醫師。科學就是一切的答案！」

莫拉站起來。「但至少那些答案，是我有辦法相信的。」

布洛菲神父從辦公室送莫拉出來，然後陪著她沿著陰暗的走廊往外走，兩人的腳步在老舊的地板上踩出吱嘎聲。

他說：「我們不如現在就來談那個話題吧，艾爾思醫師。」

「什麼話題？」

他停下腳步看著她。「那個小孩是不是我的。」他迎視她的目光毫不畏縮；反倒是她想要別開眼睛，逃離他那種熱切的眼神。

「你們一直想知道這件事，不是嗎？」他說。

「你應該可以理解為什麼。」

「是的。就像你剛剛在裡頭講的，那是無可避免的生物學法則，需要一個精子和一個卵子。」

「你是唯一有日常管道進入這個修道院的男人。你會來主持彌撒，會來聽告解。」

「是的。」

「你知道她們最私人的祕密。」

「只有她們選擇告訴我的那些。」

「你是權威的象徵。」

「有些人是這麼看待神父的。」

「對一個年輕的初學修女來說，你當然是權威了。」

「所以我就自動成了嫌疑犯？」

「你不會是第一個破戒的神父。」

他嘆氣，目光終於從她臉上往下落。但不是逃避，而是哀傷地點頭承認。「最近這些年真的很辛苦。人們看我們的眼光，背著我們講的笑話。我主持彌撒時，看著教堂裡的一張張臉，知道他們在想什麼。他們想知道我是不是會亂摸小男孩，或者垂涎年輕女孩。他們全都很好奇，就像你也很好奇。而你做了最壞的假設。」

「卡蜜兒的小孩是你的嗎，布洛菲神父？」

那對藍色眼珠又重新聚焦在她的雙眼。他的目光堅定，毫不動搖。「不，不是我的。我從來沒有打破過我的誓願。」

「我們不能單憑你說的話就相信，這個你了解吧？」

「是的，我有可能撒謊，不是嗎？」雖然他沒有抬高嗓門，但她聽到了話中的怒意。他湊近她，而她站得很直，抗拒著後退的衝動。「我有可能犯了一條罪，接著就犯了第二條，然後又一條。你認為這樣的惡化、這樣一連串的犯罪，會走到哪裡去？先是撒謊，然後侵犯一個修女。最後是謀殺？」

「警方必須考慮所有的動機。就連你的動機也不例外。」

「而且我想，你們會想要我的ＤＮＡ吧。」

「這樣就可以排除掉你是嬰兒父親的嫌疑了。」

「也可能因此確認我是謀殺主嫌犯。」

「兩種發展都有可能，要看ＤＮＡ的檢驗結果而定。」

「你認為檢驗結果會是什麼？」

「我不知道。」

「但是你一定有個直覺。你就站在這裡，看著我。你看到的是一個謀殺兇手嗎？」

「我只相信證據。」

「數字和事實。你只相信這些。」

「是的。」

「那如果我告訴你，我完全樂意交出我的ＤＮＡ呢？只要你準備好，我願意現在就當場讓你採一份我的血樣呢？」

「ＤＮＡ檢驗不需要血樣，只要用棉棒擦拭嘴裡就行了。」

「那就用棉棒擦拭。我只是想表明，我自願讓你們採證。」

「我會通知瑞卓利警探。她會找你採證的。」

「這樣能改變你的想法嗎？有關我是不是有罪？」

「我剛剛已經說過了，我要看到結果才知道。」她打開門走出去。

布洛菲神父跟著她進入庭院。他沒穿大衣，但好像不受寒冷影響，全副注意力都放在她身上。

「你說過，你是在天主教家庭長大的。」他說。

「我讀過天主教高中。舊金山的諸聖嬰學校。」

「但是現在你只相信你的血液測試，你的科學。」

「不然我應該改去信靠什麼？」

「直覺？信念？」

「對你的信念？只因為你是個神父？」

「只因為？」他搖搖頭，哀傷地笑了一聲，呼出來的氣在寒冷的空氣中凍成白霧。「我猜想，這就回答了我的問題。」

「我不猜想。我不對任何其他人類做出任何假設，因為他們太常讓我驚訝了。」

他們來到大門口。他幫她開了門，她走出去。那道鐵柵門盪回去關上，突然間隔開了兩個人的世界。

「你還記得暈倒在人行道的那個男人？」他說，「我們幫他做過心肺復甦術的那個？」

「記得。」

「他還活著。我今天早上去醫院探望他。他已經醒來，可以講話了。」

「很高興知道這個消息。」

「你本來以為他撐不下去的。」

「機率對他很不利。」

「所以你還不明白嗎？有時候數字、統計數據有可能犯錯的。」

她轉身要離去。

「艾爾思醫師！」他喊道，「你是在教會裡長大的。這對你的信念難道沒有任何影響？」

她回頭看著他。「信念不需要證據，」她說，「但是我需要。」

解剖兒童是每個病理學家都很不願意面對的任務。這會兒莫拉戴上手套、準備工具，一直避免去看解剖台上的那個小布包。她設法跟她即將面對的悲慘現實保持距離，拖得愈久愈好。除了解剖工具的叮噹聲，這個房間裡一片安靜。其他人圍著解剖台站著，沒有一個人想說話。

莫拉向來為自己的解剖室設定一種尊重的氣氛。就讀醫學院時，她旁觀過自己曾照顧的病人死後的解剖，雖然病理學家執行驗屍時，會把這些屍體視為無名的陌生人，但她在這些病患生前認識他們，於是看著躺在解剖台上的屍體時，就不禁會想起他們的聲音，記得他們清醒的雙眼。解剖室不是開玩笑或討論昨夜約會的地方，她也絕對不容忍這類行為。只要她一個嚴厲的眼神，就連最不敬的警察都會屈服。她知道他們不是無情，只是用幽默來應付自己工作上的黑暗面，但她希望他們把幽默留在門外，否則就別怪她用詞嚴厲。

當躺在解剖台上的是一個小孩時，那些嚴厲的用詞就絕對派不上用場了。

她看著對面的兩個警探。巴瑞．佛斯特一如往常滿臉蒼白的病容，而且站得稍微退開解剖台，彷彿隨時準備要逃走。今天，讓這個驗屍過程難熬的不是惡臭，而是被害人的年齡。瑞卓利站在佛斯特旁邊，表情堅定，小小的骨架罩在大了好幾號的外科手術袍裡。她緊貼著手術台站定，那個姿態是在宣告：我準備好了，我對付得了任何狀況。莫拉在很多女性住院醫師身上看過同樣的態度。男人可能會罵這些女性是臭婆娘，但她看得出真正的本質：她們只是處境艱難的女人，在一個傳統男性的專業中太努力要證明自己，因而也表現出一種男性化的趾高氣揚。瑞卓利太了解這種趾高氣揚了，但她的臉卻跟那種無畏的姿勢不太配。她的臉色蒼白而緊繃，眼睛下方的皮膚有疲倦的黑影。

吉間已經把燈光對準那個布包，站在工具托盤旁邊等待。

莫拉輕柔地把那層溼毯子揭開時，冰冷的池水流淌下來，露出另外一層包裹布。她稍早看過的那隻小小的腳，現在從溼亞麻布裡面伸出來。一個白色枕頭套像裹屍布般包住那個嬰兒形體，套口用幾個安全別針封住了。枕頭套上頭還黏著一些粉紅色的斑點。

莫拉伸手去拿鑷子，夾起那些粉紅色的斑點，放進一個小托盤裡。

「那是什麼？」佛斯特問。

「看起來像是遊行時撒的碎彩紙。」瑞卓利說。

莫拉的鑷子伸進一道溼溼的皺褶裡，夾出一根小枯枝。「不是碎彩紙，」她說，「這些是乾燥的花瓣。」

這些花瓣的意義，讓整個房間又陷入沉默。花瓣象徵著愛，莫拉心想。象徵著哀悼。她還記得多年前，她知道了尼安德塔人埋葬死者時會加上鮮花，當時覺得好感動。那是他們悲慟的證據，也因此，是他們人性的證據。她心想，這個孩子是受到哀悼的。包在亞麻枕頭套中，撒上乾燥的花瓣，然後裹上一條羊毛毯子。這個孩子會在池塘裡，不是被丟棄，而是一種安葬，一種告別。

莫拉專注在那隻腳，像玩偶似的從枕頭套裡伸出來。腳掌的皮膚因為浸泡已久而皺起，但是沒有明顯的分解，沒有大理石般的血管紋路。池水接近冰點，屍體有可能好幾個星期都處於近乎冰存的狀態。她心想，死亡時間會很難估計，幾乎不可能。

她把鑷子放在一邊，取下枕頭套尾端的四個別針。那些別針落在托盤上時，發出音樂般輕柔的叮咚聲。然後莫拉抓住枕頭套，輕輕往後揭，看著雙腿露出來，膝蓋彎曲，兩隻大腿像小蛙似的張開。

那個大小，符合足月的胎兒。

她繼續拉開枕頭套，露出生殖器，然後是一條腫脹的臍帶，上頭綁了一條紅緞帶。她忽然想起坐在修道院食堂桌前的那些修女，關節腫起的手去拿乾燥花和緞帶，做出一個個小香囊。香囊寶寶，她心想。撒上花瓣，綁上緞帶。

「是男孩。」瑞卓利說，聲音忽然變得沙啞。

莫拉抬頭，看到瑞卓利的臉色更蒼白了，她現在靠著解剖台，好像要撐住自己。

「你要離開一下嗎？」

瑞卓利吞嚥著。「我只是……」

「怎麼？」

「沒事。我很好。」

「這個狀況很難受，我知道。解剖小孩向來就會讓人很難受。如果你想坐下來——」

「我跟你說過了，我很好。」

往下還有更糟糕的。

莫拉把枕頭套拉到嬰兒胸部上方，讓第一隻手探出，然後是第二隻手，她的動作輕柔，免得被溼布卡住。嬰兒的雙手已經完全成形了，小小的手指可以去摸母親的臉，可以抓住母親的一綹頭髮。僅次於臉，雙手是人類最可以識別的特徵，光是看著那雙手，就簡直讓人痛苦。

莫拉一手伸進枕頭套裡，扶住腦後，好繼續把剩下的枕頭套拉開。

她幾乎立刻就發現不對勁。

她手裡托住的那個頭骨，感覺上不是正常的，不像人類。她暫停，忽然覺得喉嚨發乾。她擔憂地拉掉枕頭套，那個嬰兒的頭露出來了。

瑞卓利猛吸一口氣，往後退開。

「耶穌啊，」佛斯特說，「它發生了什麼事？」

莫拉震驚得說不出話來，只能往下驚駭地看著那個頭骨，上方是張開的，腦部外露。而嬰兒的臉皺縮起來，像一個壓扁的橡膠面具。

一個金屬托盤忽然落下，砸在地上。

莫拉抬頭，剛好看到珍．瑞卓利一臉死白，緩緩癱倒在地板上。

10

「我不想去急診室。」

莫拉擦掉最後一抹血，皺眉看著瑞卓利額頭上那條一吋長的撕裂傷。「我不是整型外科醫師。幫你縫好這個傷口沒問題，但是我沒辦法保證不會留下疤痕。」

「你動手就是了，好嗎？我不想在醫院的等候室坐上好幾個鐘頭。反正，他們大概只會派個醫學院的實習生來處理我。」

莫拉用優碘擦拭傷口周圍，然後拿了一個裝了利卡多因的小玻璃瓶和一根注射針。「我要先幫你做局部麻醉。會有點刺痛，不過之後你應該就會沒感覺了。」

瑞卓利躺在沙發上不動，雙眼看著天花板。雖然注射針刺進皮膚時她沒瑟縮，但是她手握成了拳頭，一直到打完針才鬆開。她始終沒有抱怨一個字，沒有半點呻吟。倒在驗屍間裡就已經讓她覺得夠丟臉了，更丟臉的是她暈眩得沒法走路，還得讓佛斯特像抱新娘似地把她抱進莫拉的辦公室。現在她咬牙躺在那裡，下定決心不露出任何軟弱。

莫拉拿著弧狀的縫合針刺入傷口邊緣時，瑞卓利口氣冷靜地問：「你打算告訴我那個嬰兒發生了什麼事嗎？」

「沒發生什麼事。」

「它不太正常。耶穌啊，它缺了半個腦袋。」

「生下來就是那樣的，」莫拉說，剪斷縫線，打了個結。縫皮膚就像縫一塊有生命的布，她只不過是個裁縫，把皮膚邊緣合起來，把縫線打結。「那個嬰兒是無腦畸形（anencephalic）。」

「什麼是無腦畸形？」

「它的腦部從來沒有發育出來。」

「不光是缺了腦部而已。那個嬰兒看起來，像是腦袋的上端被切掉了。」瑞卓利吞嚥了一下。「還有那張臉……」

「那都是同一種先天缺陷的一部分。腦部是從一圈叫做『神經管』的細胞裡發育出來的。如果神經管頂端沒有正常閉合，嬰兒生下來就會缺少大部分的腦部、頭骨，甚至是頭皮。這就是anencephalic的原意：沒有頭。」

「你以前看過這種的？」

「只在醫學博物館看過。不過這種病例並不罕見。大概每一千個新生兒裡頭就會有一個。」

「為什麼？」

「沒人曉得。」

「那麼，這個狀況有可能——有可能發生在任何嬰兒身上？」

「沒錯。」莫拉綁好最後一針，剪斷剩下的縫線。「那個嬰兒有先天的重大畸形。如果生產時不是死胎，那麼幾乎可以確定，生下來很快就死了。」

「所以卡蜜兒沒有溺死她的小孩。」

「我會檢查腎臟看有沒有矽藻，這樣就可以知道那個小孩是不是溺死的。但是我不認為這個案子是殺嬰。我想嬰兒是自然死亡的。」

「感謝老天，」瑞卓利輕聲說，「如果那嬰兒還活著……」

「不會的。」莫拉在傷口貼上一段繃帶，然後脫下手套。「縫好了，警探。五天後要拆線。你可以過來這裡，我幫你把線剪斷。不過我還是認為你應該去看醫生。」

「你就是醫生。」

「我是處理死人的，你沒忘記吧？」

「你幫我縫合得很好啊。」

「我說的不是縫幾針而已。我擔心你還有其他的狀況。」

「什麼意思？」

莫拉湊近瑞卓利，緊盯著瑞卓利的雙眼。「你昏倒了，記得嗎？」

「我沒吃中餐。還有那個嬰兒，把我嚇壞了。」

「我們全都嚇壞了。不過只有你暈倒。」

「我只是從來沒見過那樣的狀況。」

「珍，你在那個解剖室裡看過各式各樣恐怖的狀況。我們都一起看到過，一起聞到過。你向來都很能忍。碰到男警察，我還得分神留意他們，因為他們很容易就會崩潰。但是你總是能撐著，直到剛剛。」

「或許我不像你以為的那麼堅強。」

「不，我認為你哪裡不對勁了，是嗎？」

「比方什麼。」

「你前幾天也犯過頭暈。」

瑞卓利總聳肩。「我以後不能不吃早餐了。」

「你為什麼沒吃？是想吐嗎？而且我注意到你每十分鐘就要去一趟洗手間。我在準備解剖時，你就去過兩次了。」

「你這算什麼，偵訊犯人嗎？」

「你得去看醫生。至少該做個全身健康檢查，還有全血球技術檢查，排除貧血的可能性。」

「我只是需要一些新鮮空氣而已。」瑞卓利坐起身，然後又迅速把頭埋進雙手裡。「老天，我的頭好痛。」

「你剛剛腦袋撞到地板，撞得不輕。」

「以前也不是沒撞到過。」

「但是我更擔心你暈倒的原因，還有為什麼你這麼疲倦。」

瑞卓利抬起頭看著她。在那一刻，莫拉得到答案了。她本來就在懷疑，現在她從瑞卓利的雙眼中得到了確認。

「我的人生真是一塌糊塗。」瑞卓利輕聲說。

那些眼淚讓莫拉大吃一驚。她從沒看過瑞卓利哭，還一直以為這個女人太堅強、太頑固，根本不會崩潰的。然而此刻眼淚流淌在她的臉頰，莫拉太震驚了，一時只能無言呆看著。

突如其來的敲門聲讓她們兩個都嚇了一跳。

佛斯特探頭進來。「你們狀況怎麼樣了……」他看到瑞卓利淚溼的臉，聲音沒了。「嘿，你還好吧？」

瑞卓利狠狠擦了一下眼淚。「我很好。」

「怎麼回事？」

「我說我很好！」

「佛斯特警探，」莫拉說，「我們想單獨談一下。你能不能先迴避，拜託？」

佛斯特臉紅了。「對不起，」他喃喃道，然後後退，輕輕關上門。

「我不該吼他的，」瑞卓利說，「但是有時候，他真的是很遲鈍。」

「他只是擔心你。」

「是啊，我知道，我知道。至少他是好人。」她的嗓子啞了，雙手握成拳，努力忍著不要哭，但淚水還是冒出來，然後是啜泣。那是哽咽、難堪的啜泣，完全忍不住。莫拉親眼看著這個向來堅強得令她佩服的女人崩潰，覺得很難受。要是連珍．瑞卓利都會崩潰，那任何人都有可能崩潰了。

瑞卓利忽然捶捶自己的膝蓋，然後深吸幾口氣。當她終於抬起頭來，淚水還在，但自尊讓她戴上了堅強的面具。

「都是該死的荷爾蒙，亂搞我的腦袋。」

「你知道多久了？」

「不曉得。我想，有一陣子了吧。我今天早上才終於在家裡用了驗孕棒。不過這幾個星期以來，我其實都心裡有數。我可以感覺到不一樣。而且我月經都沒來。」

「晚了多久？」

瑞卓利聳聳肩。「至少一個月了。」

莫拉在椅子上往後靠坐，現在瑞卓利控制住情緒，莫拉可以回到她臨床醫生的角色。冷靜的醫師，準備好務實的建議。「你還有很多時間可以決定。」

瑞卓利冷哼一聲，手擦了一下臉。「沒什麼好決定的。」

「那你打算怎麼辦？」

「我沒辦法留著。你知道我沒辦法的。」

「為什麼？」

瑞卓利看了她一眼，好像她是智障似的。「我要拿一個嬰兒怎麼辦？」

「就跟其他人一樣啊。」

「你能想像我當個母親嗎？」瑞卓利大笑。「我一定會當得很爛。要是讓我照顧，小孩一定活不了一個月。」

「小孩的適應力很驚人的。」

「是喔，唔，反正我拿小孩沒有辦法。」

「你對那個小女孩諾妮倒是很有辦法。」

「是喔。」

「是真的，珍。而且她對你有反應。她不理我，又躲著她自己的母親。但是你們兩個一見如故。」

「這不表示我是那種媽咪型的。嬰兒總是把我嚇壞了。我不知道該拿他們怎麼辦，只想趕緊遞給其他人。」她猛地吐了一口氣，彷彿到此為止，討論結束。「我做不到。就是做不到。」她站起來，朝門口走去。

「你告訴狄恩探員了嗎？」

瑞卓利停下腳步，手放在門鈕上。

「珍？」

「沒有，我沒告訴他。」

「為什麼？」

「我們根本沒什麼機會見面，要跟他談很困難。」

「華府又不是在地球的另一端。我們甚至是在同一個時區。你可以打電話過去。他會想知道的。」

「或許他不想。或許這件事會讓一切更複雜，他寧可不曉得。」

莫拉嘆氣。「好吧，我承認，我對他不是很了解。但是在我們大家一起合作的短短那段時間裡頭，我覺得他是個很認真看待自己責任的人。」

「責任？」瑞卓利終於轉過身來看著她。「是啊，沒錯。我成了個責任了。這個小孩成了個責任了。而他只是很有童子軍精神，會盡自己的責任。」

「我不是那個意思。」

「但是你說得一點也沒錯。嘉柏瑞會盡他的責任。好吧，去他的責任。我才不想成為哪個男人的問題，或是哪個男人的責任。更何況，這件事情不是由他決定的，而是由我。要是生下來，必須撫養這個孩子的人是我。」

「你根本沒給他機會。」

「什麼機會？讓他跪下來跟我求婚？」瑞卓利大笑。

「為什麼你覺得那麼難以置信？我看過你們兩個人在一起。我看過他望著你的樣子。你們兩個不光是一夜情而已。」

「是啊，那是兩週情。」

「對你只是這樣而已嗎？」

「不然還能怎麼樣？他在華府，我在這裡。」她驚詫地搖搖頭。「耶穌啊，我真不敢相信我中獎了。這種事應該只會發生在年輕笨妞身上的。」她暫停一下，大笑一聲。「沒錯，所以那我算什麼？」

「你絕對不笨。」

「那就是倒楣吧，而且生育力也太強了。」

「你上回跟他講話是什麼時候？」

「上星期。他打給我。」

「當時你都沒想到要告訴他？」

「當時我還不確定。」

「但是你現在確定了。」

「而且我還是不會告訴他。我得做出適合我的選擇，而不是適合其他任何人的。」

「你害怕他會怎麼說？」

「怕他會勸我搞砸自己的人生。怕他會要我留著這個孩子。」

「你真的是怕這個嗎？或者你比較怕他不想要這個孩子？怕在你有機會拒絕他之前，他就先拒絕你？」

瑞卓利看著莫拉。「你知道一件事嗎，醫師？」

「什麼？」

「有時候，你根本不知道自己在講什麼。」

而有時候，我說的話正中紅心。莫拉心想，看著瑞卓利走出房間。

瑞卓利和佛斯特坐在車裡，空調吹出冷風，雪片撲打在擋風玻璃上。灰色的天空跟她的心情一致。她坐在昏暗幽閉的車子裡發抖，落在窗上的每一片雪都是另一個不透明的、遮擋視線的碎片。隔離她，埋葬她。

佛斯特說：「你覺得好一點了嗎？」

「剛剛只是頭痛而已。」

「你確定你不要我載你去醫院急診室？」

「我去買點泰諾止痛藥就好了。」

「是喔。好吧。」他把車子打入D檔要開車，然後又改變心意，又把車子打回P檔，然後看著她。「瑞卓利？」

「幹嘛？」

「要是你想談任何事——任何事都可以，我不介意聽你講的。」

她沒回答，只是把目光轉向擋風玻璃。看著雪片在玻璃上形成一片金銀絲鏤花般的圖案。

「我們搭檔到現在有多久？兩年了吧？感覺上，你好像都不太講你自己的事情，」他說，「我老在講我和愛麗絲的種種，你大概聽得耳朵都要長繭了。我們吵的每一場架，你都聽過，無論你想不想聽。你從來沒叫我閉嘴，所以我猜想你不介意聽。但是你知道，我剛剛才發現，你聽了很多，可是你很少談你自己。」

「沒什麼好說的啊。」

他想了一會兒，然後又開口，那口氣簡直是不好意思。「我從來沒看過你哭。」

她聳聳肩。「好吧。現在你看過了。」

「聽我說，我們不見得隨時都相處得很好——」

「你不認為我們相處得好？」

佛斯特臉紅了，他一尷尬就會臉紅。那張臉簡直像紅綠燈，只要稍微一覺得尷尬，就會轉紅。「我的意思是，我們不像，呃，哥兒們。」

「怎麼，你現在要跟我當哥兒們了？」

「我覺得可以啊。」

「好吧，那我們是哥兒們，」她不客氣地說，「拜託，趕緊開車吧。」

「瑞卓利？」

「怎樣？」

「我隨時願意幫忙，好嗎？我只是想讓你知道這件事。」

她眨眨眼，轉向側面的車窗，免得讓他看到那些話對她造成的效果。才一個小時之內，她第二次覺得眼淚湧上來。該死的荷爾蒙。她不明白佛斯特的話為什麼會害她哭。或許只是因為他向她表達出那樣的善意。老實說，他向來對她很好，但是她現在感覺特別強烈，而她心中還有點希望佛斯特笨得像個木頭人，根本沒察覺到她混亂的情緒。他的話害她覺得脆弱又孤立無援，而她就是不希望他這樣看待自己。那樣可不會贏得搭檔的尊重。

她吸了口氣，昂起頭來。那一刻過去了，淚水不見了。她可以看著他，扮出以前那種兇巴巴的模樣。

「聽著，我需要泰諾頭痛藥，」她說，「我們要在這裡坐一整天嗎？」

佛斯特點點頭，把車子打到D檔。雨刷把擋風玻璃上的雪掃掉，露出外頭的天空和白色的街道。之前一整個炎熱的夏天，瑞卓利都期盼著冬天的到來，期盼著純淨的白雪。但現在，看著這片蕭瑟的街景，她心想，自己再也不會詛咒八月的炎熱了。

在人多的星期五夜晚，杜爾酒吧裡隨便轉個身都一定能看到警察。這家酒館位於波士頓警局牙買加分局的同一條街上，離許若德街的總局也只要十分鐘車程，下班的警察常常會在這裡相聚，喝杯啤酒，聊聊天。所以當瑞卓利這天傍晚走進杜爾酒吧要吃晚飯時，她完全料到會看到很多熟面孔。但她沒想到會看見的，是文斯·考薩克坐在吧檯，喝著一瓶麥芽啤酒。考薩克是牛頓市警局的退休警探，杜爾酒吧並不在他平常的活動範圍內。

瑞卓利一進門，考薩克就看到她，還朝她揮手。「嘿，瑞卓利！好久不見。」他指著她額頭的繃帶。「你怎麼了？」

「啊，沒什麼。在停屍間滑了一跤，縫了幾針。你怎麼會跑來這一帶的？」

「我要搬來這裡了。」

「什麼？」

「剛剛簽了約，租下這條街上的一戶公寓。」

「那你在牛頓市的房子呢？」

「說來話長。要不要一起吃晚餐？我再把詳情告訴你。」他拿了他那杯麥芽啤酒。「我們去另一個用餐室找個卡座吧。這些混蛋一直抽菸，把我的肺都搞髒了。」

「你以前不介意的啊。」

「沒錯，因為我以前也是抽菸的混蛋之一啊。」

再沒有什麼能像心臟病這樣，讓一個大菸槍變成健康迷，瑞卓利心想，跟在考薩克龐大的身軀後頭。儘管罹患心臟病後減輕了體重，但他的塊頭還是很大，抵得上兩個美式足球線衛。而這會兒，他在星期五傍晚的人群中往前猛擠，就讓她想起了線衛。

他們經過一道門，來到非吸菸區，這裡的空氣稍微好一點了。他挑了個愛爾蘭國旗下方的卡座，旁邊的牆上有一堆發黃裱框的《波士頓環球報》剪報，那些文章是有關早已卸任的市長，或是早已死去的政治人物。甘迺迪家族和提普．歐尼爾，還有很多波士頓最優秀的愛爾蘭裔人才。

考薩克坐進木頭長椅，大大的肚子塞在桌子後方。雖然他現在還是體重驚人，但看起來已經比八月時瘦了。當時他們合作偵辦一起連續殺人案，瑞卓利現在看到他，就必然會想起他們一起辦案的夏天。樹木間蒼蠅的嗡嗡聲，樹林裡落葉間的恐怖景象。到現在，她還不時會回想到那個月的種種畫面，當時兩名兇手攜手實現他們最可怕的幻想，專挑富豪夫婦下手。考薩克是少數知道那個案子對她衝擊有多大的人。他們當時一起聯手打擊惡魔，而且倖存了下來。兩人之間有一種革命情感，那是在一樁大案的危機之中建立起來的。

但是考薩克身上有太多讓她受不了的地方。

她看著他喝了一大口麥芽啤酒，然後伸出舌頭舔過上唇小鬍子上的泡沫。再一次，她又猛然覺得他長得好像人猿。粗粗的眉毛，厚厚的鼻子，兩隻手臂上覆蓋著短而硬的黑色體毛。還有他走路的樣子，兩隻粗粗的胳臂搖晃著，肩膀往前弓，就像人猿在走路。她知道他的婚姻出了問題，也知道他退休後時間太多。這會兒看著他，她忽然覺得一陣內疚，因為他已經在她的手機裡留話好幾次了，說有空要一起約吃晚飯，但她一直忙得沒有時間回電。

一個女侍經過，認出瑞卓利，於是問：「警探，你要平常的山繆．亞當斯啤酒嗎？」

瑞卓利看著考薩克那杯啤酒，不小心潑到他襯衫上了，留下一道溼印子。

「呃，不要，」她說。「一杯可樂就好了。」

「你們可以點餐了嗎？」

瑞卓利打開菜單。她今天晚上不想喝啤酒，但是她很餓。「我要一份主廚沙拉，加雙份千島醬。炸魚和薯條。另外一份洋蔥圈配菜。這些菜可以一起上嗎？啊，另外，我的麵包捲可以多一份奶油嗎？」

考薩克大笑。「不必客氣，瑞卓利。」

「我很餓。」

「你知道炸的東西對動脈不好吧？」

「好吧，那我的洋蔥圈就不分你吃了。」

女侍看著考薩克。「那你要點什麼，先生？」

「烤鮭魚，不要奶油。另外一份生菜沙拉加油醋醬。」

女侍離開後，瑞卓利不敢置信地看著考薩克。「你是從什麼時候開始吃烤魚的？」她問。

「從上頭的那個大傢伙狠狠敲我的頭、警告我之後。」

「你現在真的都吃這些？不是表演給我看而已？」

「已經減下五公斤，還戒菸了。所以你就知道，我是真的瘦下來了，不是脫水而已。」他往後靠坐，看起來稍微有一點太志得意滿了。「我現在甚至還用跑步機了。」

「你在開玩笑吧。」

「我加入了一家健身房。做心肺鍛鍊運動。你知道，檢查脈搏，密切注意心臟。我覺得年輕了十歲。」

你看起來也年輕了十歲大概是他希望她說出口的話，但是她沒說，因為她沒辦法撒謊。

「五公斤。真有你的。」她說。

「堅持下去就是了。」

「所以你怎麼還喝啤酒？」

「喝酒還好，你沒聽說嗎？《新英格蘭醫學雜誌》最近才登了，喝一點紅葡萄酒對心臟有益。」他朝女侍放在瑞卓利面前的可樂點了個頭。「那是怎麼回事？你以前都點山繆．亞當斯麥芽啤酒的。」

她聳聳肩。「今天不想喝。」

「你還好吧？」

不，我不好。我肚子被搞大了，而且我喝啤酒就會想吐。「最近很忙。」她只這麼說。

「是啊，我聽說了。那些修女怎麼回事？」

「我們還不清楚。」

「我聽說其中一個修女當媽媽了。」

「你從哪裡聽說的？」

「你知道，大家都在傳。」

「你還聽說了什麼？」

「說你們從池塘裡撈出了一個嬰兒。」

消息走漏是無可避免的。警察會告訴彼此，還會告訴自己的老婆。她想到所有站在池塘邊的搜索人員、停屍間人員，還有鑑識組的技術人員。只要幾個人口風不緊，很快地，就連一個牛頓市的退休警察都會曉得這些細節了。她很擔心明天早上的報紙會登什麼。謀殺就已經夠讓一般大眾著迷了；現在還有禁忌的性愛，這種強而有力的添加物，足以讓這樁謀殺案登上頭版頭條。

女侍把他們點的菜端上來。瑞卓利的食物佔據了大半張桌子，盤子多得像是要給一家人吃的。她抓了一根薯條開始吃，結果燙到嘴巴，趕緊喝了一大口可樂降溫。

考薩克剛剛還自以為是地批評油炸食物，但這會兒卻渴望地盯著她的洋蔥圈。然後他低頭看著自己的烤魚，嘆了口氣，拿起叉子。

「你要吃洋蔥圈嗎？」她問。

「不用了，我很好。我告訴你，我要徹底改變我的生活。上回心臟病發，可能是我這輩子碰到過最棒的事情了。」

「你說真的？」

「是啊。我瘦了，香菸戒掉了。嘿，我想我的頭髮還長了些回來。」他低下頭，讓她看自己頭頂禿掉的那塊。

如果有任何頭髮長回來，她心想，那也是在他的腦袋裡頭，而不是在他的腦袋上。

「是啊，我做了很多改變。」他說。

然後他沉默下來，開始吃他的鮭魚，但似乎不是很享受。她同情得差點要把自己那盤洋蔥圈推過去。

但是當他再度抬起頭來時，雙眼看著她，而不是她的食物。「我家裡的事也有改變了。」

他說的方式讓她有點不安。他看著她的那個樣子，好像就要傾訴心事了。她很怕聽到一堆糾纏不清的細節，但也看得出他有多麼需要傾訴。

「家裡怎麼了？」她問，已經猜到大概會聽到什麼了。

「黛安和我——你知道怎麼回事的。你見過她。」

她第一次見到黛安是在醫院，當時考薩克剛心臟病發後救回來。第一次碰面時，瑞卓利注意到黛安講話口齒不清且眼神呆滯。那個女人是個會走路的醫藥櫃，長期嗑藥昏頭，煩寧、可待因——任何她能從她的醫師那邊求到的藥物都好。考薩克說過，她藥物成癮的問題已經很多年了，但是他一直對太太不離不棄，因為這是為人丈夫該做的。

「黛安最近怎麼樣？」她問。

「老樣子。還是嗑藥磕得昏頭。」

「你剛剛說事情改變了。」

「沒錯。我離開她了。」

她知道考薩克在等她的反應。但她只是瞪著他，不確定該替他高興還是難過。不確定他希望看到哪個。

「耶穌啊，考薩克，」最後她終於說，「你確定嗎？」

「這輩子從來沒這麼確定過。我下星期就要搬出來了。找了一戶單身公寓，就在牙買加平原這裡。要照我喜歡的方式佈置。你知道，大螢幕電視機，大喇叭把耳膜都震破。」

他五十四歲了，心臟病發過一次，而且眼前看來很激動。她心想。他表現得就像個青少年，等不及要脫離父母，搬進生平第一戶公寓。

「她根本不會發現我離開了，只要我繼續幫她付藥房帳單，她就滿足了。老天，我真不懂我為什麼要拖這麼久。浪費了半輩子，但是我告訴你，到此為止了。從現在開始，我要好好利用每一分鐘。」

「那你女兒呢？她怎麼說？」

他哼了一聲。「她根本不在乎。她唯一做過的事情，就是要錢。爹地，我需要一輛新車。爹地，我想去墨西哥坎昆度假。我自己都沒去過坎昆了。」

她往後靠坐，隔著冷卻的洋蔥圈看著他。「你知道你在做什麼吧？」

「知道。我要控制自己的人生。」他暫停一下，有點憤恨地說，「我以為你會替我高興的。」

「我是替你高興啊。」

「那你那個表情是什麼意思？」

「什麼表情？」

「好像我長出翅膀似的。」

「我只是得習慣一下你的新狀況。感覺上就像是剛認識你。」

「這樣是壞事嗎？」

「不，至少你現在不會對著我的臉吹出煙霧了。」

兩個人都大笑。新的考薩克不會用香菸搞臭她的車子了。

他叉了一片萵苣葉默默吃，皺著眉頭，好像光是咀嚼都得完全專心才行。或者他是在考慮著接下來要講的事情。

「那麼，你跟狄恩怎麼樣了？還在交往嗎？」

他提問的口氣那麼不經意，卻搞得她猝不及防。這個話題是她最不想談的，也是最想不到他會問的。他老早表明他不喜歡嘉柏瑞．狄恩。她原先也不喜歡他，那是在八月時，狄恩首度加入他們的調查，亮出他的聯邦調查局警徽，然後開始取得控制權。

幾個星期後，她和狄恩之間的一切都改變了。

她往下看著吃了一半的食物，忽然完全沒了胃口。她可以感覺到考薩克在觀察她。她拖得愈久，講出來的回答就愈沒有可信度。

「一切都還好，」她說，「你還要啤酒嗎？我想再點一杯可樂。」

「他最近來看過你嗎？」

「女侍跑哪兒去了？」

「你們多久沒見面了？兩三個星期？一個月？」

「我不曉得……」她朝女侍揮手，但是女侍沒看到，轉身朝廚房走去。

「怎麼？你們沒聯絡了？」

「我有很多事情要忙，你知道。」她兇巴巴地說。她的口氣洩了底，考薩克往後靠坐，用警察的目光打量著她，看得一清二楚。

他說：「長得像他那麼帥的男人，大概以為所有女人都會搶著貼上來。」

「這話是什麼意思？」

「我不像表面那麼笨。我看得出事情不對勁了。我從你的聲音裡聽得出來。而且我很擔心，因為你有資格得到更好的。好很多。」

「我真的不想談這件事。」

「我從來不信任他。我跟你講過了，早在八月就講過了。我記得，你當初似乎也不信任他。」

她又再度揮手找女侍，而女侍也再度沒看到她。

「那些聯邦調查局的人總是有點鬼鬼祟祟的，我碰到過的每一個都是。非常圓滑，但是從來不坦誠。他們愛玩心理戰，自以為比警察厲害。那些聯邦調查局的人全都是自大的混蛋。」

「嘉柏瑞不是那種人。」

「是嗎？」

「他真的不是。」

「你這樣說，只是因為你迷上他了。」

「我們為什麼要談這個？」

「因為我很擔心你。感覺上你好像快要掉下懸崖了，但是你連伸出手來求助都不肯。我不認為你跟任何人談過這件事。」

「我現在就在跟你談啊。」

「是啊，可是你什麼都不告訴我。」

「你要我講什麼？」

「他最近都沒來看你，對吧？」

她沒回答，甚至不看他。她的目光轉而看著他後方牆上的壁畫。「我們兩個都很忙。」

考薩克嘆了口氣，搖搖頭，顯然很同情。

「我們又不是在談戀愛什麼的，」她鼓起勇氣，終於迎視他的目光。「你以為我會因為某個男人甩了我，就崩潰掉嗎？」

「唔，我不知道。」

她笑了一聲，但連她自己聽起來都覺得很勉強。「我們只是上床，考薩克。當了一陣子炮友，然後我們就各奔東西。男人常常這樣做的。」

「你的意思是，你跟男人沒有兩樣？」

「你不要對我來那套雙重標準。」

「不，拜託。你的意思是你不傷心？他一走了之，你也無所謂？」

她狠狠看著他。「我沒事的。」

「唔，那就好。因為他不值得，瑞卓利。連為他傷心一分鐘都不值得。而且下回碰到他，我就會這麼告訴他。」

「你為什麼要這樣？」

「怎樣？」

「插手，仗勢欺負人。我不需要這個。我的煩惱已經夠多了。」

「我知道。」

「而且你做這些，只是把情況搞得更糟糕而已。」

他盯著她看了一會兒，然後垂下目光。「對不起，」他低聲說，「但是你知道，我只是想當你的朋友。」

在他能講的所有話裡頭，再也沒有比這句更讓她感動的了。望著他垂下腦袋上的那塊禿頂，她發現自己眼中泛淚。有時候他會搞得她反感，有時候他會激怒她。

但還有些時候，她意外看到這個男人的內心，是個慷慨的正人君子，於是很羞愧自己以往對他這麼不耐煩。

他們沉默地各自穿上大衣，走出杜爾酒吧，從煙霧瀰漫的室內來到一片新雪晶瑩的夜晚。在街道前方，一輛巡邏車駛出牙買加平原分局，藍色的警燈在大雪形成的珠簾中模糊不清。他們看著那巡邏車沿著街道疾馳而去，瑞卓利很納悶會是要去處理什麼危機。總是有危機在等著。夫婦吼叫爭吵。孩童走失。驚呆的駕駛人聚攏在撞壞的車子旁邊。這麼多不同的人生以各式各樣的方式交會。大部分人都只安然待在自己的小小角落裡，警察則是看遍這一切。

「你要怎麼過聖誕節？」考薩克問。

「去我爸媽家。我哥哥法蘭基會來波士頓過節。」

「就是在海軍陸戰隊的那個，對吧？」

「對。只要他一出現，我們全家人就該跪下來膜拜他。」

「哎呀，兄妹間彼此較勁？」

「不，這場比賽我老早就輸了。法蘭基是我們家的國王。你呢？你聖誕節要怎麼過？」

他聳聳肩。「還不曉得。」

這句話裡頭有懇求她邀請的意味，明顯無誤。救我脫離孤單的聖誕節。救我脫離這種自作孽的生活。但她救不了他。她連自己都救不了。

「我有幾個計畫，」他很快又補充，驕傲得無法讓這段沉默延續下去。「或許去佛羅里達我妹家。」

「聽起來不錯。」她嘆氣，氣息形成一道白霧。「好吧，我得回家補眠了。」

「你隨時想碰面，就打個電話給我。你有我的號碼吧？」

「有。聖誕快樂。」她走向自己的車。

「呃，瑞卓利？」

「嗯？」

「我知道你對狄恩還念念不忘。很抱歉我剛剛說了他那些。我只是覺得你有資格得到更好的。」

她笑出聲。「我家門口又沒有男人在大排長龍。」

「唔，」他說，望著前頭的街道遠處。忽然避開她的目光。「至少有一個。」

她整個人僵住了，心想：拜託不要對我這樣，拜託不要逼我傷害你。

她還沒來得及反應，他就忽然轉身走向自己的車。繞到車門旁之時，他草草跟她揮一下手，就鑽進車裡。她看著他發動車子開走，輪胎後頭拖出一道雲朵狀的晶亮雪塵。

11

這天晚上，莫拉過了七點才終於到家。她轉入車道時，看到屋裡燈光輝煌。不是自動定時器打開的幾盞黯淡燈泡，而是客廳的窗簾內有很多燈打開、有人在等著她的那種歡鬧氣氛。她還可以看出一個彩色燈光所構成的圓錐形。

是聖誕樹。

這是她最沒想到會看見的東西，因此她在車道上暫停一下，看著那閃爍的色彩，想起她以前曾為了維克多佈置的聖誕樹。把一個個精緻的彩球從收藏的箱子裡拿出來，掛上樹枝，手上沾滿了松樹的辛香。她還想起她小時候的聖誕節，父親會把她舉起來扛在肩膀上，讓她把那顆銀色星星放在樹頂。她父母從來不會漏掉這個快樂的傳統，然而她很快就讓這個傳統從她的人生中溜走。一切都太麻煩、太費事了。要拖著一棵樹回家，過完節還要拖出去，最後只剩一棵褐色枯樹，扔在人行道邊等垃圾車來收走。

她從冰冷的車庫走進客廳，迎面而來的是烤雞、大蒜和迷迭香的氣味。這種感覺太棒了，有晚餐的香氣迎接她，有人在家裡等著她。她聽到客廳的電視開著，於是循著聲音沿走廊過去，邊走邊脫下大衣。

維克多正盤腿坐在聖誕樹旁的地板上，想把一團裝飾用的金屬絲解開來。他看到她，放棄地大笑一聲。

「比起以前我們還沒結婚的時候，我一點進步也沒有。」

「這一切我完全沒預料到。」她說，抬頭看著那些燈。

「唔，我就想，今天都十二月十八日了，你連棵聖誕樹都沒有。」

「我沒時間弄。」

「總是有時間的，莫拉。」

「過聖誕節這個改變真大。以前忙得沒空享受假日的人，向來是你。」

他的目光從那團銀色金屬絲往上移，看著站在旁邊的她。「你打算一直拿這件事修理我，對吧？」

她沉默了，很後悔自己剛剛講的話。用翻舊帳去開始一個夜晚，實在太不智了。她轉身把大衣掛進衣櫥裡。背對著他問道：「我要去調酒，你要喝什麼？」

「你喝什麼，我就喝什麼。」

「即使是女生喝的酒？」

「我以前喝雞尾酒，有過性別歧視嗎？」

她大笑著走進廚房，然後從冰箱裡拿出萊姆和蔓越莓汁。她在雞尾酒搖杯裡倒了適切份量的Triple Sec柳橙香甜酒和Absolut Citron檸檬伏特加，又加上冰塊。站在水槽邊，她搖晃著裡面的水與酒，感覺到金屬搖杯表面逐漸冒出細細的水珠。搖，搖，搖，就像骰子擲在杯中的聲音。每件事都是一場賭博，尤其是愛情。上回我賭輸了，她心想。而這回，我賭的是什麼？賭兩人之間有個扭轉的機會？或是讓自己再度心碎？

她把冰涼的調酒倒進兩個馬丁尼酒杯，正要端出去，發現垃圾桶裡塞著一堆餐廳的外帶餐盒。她不禁微笑。所以維克多畢竟沒有神奇地變成烹飪高手。他們今天的晚餐，是由新市場熟食店幫忙掌廚。

她走進客廳，發現維克多已經放棄去掛那些金屬絲，正在收拾裝飾品的空盒。

「你費了好多事，」她說，把酒杯放在茶几上。「燈泡和聖誕燈和一切。」

「我在你車庫裡找不到任何聖誕節的裝飾品。」

「我全都留在舊金山了。」

「你自己都沒買？」

「我這裡沒弄過聖誕樹。」

「都已經三年了，莫拉。」

她坐在沙發上，冷靜地喝著自己的酒。「那你上次裝飾聖誕樹，又是什麼時候？」

他什麼都沒說，只是專心把那些空盒子疊在一起。等他終於開口時，眼睛沒看她。「我也一直沒有過節的心情。」

電視還開著，現在關成靜音了，不過令人分心的畫面在螢幕上閃動。維克多拿了遙控器關掉。然後他坐在沙發上，離她一段距離，沒有挨著她，但也近得有各種可能性。

他看著她端給他的那個馬丁尼酒杯。「粉紅色的。」他說，口氣有點驚訝。

「這種調酒叫大都會。我警告過你，這是女生喝的酒。」

他啜了一口。「嚐起來像是一堆女生玩得正開心。」

他們沉默了一會兒，各自喝著酒，聖誕燈明滅閃爍著。眼前是一幕舒適的家庭景象，但莫拉完全沒有放鬆的感覺。她不曉得對今晚該有什麼期待，也不曉得他有什麼期待。有關他的一切都熟悉得令人不安。他的氣味，他頭髮映著燈光的模樣。還有種種她覺得很可愛的小細節，因為這些小細節顯示了他這個人有多麼不裝模作樣：穿得很舊的襯衫，褪色的牛仔褲。從認識以來就在戴的那只天美時舊手錶。我沒辦法走進一個第三世界國家，說我是來幫你們的，結果手上還戴著勞力士手錶，他曾說。維克多像唐．吉訶德，與貧窮展開搏鬥。她早就厭倦了這種戰鬥，但他依然樂此不疲。

而這一點，她不得不佩服他。

他放下酒杯。「我今天又看到了一些有關修女的新聞，在電視上。」

「新聞裡怎麼說？」

「說警方在修道院後的一個池塘打撈。那是怎麼回事？」

她往後靠，酒精開始消解她肩膀的緊繃。「他們在池塘裡找到一個嬰兒。」

「是那位修女的？」

「我們還在等DNA的檢驗結果。」

「不過你心裡很確定，那就是她的寶寶吧？」

「一定是。否則這個案子就會變得太複雜了。」

「所以你們如果有父親的DNA，就可以比對出身分了。」

「首先，我們需要一個名字。如果確定了父親，還有個問題，就是性交是兩廂情願，或者是強暴。沒有卡蜜兒的證詞，你要怎麼證明是這個或那個？」

「不過，這聽起來有可能就是謀殺的動機。」

「那當然。」她喝掉最後一點酒，放下酒杯。晚餐前喝酒是個錯誤。酒精和缺乏睡眠加起來，讓她的思考變得遲鈍。她揉揉太陽穴，想讓自己的腦子保持清醒。

「我該弄點東西給你吃了，莫拉。你看起來過了辛苦的一天。」

她擠出一聲笑。「你知道那部電影，裡頭有個小男生說：『我看到死人』？」

「《靈異第六感》。」

「唔，我常常看到死人，而且我看得好煩。搞壞我心情的就是這個。今天都快聖誕節了，我根本沒想到要佈置聖誕樹，因為我腦子裡還在想著解剖室裡面的事情。我手上還聞得到死人的氣味。像今天，我做完兩個驗屍解剖回家，根本沒辦法去想做晚餐的事情。因為我只要看到肉，就會想到肌肉纖維。我唯一有辦法吞下肚的，就是雞尾酒。於是我倒了酒，聞著酒精的氣味，忽然間我又回到解剖室。酒精、福馬林，都有同樣的刺激氣味。」

「我從來沒聽過你這樣談自己的工作。」

「我從來沒覺得這麼被壓垮了。」

「聽起來不像是打不敗的艾爾思醫師。」

「你明知道我不是的。」

「你很擅長扮演那個角色。聰明又無法穿透。你知道你在加州大學教書時，把你那些學生嚇成什麼樣嗎？他們都好怕你。」

她搖頭大笑。「死亡天后。」

「什麼？」

「這裡的警察給我取的綽號。不會當著我的面喊。不過我聽說了。」

「我還滿喜歡的。死亡天后。」

「唔，我很討厭。」她閉上眼睛，往後靠著抱枕。「害我聽起來像個吸血鬼。像個怪物。」

她沒聽到他從沙發上起身，也沒聽到他走到她後頭。所以當她忽然感覺到他雙手放在她肩膀上時，被嚇了一跳。她整個人僵住，每根神經末梢都警覺起來，強烈感覺到他的碰觸。

「放鬆，」他喃喃說，手指推拿著她的肌肉。「這件事你永遠都學不會。」

「不要，維克多。」

「你從來不會卸下防備，從來不肯讓任何人看到你的不完美。」

他的手指深深按進她的肩膀和脖子。探索，侵略。她的回應是更加緊張，肌肉防衛地繃緊了。

「難怪你會累，」他說，「你的盾牌從來不放下。有人碰你的時候，你連往後靠坐、好好享受都做不到。」

「不要。」她抽身站起來，轉身面對他。她還可以感覺到自己的皮膚因為被他碰觸而刺麻。

「這是怎麼回事，維克多？」

「我只是想幫你放鬆。」

「我夠放鬆了，謝謝。」

「你緊繃得要命，身上的肌肉簡直像是快繃斷了。」

「唔，不然你希望怎麼樣？我不曉得你跑來這裡做什麼。我不知道你有什麼目的。」

「如果只是想重新成為朋友呢？」

「有辦法嗎？」

「為什麼不行？」

就連兩人四目交接的時候，她都可以感覺到自己臉紅了。「因為我們之間有太多過去了。太多……」吸引力是她心裡想的，但她沒講出來。反之，她說：「反正，我不確定男人和女人間可以純當朋友。」

「你居然這麼想，那太可悲了。」

「這是務實。我每天工作上都會碰到男人。我知道他們碰到我很膽怯，而我希望他們這樣。我希望他們把我看成一個權威人物，看到我的腦子和白袍。因為一旦他們開始把你想成一個女人，總是會聯想到性。」

他嗤之以鼻。「而性會污染一切呢。」

「沒錯，就是會。」

「不管你多努力展現你的權威。每個男人看到你，都會看到一個有吸引力的女人。除非你在他們頭上套個袋子，否則房間裡永遠有性，你沒辦法鎖住的。」

「這就是為什麼我們不能純當朋友。」她拿起兩個空杯子，朝廚房走去。

他沒跟上來。

她站在水槽邊，往下看著杯子，她舌頭上萊姆和伏特加的餘韻猶存，他身上的氣味依然記憶鮮明。沒錯，房間裡有性，而且正在惡作劇，搖晃著那些記憶中的影像，害她想躲都躲不掉。她想到那些深夜，他們看完電影回家，一進門就開始脫掉彼此的衣服。想到他們就在地板上瘋狂地、幾近殘酷地做愛，他進入她好深，讓她覺得自己被佔有，像個妓女似的。而且滿足極了。

她扶著水槽，聽到自己的呼吸加深，感覺自己的身體做了決定，反抗著這三年來讓她保持禁慾的理性。

房間裡永遠有性。

前門砰地甩上了。

她吃驚地轉身，匆忙趕到客廳，只看到閃爍的聖誕樹，沒看到維克多。她往窗外看，發現他上了車，聽到引擎發動的轟響。

她衝出門，匆忙走向他的車，鞋子在結冰的走道上好滑。

「維克多！」

引擎忽然關掉，車頭燈熄滅了。他下車看著她，他的腦袋在車頂上方只是一抹黑暗的剪影。風吹著，她眨眨眼睛，避開刺針般的落雪。

「你為什麼要離開？」她問。

「進去吧，莫拉。外頭很冷。」

「可是你為什麼要離開？」

即使在陰影中，她還是看到他呼出來的白霧，懊惱地吐出來。「顯然你不希望我留在這裡。」

「回來吧。我真的希望你留下。」她繞過車頭，站在他面前。寒風吹著她薄薄的襯衫。

「我們只會彼此攻擊。就像以前的老樣子。」他轉身要爬回車上。

她伸手抓住他的夾克，把他拉向自己。在那一刻，當他轉身過來看著她，她知道接下來會怎麼樣。無論鹵莽與否，在那一刻，她希望事情發生。

他不必把她擁入懷裡，因為她已經在他雙臂之間，陷入他的暖意中。她的嘴唇搜尋著他的。熟悉的滋味，熟悉的氣息。他們的身體好契合，一如往常。她現在在發抖，既是因為冷，也是因為興奮。他雙臂環繞著她，用自己的身體幫她擋著風，同時兩人一邊擁吻著，一邊往前門走。他們進屋時，一陣雪吹進來，他脫掉夾克，晶亮的雪片落在地板上。

他們一直沒進入臥室。

就在進門處，她摸索著他襯衫的釦子，從長褲裡拉出來。在她凍得發麻的手指底下，他襯衫裡的皮膚感覺好灼熱。她脫掉他的衣服，渴望著他的溫暖，好希望自己的皮膚去感覺那股暖意。等到他們進入客廳，她自己的襯衫已解開鈕釦，長褲拉鍊敞開。她迎接他重新進入她的身體，進入她的人生。

她躺在他下方的地板上，聖誕樹上閃爍的小燈像彩色的星星。她閉上眼睛，但即使此時，她還是可以看到那些星星在一片彩色天空中眨著。他們的身體以一種熟悉的舞步同時搖擺，沒有笨拙，沒有第一次的不確定。她熟知他的撫觸，他的動作，等到她被愉悅征服而喊出聲的時候，她一點也不覺得羞愧。就這麼一個動作，三年的分離被徹底消除。事後他們躺在那些脫下的衣服裡，他的擁抱感覺上熟悉得像一條舊毯子。

等到她再度睜開眼睛，發現維克多正往下凝視著她。

「你是我在聖誕樹下拆開過最棒的禮物。」他說。

她往上看著一條發亮的金屬絲從樹枝上垂下來。「那就是我的感覺。」她說，「被拆開，暴露出來。」

「你講得好像這不是好事。」

「要看接下來會怎樣。」

「接下來會怎樣？」

她嘆氣。「我不知道。」

「你希望接下來怎樣？」

「我不想再受傷了。」

「你害怕我會傷害你。」

她看著他。「你以前就傷害過我。」

「我們彼此傷害，莫拉。用很多種不同的方式。相愛的人總是這樣，但不是故意的。」

「你是有外遇。那我做了什麼？」

「這樣談下去不會有結果的。」

「我想知道，」她說，「我以前是怎麼傷害你了？」

他翻身躺在她旁邊，沒碰她，雙眼看著天花板。「你還記得我要離開去阿必尚那天嗎？」

「我記得。」她說。還能嚐到那種苦味。

「我承認。當時離開你的時機很糟糕，但是我非去不可。我是唯一能處理那個談判的人。我必須在場。」

「就在我爸葬禮的隔天？」她看著他。「當時我需要你。我需要你在家陪我。」

「『一個地球』也需要我。我們有可能失去那一整個貨櫃的醫療用品，事情沒辦法等。」

「好，我當時接受了，不是嗎？」

「就是這個字眼。接受。但是我知道你很火大。」

「因為這種事情一再發生。紀念日、葬禮——沒有什麼能讓你留在家裡。我總是排在第二。」

「所以歸結起來就是這樣，對不對？我得在你和『一個地球』之間做出選擇。我不想選。我不認為我有必要選。因為那種得失太大了。」

「你不能光憑自己一個人，就想拯救全世界。」

「我可以做很多好事。你以前也相信這一點的。」

「但是每個人到頭來都會累垮的。你花了好幾年專心去拯救其他國家快死的人。然後有一天你醒來，就只想改為專注在自己的人生，專注在生養自己的小孩上頭。但是你從來沒有時間做這件事。」她吸了一大口氣，感覺喉嚨哽咽，想到她一直想要小孩，但大概永遠不會有了。她也想到珍．瑞卓利，她的懷孕讓莫拉更意識到自己沒有小孩的事實。「我厭倦了嫁給一個聖人。我想要的，只是一個丈夫而已。」

片刻過去，她上方的聖誕燈暈染成一片片模糊的色彩。

他握住她的手。「我想不及格的人是我。」

她吞嚥著，那些色彩又變成清晰的燈，在電線上頭閃爍著。「我們兩個都不及格。」

他沒放開她的手，而是緊緊握住，彷彿害怕一放手，就再也沒有握住的機會了。

「我們可以一直談下去，」她說，「但我看不出我們之間能有什麼改變。」

「我們都知道之前哪裡出了錯。」

「這不表示下回會有不同的結果。」

他低聲說：「我們什麼都不必做，莫拉。我們可以在一起就好，眼前這樣還不夠嗎？」

在一起就好。聽起來很簡單，躺在他身邊，只有兩手相觸，她心想：是的，這個我做得到。我可以不帶感情地跟你上床，但是不讓你傷害我。沒有愛的性——男人可以樂在其中，根本不必考慮。為什麼她做不到？

或許這一次，一個殘忍的小聲音在她腦海裡低語著。心碎的人會是他。

12

到海恩尼斯港的車程本來應該只要兩小時，沿著三號公路往南，然後接六號公路進入鱈角，但是他們中間得停下來兩次，好讓瑞卓利上廁所，於是直到下午三點，他們的車才通過賽格默爾橋，抵達鱈角。過了橋之後，他們便置身於濱海度假區。沿途經過了一連串小鎮，像一條漂亮彩珠串成的項鍊般，沿著這個海岬延伸。瑞卓利之前來過海恩尼斯港幾次，都是在夏天，馬路上塞滿車子，穿著T恤和短褲的人潮在冰淇淋店外頭大排長龍。她從來沒有在嚴冬時節來過這裡，此時一半的餐廳都暫時歇業，人行道上只有少數幾個勇敢的人，大衣釦子全部扣上，迎著寒風前進。

佛斯特轉上大洋路，驚訝地喃喃道：「老天。你看看這些房子有多大。」

「想搬進去嗎？」瑞卓利問。

「或許等我賺到我第一個一千萬再說。」

「跟愛麗絲說，她最好趕緊開始努力賺第一個一百萬，因為光憑你的薪水是肯定賺不到的。」

他們照著之前記下的指示，通過一對花崗岩墩柱，然後沿著一條寬廣的車道來到一棟瀕臨海邊的漂亮房子。瑞卓利下車後暫停一下，在風中打了個哆嗦，欣賞那些黏著鹽結晶的牆面板，還有面對著海的三座塔樓。

「你能相信她拋下這一切，去當修女嗎？」她說。

「當上帝召喚你，我想你就得聽從。」

她搖頭。「要是換了我，我就讓祂繼續去召喚，別理會就是了。」

他們走上門廊前的台階，然後佛斯特按了電鈴。

來應門的是一個小個子的黑髮女人，她把門開了一道縫，看著他們。

「我們是波士頓市警局的，」瑞卓利說，「我們稍早打過電話。要來找麥基尼斯太太。」

那女人點點頭，閃到一邊讓他們進門。「她在海景室，我帶你們過去。」

他們走過磨光的柚木地板，經過的牆面懸掛著一些船隻與風暴大海的畫作。瑞卓利想像年幼的卡蜜兒在這棟房子裡長大，奔跑過這片光亮的地板。或者她會跑嗎？在這些古董之間，大人會規定她只能安靜而莊重地走路嗎？

那女人帶著他們進入一個大房間，裡頭從地板到天花板的落地大窗面對著海。那片狂風侵襲的灰色海景令人震撼，立刻吸引了瑞卓利的視線，所以她一開始根本沒看到其他的。但是就連她瞪著那片海景之時，也還是聞到了房間裡有一股酸敗的臭味。是尿的氣味。

她轉頭看著那氣味的來源：一個男人躺在窗前的一張病床上，彷彿一件生活藝術品在展示。一個赭色頭髮的女人坐在床邊的椅子，這會兒正起身招呼客人。從這個女人臉上，瑞卓利沒看到任何與卡蜜兒相似之處。卡蜜兒的美是嬌弱型的，幾乎帶著仙氣。眼前這個女人的美卻是修飾而洗鍊，頭髮剪成完美的頭盔，兩道眉毛修成一對弧形的海鷗翅膀。

「我是蘿倫．麥基尼斯，卡蜜兒的繼母。」那女人說，伸手去跟佛斯特握手。有些女人會無視於其他女性的存在，只注意在場的男人，而眼前這位卡蜜兒的繼母就是其中之一，她把全副注意力都放在巴瑞．佛斯特身上。

瑞卓利說：「嗨，我跟你通過電話。我是瑞卓利警探。這位是佛斯特警探。很遺憾你們失去了親人。」

直到此刻，蘿倫才終於降貴紆尊地看著瑞卓利，但只說了「謝謝」。她看了那個帶他們進來的黑髮女人一眼。「瑪麗亞，麻煩去請他們兩兄弟下來加入我們好嗎？警察到了。」然後她又轉身面對著客人，指了一張沙發。「請坐。」

瑞卓利發現自己坐得離那張病床最近。她看著那男人的手，已經縮成了爪子狀，他的臉有半邊下垂，像一片凝固的泥漿，她想起她祖父在世時的最後幾個月，躺在安養院的床上，雙眼完全清醒而憤怒，禁錮在一具再也不聽他指揮的身軀裡。她從這個男人的雙眼中也看到了那種清醒。他直直瞪著她這個陌生的訪客，而她在那眼神裡看到了絕望與屈辱。那是一個尊嚴被剝奪的無助男人。他不會超過五十歲太多，但身體已經完全背叛他了。一道發亮的口水流過他的下巴，落到枕頭上。旁邊一張桌子上是各種讓他保持舒適的用品：幾罐亞培安素、橡膠手套和溼紙巾、一箱成人紙尿布。你的整個人生就縮減到一桌子的衛生用品。

「我們的晚班護士有點遲到了，所以希望你們不介意坐在這裡，好讓我可以一邊照顧蘭道，」蘿倫說，「我們把他搬到這個房間，因為他向來喜歡看海。現在他隨時都可以看到了。」她拿了一張面紙，輕柔地擦掉他嘴邊的口水。「來，來。好。」她轉頭看著兩個警探。「所以你們就知道，為什麼我不願意開車大老遠去波士頓。我不喜歡把他丟給護士太久。他會著急。他沒辦法講話，但是我知道我不在的時候，他會急著想找我。」

蘿倫又坐回扶手椅，專注看著佛斯特。「你們的調查有什麼進展嗎？」再一次，回答的又是瑞卓利，決心要抓住這個女人的注意力，然後很懊惱老是又溜掉。

「我們正在追查幾個新線索。」她說。

「不過你們大老遠開車來海恩尼斯港，不會是為了告訴我這個吧。」

「沒錯。我們來，是因為有些問題，我們覺得當面談比較好。」

「而且你們想查探我們，對吧？」

「我們希望了解一下卡蜜兒的背景，還有她的家人。」

「唔，盡量看吧。」蘿倫伸出一隻手臂揮動。「她就在這棟房子裡長大。很難想像，對吧？為什麼她要離開這裡，跑去修道院。蘭道給了她任何女孩所能夢想的一切。一輛全新的ＢＭＷ當生日禮物，還送過她一匹小馬。一整櫃的漂亮衣服，但是她很少穿。結果她選擇去修道院，這輩子都要穿黑衣服了。她選擇……」蘿倫搖搖頭。「到現在我們還是搞不懂。」

「你們夫妻都不贊成她的決定嗎？」

「啊，我可以忍受。畢竟，那是她的人生嘛。但是蘭道從來沒能接受。他一直希望她會回心轉意。希望她能厭倦了當修女的生活，最後會回家。」她看著無言躺在床上的丈夫。「我想這就是為什麼他會中風。她是他唯一的孩子，他無法相信她會離開他。」

「那卡蜜兒的親生母親呢？你在電話裡說她過世了。」

「在卡蜜兒八歲的時候。」

「當時是怎麼回事？」

「唔，他們說是意外服藥過量，但這類事情有哪個真是意外嗎？我認識蘭道的時候，他已經鰥居好幾年了。我想，你可以說我們是個重組的家庭吧。我的第一次婚姻有兩個兒子，蘭道有卡蜜兒。」

「你和蘭道結婚幾年了？」

「快七年了。」她看著丈夫，無奈地說，「有順境也有逆境。」

「你和你的繼女感情好嗎？她會跟你講很多心事嗎？」

「卡蜜兒？」蘿倫搖搖頭。「我得老實跟你說，我們從來就不親，如果你想問的是這個。我認識蘭道的時候，她已經十三歲了。你知道那個年紀的孩子都那樣，根本不想理人。她倒沒有把我當成邪惡的後母什麼的。我們就是，唔，我想是不投緣吧。我努力過，真的努力過了，但她總是那麼……」蘿倫忽然停住，好像怕說出什麼不該說的。

「你想說的是什麼字眼，麥基尼斯太太？」

蘿倫想了一下。「奇怪，」她終於說，「卡蜜兒很奇怪。」她朝丈夫看，發現對方正在盯著她，於是趕緊說：「對不起，蘭道。我知道我這樣講很可怕，但是他們是警察。他們想聽實話。」

「你說奇怪，是什麼意思？」佛斯特問。

「你知道的，當你走進一個派對，有時候會看到某個人自己一個人站著？」蘿倫說，「都不肯看你的眼睛？她老是躲在自己的角落，或者關在她房間裡。我們從來想不到她在房間裡做什麼。禱告！跪著禱告。閱讀學校裡一個天主教徒女孩給她的那些書。我們家根本不是信天主教，我們是長老教會的。但她就是這樣，鎖在她房間裡，還用皮帶鞭打自己，你能相信嗎？說要讓自己更純淨。他們這種念頭是從哪裡來的？」

外頭的風吹得海鹽撲到窗子上。蘭道．麥基尼斯發出輕微的呻吟。瑞卓利注意到他正盯著她。她也回瞪著他，想知道這段對話他聽懂了多少。要是完全聽得懂，那是更大的不幸，她心想。知道你周圍發生的一切，知道你的女兒、你唯一的親生骨肉，已經死掉了。知道你太太覺得照顧你是一大負擔。知道你被迫吸入的臭氣是你自己製造出來的。

她聽到腳步聲，轉頭看到兩個年輕男子走進房間。顯然是蘿倫的兒子，一頭同樣褐紅色的頭髮，同樣俊美的五官。雖然兩個人都穿著休閒的牛仔褲和圓領毛衣，但他們就像母親一樣，散發出一種時髦的自信。世家子弟，瑞卓利心想。

她跟他們握手。握得很堅定，好建立她的權威。「我是瑞卓利。」她說。

「這兩個是我兒子，布雷克和賈斯汀，」蘿倫說，「他們都在讀大學，放假回來過聖誕節。」

我兒子，她這麼說。不是我們的兒子。在這個重組的家庭裡，感情的界線並沒有抹去。即使結婚七年了，她兒子還是她兒子，蘭道的女兒也還是他女兒。

「這是我們家裡兩位未來的律師，」蘿倫說，「他們在晚餐桌上的那些吵嘴，可是為以後上法庭做的很多練習呢。」

「討論，媽，」布雷克說，「那是討論。」

「有時候我看不出有什麼差別。」

兩個年輕人帶著運動員的從容和優雅坐下來，看著瑞卓利，好像等著娛樂節目開始。

「在讀大學，嗯？」她問，「兩位讀什麼學校？」

「我在阿默斯特學院，」布雷克說，「賈斯汀在鮑登學院。」

兩個學校開車都可以輕易到達波士頓。

「你們想當律師？兩個都是？」

「我已經開始申請法學院了，」布雷克說，「我在考慮專攻娛樂法。或許去加州工作。我副修是電影研究，所以我想我基礎打得不錯。」

「是啊，而且他也想多認識漂亮的女明星。」賈斯汀說，然後被布雷克用手肘輕輕撞了一下。「是真的啊！」

瑞卓利很納悶，這兩兄弟的繼妹才剛死掉，躺在停屍間裡，他們怎麼有辦法這麼輕鬆地開玩笑。

她問：「你們上回看到這個妹妹，是什麼時候？」

布雷克和賈斯汀看著彼此，異口同聲地說：「祖母的葬禮。」

「那是在三月？」她看著蘿倫。「卡蜜兒回來探望的時候？」

蘿倫點頭。「我們還得請求修道院讓她回來參加告別式。那就像是要求犯人假釋一樣。後來到了四月，蘭道中風之後，我真不敢相信她們不讓她回來。她自己的父親啊！而她就接受了她們的決定，乖乖照他們的命令做。你不得不懷疑那個修道院裡到底是怎麼回事。她們為什麼不敢讓裡頭的修女離開？她們在隱藏什麼樣的凌虐？但是這大概就是為什麼她喜歡待在那裡。」

「你為什麼這麼想？」

「因為那就是她渴望的。懲罰。疼痛。」

「卡蜜兒？」

「我跟你說過了，警探，她很奇怪。她十六歲的時候，就脫下鞋子赤腳走路。在一月。當時外頭是零下十二度！女傭發現她站在雪地裡。當然，我們所有的鄰居也很快就聽說了。我們還得帶她去醫院治療凍傷。她跟醫生說，她這樣做是因為聖人都會受苦，所以她也想感覺疼痛。她認為這會讓她更接近上帝。」蘿倫搖搖頭。「像這樣的孩子，你能拿她怎麼辦？」

愛她，瑞卓利心想。設法了解她。

「我希望她去看心理醫師，但是蘭道不肯聽。他從來都不肯承認自己的女兒是……」蘿倫暫停。

「說出來吧，媽，」布雷克說，「她瘋了。我們都這麼認為。」

卡蜜兒的父親發出一聲輕輕的呻吟。

蘿倫站起來，擦掉他嘴邊又一道口水。「那個護士怎麼還沒來？她三點就該到了。」

「卡蜜兒三月回來的時候，在家裡待了多久？」佛斯特問。

蘿倫的注意力轉到他身上。「大概一星期吧。她可以待更久的，但是她選擇提早回修道院。」

「為什麼？」

「我猜想她不喜歡身邊有那麼多人吧。我們有很多親戚從羅德島的紐波特趕來，要參加葬禮。」

「你告訴過我們，說她喜歡獨處。」

「那是太輕描淡寫了。」

瑞卓利問：「她有很多朋友嗎，麥基尼斯太太？」

「如果有，她也從來沒帶回家過。」

「那在學校裡呢？」瑞卓利看著兩個年輕人，他們彼此看了一眼。

賈斯汀開口了，帶著沒有必要的冷漠。「只有那票壁花。」

「我指的是男朋友。」

蘿倫詫笑一聲。「男朋友？怎麼可能，她成天就夢想著要成為基督的新娘啊。」

「她是個很有吸引力的年輕姑娘，」瑞卓利說，「或許你看不出來，但是我確定有很多男生會注意到的。我想問的是對她有興趣的男生。」她看著蘿倫的兩個兒子。

「沒有人想跟她約會，」賈斯汀說，「跟她交往會被人嘲笑的。」

「她三月回家時，有沒有跟任何朋友碰面？任何男人好像對她特別有興趣嗎？」

「為什麼你一直在問有關男朋友的事？」蘿倫問。

瑞卓利想不出有什麼方法可以避免揭露真相。「我很遺憾必須告訴你這件事。但卡蜜兒被謀殺之前不久，才剛生了個孩子。生下來就死掉了。」她看著那兩兄弟。

他們瞪著瑞卓利，同樣一臉驚呆的表情。

一時之間，房間裡唯一的聲音就是從海上吹來的風，搖撼著窗戶。

蘿倫說：「你都沒看新聞嗎？那些教士做了那麼多可怕的事情？她過去兩年都在修道院裡！她是在他們的監督之下，他們的管轄之下。你應該去找他們談。」

「我們已經問過一個有機會進入修道院的神父了。他自願提供他的DNA。檢驗結果很快就會出來了。」

「所以你們根本還不曉得他會不會是孩子的父親。為什麼要拿這些問題來煩我們？」

「那個孩子應該是在三月受孕的，麥基尼斯太太。就是她回家參加葬禮的那個月。」

「而你認為事情是發生在這裡？」

「當時你們有一屋子客人。」

「你希望我怎麼做？打電話給那個星期剛好來過這裡的每一個男人？『啊順便問一聲，你是不是跟我繼女睡覺了？』」

「我們有嬰兒的DNA。在你們的協助之下，我們有機會查出父親的身分。」

蘿倫猛地站起來。「我希望你們馬上離開。」

「你的繼女死了。你難道不希望我們抓到兇手？」

「你們找錯地方了。」她走向門口喊道：「瑪麗亞！麻煩你送這兩位警察出去好嗎？」

「DNA會給我們答案的，麥基尼斯太太。只要幾根棉花棒擦拭一下，我們就可以釐清所有疑慮了。」

蘿倫轉身面對她。「那就從那些教士開始。不要來煩我們家了。」

瑞卓利上了車，把車門關上。趁著佛斯特發動引擎暖車時，她望著那棟房子，回想起自己第一眼看到時，有多麼驚嘆。

當時她還不認識裡頭的人。

「現在我知道卡蜜兒為什麼要離開這個家了，」她說，「想像一下在這棟房子裡長大。有那兩個哥哥。有那個繼母。」

「他們好像不太在乎卡蜜兒的死，倒是對我們的問話比較困擾。」

他們開車駛過那兩根花崗岩墩柱之間時，瑞卓利又回頭看了那棟房子最後一眼。她想像著一個年輕少女，像個幽靈似的悄悄在那些大房間之間行走。被她的繼兄嘲笑，被她的繼母忽視。一個女孩的希望和夢想，被這些應該愛她的人嘲弄。住在那棟房子裡的每一天，都會為她的靈魂帶來另一次懲罰性的打擊，比她赤足走在雪地裡的凍傷更痛。你想要更親近上帝，想了解祂那種無條件的愛。於是他們因此嘲笑你，或者可憐你，或者叫你該去看精神科醫師。

難怪修道院的圍牆感覺上那麼親切。

瑞卓利嘆了口氣，轉回身子來看著眼前的馬路。「我們回去吧。」她說。

「這個案例的診斷，把我給難倒了。」莫拉說。

她把一連串數位照片排列在會議室桌上。她的四個同業對那些照片並不畏縮，因為比起眼前這些老鼠咬過的皮膚和紅色的小腫粒，他們全都在解剖台上看過遠遠更糟糕的。他們似乎比較注意那盒新鮮的藍莓馬芬鬆糕，那是露易絲今天早上帶來，為這個案例研討會特別準備的。此刻醫師們正開心地大吃著，一邊看著那些令人反胃的照片。這些工作上習慣處理死者的人，早已學會不要讓工作上的視覺和氣味毀掉自己的胃口，坐在會議桌旁的這些病理學家們，其中一位是出了名地嗜吃煎鵝肝，即使白天面對過人類肝臟切片，也不會影響他的食慾。從他大大的肚腩判斷，沒有什麼能毀掉艾伯．布里斯托醫師的胃口。這會兒他正開心大嚼他的第三個馬芬鬆糕，看著莫拉放下最後一張照片。

「這就是你的無名氏？」科斯塔斯醫師問。

莫拉點點頭。「女性，大約三十到四十五歲，胸部有一處槍傷的傷口。她在死亡大約三十六個小時之後，在一棟廢棄建築物內被發現。死後臉部被切除，另外雙手和雙腳都被截肢。」

「哇，你這個兇手真變態。」

「難倒我的是這些皮膚病變，」她說，指著那些照片。「老鼠造成了一些毀損，但還是剩下了夠完整的皮膚，可以看出這些病變的大致外觀。」

科斯塔斯醫師拿起一張照片。「我不是專家，」他嚴肅地說，「但是我會說，這是紅色腫塊的典型案例。」

每個人都大笑起來。醫師碰到無法判斷的皮膚病變、不知道其中成因時，往往就只是描述皮膚的外觀。紅色腫塊的成因有各種可能，從病毒感染到自體免疫性疾病都有，獨特到可以立刻診斷的皮膚病變並不多。

布里斯托停止咀嚼他的馬芬鬆糕好一會兒，指著其中一張照片說：「這裡有些皮膚潰瘍。」

「是的，有些結節性腫粒有很淺的潰瘍，表面形成了痂皮。還有少數出現了類似乾癬的那種銀白色鱗屑。」

「細菌培養呢？」

「沒有出現任何不尋常的，只有表皮葡萄球菌。」

表皮葡萄球菌是一種正常的細菌，布里斯托聽了只是聳聳肩。「污染的。」

「那麼皮膚切片呢？」科斯塔斯問。

「我昨天看了切片，」莫拉說，「有急性發炎性變化。水腫，被粒細胞滲透，還有一些深層的微膿瘍。另外血管裡也有發炎性變化。」

「結果你的培養皿裡，沒有找到細菌？」

「革蘭氏染色和Fite Faraco染色都沒有發現細菌。這是無菌性的膿瘍。」

「你已經知道死因了，對吧？」布里斯托說，他的深色絡腮鬍上沾著馬芬鬆糕的碎屑。「那麼這些結節性腫粒到底是什麼，真有那麼重要嗎？」

「我只是想到自己可能漏掉了什麼沒發現的，就覺得很受不了。我們查不出這位被害人的身分。我們對她一無所知，只知道死因，還有她全身皮膚都有這種病變。」

「唔，你的診斷是什麼？」

莫拉往下看著那些醜陋的腫起，像是一片爛癰構成的山嶺，遍佈在被害人的皮膚上。「結節性紅斑。」她說。

「成因呢？」

她聳聳肩。「自發性的。」意思很簡單，就是成因不明。

科斯塔斯大笑。「這是無法歸類的垃圾桶診斷。」

「我不知道還能怎麼稱呼。」

「我們也不知道。」布里斯托說，「我可以接受結節性紅斑。」

會議之後，莫拉回到自己的辦公桌前，打好字的老鼠女驗屍報告已經放在桌上，那是她稍早口述的，她審閱完畢，簽名時感覺很不滿意。她知道被害人的大約死亡時間，也知道死因。她知道這個女人大概很窮，知道她一定對自己的外表覺得很丟臉。

她又往下看著那盒切片，上頭標示著無名氏女士和案件號碼。她抽出其中一個切片，放在顯微鏡底下。透過接目鏡，裡頭的粉紅色和紫色漩渦逐漸清楚。那是經過蘇木精與伊紅染色法的皮膚。她看到代表急性發炎細胞的深色小點，看到一根血管的纖維狀圓圈被白血球滲透，表示身體正在反抗，派出免疫細胞軍隊出去作戰，要對抗……什麼？

敵人在哪裡？

她坐回椅子上，回想自己在解剖時所看到的。一個女人沒有雙手，沒有臉，這個兇手不但取走了被害人的性命，也奪走了她的身分。

但是為什麼還有雙腳？為什麼要把她的雙腳帶走？

這個兇手做事似乎冷靜而有邏輯，她心想，不是那種扭曲的變態。他開槍是一槍斃命，用的是有效率的致命子彈。他脫掉被害人的衣服，但是沒有性侵她。他切除雙手和雙腳，剝掉了臉皮。然後他把屍體丟在一個食腐動物橫行的地方，死者的皮膚很快就會被啃光了。

問題一直回到那雙腳。切除雙腳實在說不通。

她取出那個裝了老鼠女X光片的大信封，把腳踝的片子夾上燈箱。再一次，那些突然被切斷皮肉的生硬輪廓令她震驚，但她還是沒看出什麼新東西，沒有任何線索能解釋兇手截斷雙腳的動機。

她取下片子，換上頭骨的，正面和側面都有。她站在那裡注視著老鼠女的顏面骨，試圖想像那張臉可能會長得什麼樣子。不會超過四十五歲，她心想，但是你已經失去了上排牙齒。你的下頷已經像個老人的，顏面骨從裡面爛掉，鼻子陷落成一個日益加寬的隕石坑。而散佈在你軀幹和四肢的，是那些醜陋的結節性腫粒。光是在鏡子裡看一眼，都一定很痛苦。然後走出門，在外面拋頭露面……

她瞪著那些在燈箱上發出亮光的骨頭。她心想：我知道為什麼兇手取走雙腳了。

離聖誕節只剩兩天了，莫拉走進哈佛大學的校園時，發現裡頭幾乎空無一人。哈佛園草坪變成一大片淨白，上頭只有極少數腳印。她手裡拿著公事包和一個裝X光片的大信封袋，沿著走道前行，可以聞到空氣中有即將降雪的那種金屬刺鼻味。幾片枯葉還黏在光禿禿的樹上，顫抖著。有些人會覺得這片景色像是聖誕卡上印著佳節的祝福的畫面，但她只看到冬季裡各種單調的灰色，這是一個她已經厭倦的季節。

等她來到哈佛的皮巴第考古學與人類學博物館時，冷水已經滲入她的襪子，長褲的褲管邊緣也已經溼透了。她跺跺腳好擺脫身上沾的雪，然後走進一棟充滿古老氣味的大樓，沿著咿呀的木階梯下到地下室。

她走進茱莉．考黎博士那間昏暗的辦公室，注意到的第一件事，就是人類的頭骨——至少有一打，排列在架子上。裡頭只有一扇窗，開在牆壁的高處，已經有一半埋在雪中。勉強透進來的光線直照在考黎博士的頭上。她是個健美的女人，一頭後梳的灰髮，在冬日的天空下像是白鑞。

她們握手，這種男性的招呼方式發生在兩個女人之間，似乎有點怪異。

「謝謝你願意跟我碰面。」莫拉說。

「我很期待你要讓我看的東西。」考黎博士打開一盞燈。在微黃的亮光中，整個房間似乎變得比較溫暖舒適了。「我喜歡在黑暗中工作，」考黎博士說，指著她書桌上發亮的筆記型電腦。「比較能專注。不過對中年人的眼睛來說很吃力。」

莫拉打開她的公事包，拿出一個裝著數位印刷照片的檔案夾。「這些是我幫死者拍的照片。恐怕看了會不太舒服。」

考黎博士打開那個檔案夾，暫停一下，凝視著老鼠女被毀壞的那張臉。「我已經很久沒看過驗屍解剖了。而且我當然從來沒喜歡過。」她坐在書桌後頭，深吸一口氣。「骨頭似乎乾淨多了。總之也比較不那麼個人。都是因為看到肉，才會讓人反胃的。」

「我也帶來了她的X光片，或許你想要先看。」

「不，我還是有必要看看這些。我得看到皮膚。」她緩緩翻到下一張。停下來驚駭地瞪著眼睛。「老天啊，」她喃喃說，「她的兩手怎麼了？」

「被切除了。」

考黎不知所措地看了她一眼。「誰切除的？」

「兇手，我們是這麼認為的。兩手都被截肢，還有兩腳也是。」

「臉、兩隻手，還有兩隻腳——這是我做出這個診斷時，首先要看的部位。」

「這可能就是兇手除去這些部位的原因。不過裡頭還有其他照片，或許可以幫助你。就是皮膚的病變。」

考黎接著看下面一組照片。「是的，」她喃喃說，緩緩翻著那幾張。「這肯定有可能是……」

莫拉的目光往上，看著架上那一排頭骨，不禁納悶起來。這個辦公室裡有這麼多空眼洞往下瞪著看，不曉得考黎怎麼有辦法工作。她想到自己的辦公室，有盆栽植物和花卉複製畫，牆上沒有一樣會讓她聯想到死亡。

但考黎選擇用來環繞著自己的，是人類終有一死的證據。她是醫學史博士，既是醫師，也是歷史學家。她可以從鐫刻在死者骨頭上的痕跡，看出死者一輩子的悲慘故事。她可以看著架上的頭骨，看出每一個所承載的個人痛苦歷史。一個舊裂痕、一顆阻生智齒，或一個被腫瘤浸潤的顎骨。在皮肉消解之後，骨頭還是能訴說它們的故事。而從考黎博士在世界各地考古挖掘現場所拍的諸多照片看來，她已經採集這些故事有幾十年了。

考黎正在看一張皮膚病變的照片，忽然抬起頭來。「有些病變看起來的確很像乾癬。我看得出為什麼這是你考慮的診斷之一。另外也可能是血友病浸潤。但是這個兇手做了很多掩飾的事情，剩下的屍體看起來有很多可能。想必你做了皮膚切片了吧？」

「是的，包括抗酸性桿菌染色。」

「結果呢？」

「完全沒看到任何桿菌。」

考黎聳聳肩。「她有可能接受了治療。這麼一來，切片裡面就不會有任何桿菌了。」

「所以我才會來找你。疾病已經治癒，找不到桿菌，我就不曉得該如何做出這個診斷了。」

「讓我看一下X光片吧。」

莫拉把那個大信封袋遞給她。考黎博士把片子拿到裝在牆上的燈箱。在這個到處堆放著古老物件——頭骨和舊書及幾十年的老照片——的辦公室裡，這個具有明顯現代特徵的燈箱顯得格外刺眼。考黎匆忙翻了一下那些X光片，最後終於把其中一張插入燈箱的夾子。

那是一張頭骨的片子，正面的。在嚴重毀損的軟組織之下，臉部的骨頭結構仍完整無缺，襯著黑色背景，像個死人的腦袋在發光。考黎審視那張片子一會兒，然後拿下來，換上一張側面頭骨的照片。

「啊，找到了。」她喃喃說。

「什麼？」

「看到這裡了嗎？應該是前鼻棘的地方？」考黎的手指沿著原應是鼻梁處的地方往下劃。「這是晚期骨萎縮。事實上，這個鼻棘幾乎完全消失了。」她走到那排放著頭骨的架子，拿了一個下來。「來，我讓你看一個例子。這個頭骨是從丹麥一個中世紀墳墓挖出來的。屍體埋在一個荒涼的地點，遠離教堂裡的墓地。你看這裡，發炎性變化毀掉了太多骨組織，於是原本該是鼻子所在的地方，只剩一個張開的洞。如果我們把你這位被害人——」她指著那張X光片。「——的軟組織燉煮後去除，她的頭骨看起來就會很像這一個。」

「這不是死後的毀損？凶手切除臉部的時候，鼻棘有可能斷裂而脫落嗎？」

「那無法說明我在這張X光片上所看到的嚴重變化。另外還有，」考黎博士放下頭骨，指著

X光片。「這位被害人的上頜骨萎縮且後退。嚴重到前門牙都受到影響而脫落。」

「我本來假設那是因為缺乏牙醫照護。」

「可能有影響。但這一位不是缺乏牙醫照護的問題。這遠遠不只是嚴重的牙齦疾病而已。」她看著莫拉。「你另外做了我建議的X光穿透影像嗎？」

「都在信封袋裡，我們拍了一張反向華特氏投影，還有一張全口根尖片，好凸顯上頜骨的狀況。」

考黎手伸進信封袋裡，抽出更多X光片。她把一張根尖片夾上燈箱，裡頭是鼻腔底部。一時之間，她什麼都沒說，雙眼呆看著骨頭發出的白色微光。

「我很多年沒有看過這樣的案例了。」她驚奇地喃喃道。

「所以憑這些X光片，可以做出診斷了？」

考黎博士似乎擺脫了出神狀態，她轉身從辦公桌上拿起那個頭骨。「來，」她把頭骨倒過來，讓莫拉看口腔頂部的硬顎骨。「你看到上頜骨下緣的齒槽突有凹孔和萎縮嗎？發炎侵蝕了她的骨頭。牙齦萎縮得太嚴重，使得門牙都脫落了。但是萎縮並沒有因此停下來。發炎繼續蠶食她的骨頭，不光是摧毀了上顎，也侵蝕了鼻子裡的鼻甲骨。這張臉名副其實是被吃掉了，從裡面開始，直到硬顎骨都穿孔、塌陷了。」

「那麼，這個女人的畸形會有多嚴重？」

考黎轉身看著老鼠女的X光片。「如果這在中世紀，她看起來會非常可怕。」

「所以對你來說，這樣就足以做出診斷了？」

考黎博士點點頭。「我幾乎可以確定，這個女人得了漢生病。」

13

這個病名，對於那些不明狀況的人來說，聽起來頗為無害。但是這個病還有另一個名字，其中充滿了恐懼的古老回音：痲瘋病。令人想到中世紀那些隱藏自己的臉、身著長袍的賤民；想到那些眾人迴避的可憐人，乞討著施捨品；想到中世紀的痲瘋病鈴，叮噹著警告那些沒留意的人，讓他們知道有個怪物快來了。

這樣的怪物，只不過是一種顯微鏡級的入侵者——痲瘋桿菌——的受害人。痲瘋桿菌是一種生長緩慢的桿菌，繁殖後會使得皮膚上出現醜陋的結節性腫粒，毀壞病患的外貌。這種桿菌會摧毀四肢的神經，使得患者無法感覺到疼痛，也就不曉得要縮回手腳以避免受傷，於是手腳很容易會有燙傷、外傷或感染。隨著一年年過去，這些毀損繼續。結節性腫粒變厚，鼻梁塌陷。手指和腳趾因為一再受傷而逐漸消失。當病患最後死去時，也不准埋在教堂旁的墓園，而是被驅逐到牆外的遠處，埋在荒涼無人的地方。

即使死掉，痲瘋病患者也還是被眾人迴避。

「痲瘋病惡化到這麼嚴重的階段，在美國幾乎是前所未聞的。」考黎博士說，「現代醫療老早就會發現這種疾病，不可能造成這麼多外貌的毀損。用三重藥物療法，就連最嚴重的腫瘤型痲瘋，都可以治癒的。」

「我是假設這個女人已經得到了治療，」莫拉說，「因為我在她的皮膚切片裡沒有發現活動的桿菌。」

「是的，但是對她來說，治療顯然來得太晚。看看這些畸形狀況，牙齒脫落和顏面骨塌陷。她在得到治療之前，已經感染了很長的一段時間，大概有幾十年。」

「在這個國家，就連最窮的病患都可以得到治療的。」

「我們當然希望是這樣。因為漢生病是公共衛生領域的問題。」

「所以這個女人很可能是移民。」

考黎點點頭。「在世界各地的某些農村地帶，還是會有痲瘋病患。大部分的病例是集中在五個國家。」

「哪五個？」

「巴西和孟加拉。印尼和緬甸。當然，還有印度。」

考黎博士把那個頭骨放回架上，然後開始收拾桌上的照片，聚攏在一起。但是莫拉幾乎沒意識到房間裡另一個人的動靜。她只是瞪著老鼠女的X光片，想著另一個被害人，另一個死亡現場，以及十字架陰影下的濺血。

印度，她心想。娥蘇拉修女曾在印度工作。

那天下午，莫拉走進灰岩修道院大門時，覺得這裡似乎前所未有地寒冷與荒涼。老邁的伊莎貝爾修女領著她穿過庭院，腳上的L. L. Bean雪靴在她的黑色修女袍底下顯得很格格不入。當冬天變得嚴酷，就連修女也得仰賴舒適而防水透氣的Gore-Tex材質。

伊莎貝爾修女指示莫拉進入修道院長的空辦公室，然後她沿著黑暗的走廊離開，雪靴所發出的沉重聲響一路漸去漸遠。

莫拉摸了一下旁邊那個鑄鐵的暖氣片，是冷的。她沒脫掉大衣。

過了好久，她都開始懷疑自己是不是被遺忘了，是不是年老的伊莎貝爾修女在走廊上拖著腳步，對莫拉抵達的記憶就隨著每一步而褪淡。莫拉傾聽著整棟建築物的吱呀聲，以及狂風吹著窗子的嘩啦響，她想像著一輩子都住在這個修道院會是什麼樣。靜默和祈禱的歲月，不變的儀式。那樣的生活也自有一種愜意，她心想。知道每日天亮後，這一天會怎麼過。沒有意外，沒有混亂。你從床上起來，去拿同樣的衣服，跪下來說同樣的禱詞，走過同樣昏暗的走廊去吃早餐。在牆外，女人流行的裙子長度可能短了又長，汽車的流行款式和顏色可能改變，眾多的電影明星會在銀幕上出現又消失。但是在牆內，即使你的身體因年邁而衰弱，你的雙手顫抖不穩，整個世界因為你的聽力退化而變得更安靜，但種種儀式仍持續不變。

慰藉，莫拉心想，還有滿足。是的，這些是棄絕世俗的理由，也是她能理解的理由。

她沒聽到瑪麗．克雷蒙特院長走近，於是等她發現院長正站在門口看著她時，還嚇了一跳。

「院長。」

「我聽說你有更多問題？」

「有關娥蘇拉修女的。」

瑪麗．克雷蒙特院長拖著腳步進入房間，坐進辦公桌後頭。在這嚴酷的一天，就連她也忍受不了冬天的寒意。在頭巾下方，她穿了一件灰色的毛衣，上頭繡著一隻隻白貓。她雙手交疊放在桌上，嚴厲的雙眼看著莫拉。再也不是初次見面時那張友善的面孔了。

「你們做盡了一切可能做的事情，來破壞我們的生活，毀掉了我們對卡蜜兒修女的記憶。現在你又想對娥蘇拉修女重複同樣的過程嗎？」

「她會希望我們找出攻擊她的人。」

「那你想像她有什麼可怕的祕密？你們現在想挖出來的是什麼罪，艾爾思醫師？」

「不是罪，不必然是。」

「才幾天前，你們的焦點都還放在卡蜜兒身上。」

「那可能也轉移了我們的注意力，沒能更深入挖掘娥蘇拉修女的一生。」

「你們從她身上挖不出醜聞的。」

「我不是要找醜聞。我是要找攻擊者的動機。」

「殺害一個六十八歲修女的動機？」瑪麗．克雷蒙特院長搖頭。「我想不出什麼合理的動機。」

「你告訴過我們，娥蘇拉修女曾到海外的一個傳教團工作，在印度。」

話題突然改變，似乎讓瑪麗．克雷蒙特院長吃了一驚。她在椅子上的身體往後一晃。「這件事為什麼跟攻擊有關？」

「有關她在印度的事情，再多告訴我一些吧。」

「我不確定你到底想知道些什麼。」

「她受了訓，去那邊當護士？」

「是的。她在海德拉巴市附近的一個小村子工作，待了大約五年。」

「然後，她是在一年前回到灰岩修道院的？」

「是的，在一月。」

「關於她在那邊的工作，她談得多嗎？」

「沒有。」

「她在那裡服務了五年，回來從不談起她的經驗？」

「我們這裡重視的是沉默，不是饒舌。」

「談她在海外的傳教經驗，我不認為是無謂的饒舌。」

「你在國外住過嗎，艾爾思醫師？我的意思不是舒適的觀光客旅館，有女傭每天幫你換床單那種。我指的是一些偏僻的小村子，街道上污水橫流，村裡很多小孩死於霍亂。她在那邊的經驗，不會是一個談起來令人愉快的話題。」

「你告訴過我們，說她在印度時發生了暴力。說她工作的那個村子遭受了攻擊。」

院長的目光往下落到自己的雙手，皮膚龜裂發紅，交疊放在桌上。

「院長？」莫拉說。

「我不知道所有的詳情。她從來沒跟我提過。我所知道的少數訊息，是杜林神父告訴我的。」

「他是誰？」

「他在海德拉巴市的總主教區服務。事情剛發生時，他從印度打電話來，跟我說娥蘇拉修女即將回到灰岩修道院。說她希望能回到這裡，過著隱修生活。當然，我們歡迎她回來。這裡就是她的家。很自然地，這裡也會是她能找到安慰的地方，就在那件事發生之後……」

「那件事是什麼？」

「大屠殺。在巴拉村。」

窗子忽然發出響亮的嘩啦聲，被一陣狂風吹得不停搖晃。在玻璃窗外，這個白晝被濾掉了所有色彩。只看到一面灰牆，上頭是灰色的天空。

「她就是在那裡工作的？」莫拉問。

瑪麗・克雷蒙特院長點點頭。「那個村子好窮，窮到沒有電話、沒有電力。裡頭住了將近一百個人，但只有少數外來者敢去拜訪。那就是我們的修女所選擇的生活，去服事世上最悲慘的人。」

莫拉想到老鼠女的解剖。想到她的頭骨，因為疾病而變形。她輕聲說：「那是個痲瘋村。」

瑪麗・克雷蒙特院長點點頭。「在印度，他們被當成最不潔的人。人們鄙視他們，害怕他們。他們被自己的家人趕出來，住在特定的村子裡，在那裡，他們可以遠離社會，不必隱藏自己的臉孔。村裡的其他人都同樣有身體畸形的狀況。」她看著莫拉。「但是即使這樣，還是無法保護他們免於攻擊。巴拉村現在已經不存在了。」

「你說過有一場大屠殺。」

「杜林神父是這麼說的，大規模屠殺。」

「下手的是誰？」

「警方從來沒有查出攻擊者。有可能是種姓大屠殺。也可能是印度教基本教義派份子，不滿有個天主教修女住在他們的土地上。或者也可能是坦米爾人，或是半打在那邊交戰的分離主義者派系的其中之一。他們殺了村子裡的每一個人，艾爾思醫師。女人，小孩，還有診所裡的兩個護士。」

「但是娥蘇拉修女倖存下來了。」

「因為她那天晚上不在巴拉村。她稍早在白天時離開了，去海德拉巴市拿醫療補給品。等到她第二天早上回去，發現整個村子都燒成灰燼。附近一家工廠的工人已經趕到那裡了，正在尋找生還者，但是一個都沒找到。就連動物——雞、山羊——都被屠殺，而且屍體都燒掉了。娥蘇拉修女看到那些屍體，當場暈倒，一名工廠來的醫師只好把她帶回他的診所，等杜林神父過去接她。她是巴拉村唯一的倖存者，艾爾思醫師。她很幸運。」

很幸運，莫拉心想。逃過了大屠殺，但是回到了灰岩修道院，才發現死神並沒有忘記她；才發現即使在這裡，她還是逃不過死神的魔掌。

瑪麗．克雷蒙特院長望著莫拉的雙眼。「從她的過去，你們找不出任何可恥的事情。只有一輩子奉上帝之名的犧牲奉獻。別來污蔑我們對這位修女的回憶，艾爾思醫師，還給她清靜吧。」

莫拉和瑞卓利站在柯提娜老媽餐廳舊址外頭的人行道上，凜冽的風像一把冰刀劃過她們的大衣。這是莫拉頭一次在白天來到這裡，她看到了一條充滿廢棄建築物的街道，還有眾多窗子像空眼眶似的往下看。

「你帶我來的這個地區，還真是迷人啊，」瑞卓利說。她抬頭看著柯提娜老媽褪色的招牌。「你的無名氏女士就是在這裡被發現的？」

「在裡頭的男廁。我來檢查她的時候，她已經死了大約三十六小時了。」

「有關她的身分，你查出任何線索了嗎？」

莫拉搖搖頭。「鑑於她的漢生病晚期狀況，她很可能最近才剛到美國，說不定還是偷渡的。」

瑞卓利把她的大衣拉得更緊。「《賓漢》，」她咕噥著，「這個病就讓我聯想到《賓漢》裡頭的痲瘋谷。」

「《賓漢》只是一部電影。」

「但是痲瘋病是真的。會對你的臉、你的手造成那種可怕的狀況。」

「的確，痲瘋有可能嚴重毀損你的外貌，就是這一點嚇壞了古人。光是看到痲瘋病人，就可以讓人恐懼尖叫。」

「耶穌啊，想到我們波士頓這裡就有這種病人。」瑞卓利打了個寒顫。「這裡冷死了，我們進去吧。」

她們走進巷子，鞋子嘎吱踩過積雪的一道冰凍溝槽，那是眾多執法人員踏過所形成的。在這裡，或許她們吹不到風，但是位於建築物之間的這條陰暗通道，感覺上似乎更冷，空氣不祥地靜止下來。警方的黃色封鎖帶躺在餐廳通往小巷的門口。

莫拉拿出鑰匙，插入掛鎖，但是打不開。她蹲下來，擺弄著冰凍掛鎖裡的鑰匙。

「為什麼他們的手指會脫落？」瑞卓利問。

「什麼？」

「得到痲瘋病的人，為什麼手指會掉下來？因為這種病會攻擊皮膚，就像噬肉菌那樣嗎？」

「不是，痲瘋病是以另一種方式破壞人體。痲瘋桿菌會攻擊周邊神經，於是你的手指和腳趾就會麻痹。你無法感覺到任何疼痛。疼痛是我們的警告系統，是我們對抗損傷的防禦機制之一。沒了這種機制，你可能會不小心把手指放進滾燙的開水中，但是沒感覺到你的皮膚燙傷了。或者不曉得腳上起了水泡。你可能一再重複受傷，導致繼發性感染。壞疽。」莫拉暫停，被那個頑固的鎖搞得很懊惱。

「來吧，讓我試試看。」

莫拉讓到一邊，慶幸地把戴著手套的雙手插進大衣口袋，看著瑞卓利扭動著鑰匙。

「在比較貧窮的國家，」莫拉說，「實際毀壞手腳的是老鼠。」

瑞卓利皺眉往上看。「老鼠？」

「你夜裡睡覺的時候，老鼠會爬上你的床，啃你的手指和腳趾。」

「你說真的？」

「結果你什麼感覺都沒有，因為痲瘋病害你皮膚麻痹。等到你次日早晨起床，才發現你的指尖不見了。只剩下血淋淋的半根手指。」

瑞卓利瞪著她，然後用力扭了一下鑰匙。

掛鎖啪地打開，門稍微晃開一點，露出裡面黑暗中的一片片灰影。

「歡迎光臨柯提娜老媽餐廳。」莫拉說。

瑞卓利在門口暫停一下，她的警用手電筒光線掃過房間。「裡頭有東西在移動。」她喃喃說。

「老鼠。」

「我們就不要再談老鼠了吧。」

莫拉也打開自己的手電筒，跟著瑞卓利走進那片充滿腐臭油脂味的黑暗中。

「兇手把她帶來這裡，進入用餐室，」莫拉說，她的手電筒光線在地板上移動。「他們發現地板的灰塵上頭有拖拉的痕跡，大概是她的鞋跟留下的。兇手一定是從腋下抓著她，把她往後拖。」

「我還以為兇手可能根本不願意碰她。」

「我是假設兇手戴了手套，因為他沒有留下指紋。」

「不過他還是碰到了她的衣服。自己也冒著被傳染的危險。」

「你的想法跟古人一樣。好像只要摸一下痲瘋病人，你自己也會染上。其實痲瘋病不像你以為的那麼容易傳染。」

「但還是有可能啊，搞不好就會被傳染到。」

「是的。」

「於是接下來，你的鼻子和手指就會掉下來。」

「痲瘋病是可以治療的，現在有抗生素了。」

「我才不管能不能治療，」瑞卓利說，一邊緩緩走過廚房。「這可是痲瘋病。聖經裡面就提到過的。」

她們推開雙向彈簧門，進入用餐室。瑞卓利的警用手電筒掃了一圈，堆疊在房間邊緣的椅子發出光澤。雖然她們看不到老鼠，但是可以聽到模糊的窸窣聲。黑暗裡充滿了活動。

「該往哪裡走？」瑞卓利問。她的聲音現在是一種喃喃低語，彷彿她們進入了敵方領土。

「繼續往前。右邊有一條走廊，就在走廊盡頭。」

她們的手電筒光線在地板上移動。最後一抹拖拉痕消失，被後來經過的一大堆執法人員的足跡覆蓋掉了。莫拉初次來到這個死亡現場的那一夜，旁邊有克羅警探和史力普警探，而且當時她知道有一組鑑識人員已經準備好顯微鏡和照相機及指紋粉，等著要進來工作。那一夜，她並不害怕。

但現在她發現自己呼吸沉重，緊跟在瑞卓利後頭，強烈地意識到沒有人在後頭保護她。她覺得自己後頸的寒毛豎起，專注留意著任何聲音、任何身後的動靜，極度敏感。

瑞卓利突然站住，手電筒往右邊掃。「是這條走廊嗎？」

「洗手間就在盡頭。」

瑞卓利往前走，手電筒的光左右掃動著。到了最後一扇門，她停了下來，彷彿已經知道接下來的事情會令人很不安。她把燈光照進房間裡，站在那裡瞪著地板上的血跡。手電筒的光迅速掠過牆面，經過廁所隔間和瓷製小便斗及生著鏽班的洗手台。然後那燈光彷彿受到了磁力吸引，又轉回到躺過屍體的地板上。

一個死亡地點有自身的力量。在屍體被搬走、血跡擦掉之後許久，這樣的地點依然保留了過往事蹟的記憶。它留住了尖叫的回音，以及殘留的恐懼氣味。而且它就像個黑洞，形成了漩渦，吸走生者的全副注意力，讓生者無法別開目光，無法抗拒往地獄看上一眼。

瑞卓利蹲下來，看著那沾了血的地板。

「那一槍乾淨俐落，正中心臟，」莫拉說，在她旁邊也蹲下來。「心包填塞，使得心臟很快就停止跳動。所以地板上的血才會那麼少。她沒有心跳、血液不再流動了。兇手截肢時，被害人已經死了。」

兩人陷入沉默，凝視著那些褐色的血漬。就在這個洗手間裡，沒有窗子。裡頭如果有燈光，從外頭的街上也看不到。動刀的人可以慢慢來，不受干擾地對付這個屠宰的目標。沒有尖叫聲要掩蓋，沒有被發現的危險。他可以從容地切穿皮膚和關節，拿走戰利品。

等到他切割完畢，就把屍體留在這個有害動物肆虐的地方，讓老鼠和蟑螂大吃，消除掉剩下的殘骸。

莫拉站起來，呼吸沉重。雖然這裡頭很冷，但她手套裡的雙手卻在冒汗，而且她感覺到自己的心臟猛跳。

「可以走了嗎？」她問。

「等一等，讓我再看一下。」

「這裡沒有什麼好多看的了。」

「我們才剛到這裡耶，醫師。」

莫拉朝黑暗的走廊看一眼，打了個寒噤。她感覺到空氣有種奇怪的轉變，一陣寒風讓她頸後毛髮豎起。門，她忽然想到。我們進來後，沒把通往巷子的那道門鎖上。

瑞卓利還是蹲在那些血漬上方，她的警用手電筒緩緩掃過地板，注意力完全放在那些血上頭。她不緊張，莫拉心想。那我幹嘛要緊張？冷靜點，冷靜點。

她朝門緩緩移動，手上的手電筒像一把軍刀揮舞著，迅速砍入黑暗的門口。結果什麼都沒看到。

她後頸的毛髮現在完全豎直了。

「瑞卓利，」她低聲用氣音說，「我們可以馬上離開嗎？」

此時瑞卓利才聽出莫拉聲音中的緊張。她也同樣壓低聲音問：「怎麼了？」

「我想要離開。」

「為什麼？」

莫拉瞪著黑暗的走廊。「這裡感覺不對勁。」

「你聽到了什麼嗎？」

「我們離開就是了，好嗎？」

瑞卓利站起來，輕聲說：「好吧。」她經過莫拉身旁，進入走廊，然後暫停一下，彷彿在嗅著空氣，尋找任何威脅的跡象。無畏的瑞卓利，總是帶頭往前，莫拉心想，跟在後頭沿著走廊出去，穿過用餐室。她們踏入廚房，各自拿著手電筒照著。完美的靶子，她忽然明白，我們來了，踩著咿呀作響的地板，我們手上的光就像兩個靶心。

莫拉感覺到一股冷風吹來，看到了一個男人的剪影站在打開的門口。她僵住了，成了驚呆的旁觀者，同時陰暗裡忽然響起人聲。

瑞卓利已經蹲下呈戰鬥姿勢，大喊著：「不准動！」

「放下你的武器！」

「我叫你不准動，混蛋！」瑞卓利命令道。

「波士頓警局！我是波士頓警局的人！」

「你到底是……」

瑞卓利的手電筒忽然照著那個闖入者的臉。他舉起一手擋住光線，瞇著眼睛。接下來好一段沉默。

瑞卓利厭惡地冷哼一聲。「啊，狗屎。」

「是啊，我也很高興看到你。」克羅警探說，「我想這裡一定很好玩吧。」

「我有可能轟掉你他媽的腦袋，」瑞卓利說，「你應該警告我們你要進來的……」她的聲音愈來愈小，整個人站著不動，看到另一個剪影出現。那是一個高大的男子，帶著像貓一般的優雅姿態，經過克羅身旁，進入了瑞卓利手電筒的光線內。光忽然晃動起來，她的手抖得無法握穩。

「哈囉，珍。」嘉柏瑞．狄恩說。

黑暗似乎更放大了這段沉默。

瑞卓利終於有辦法回應時，她的聲音出奇地平淡，一副公務口吻。

「我不曉得你來波士頓了。」

「我今天早上才飛過來的。」

她把手槍插回槍套裡，站直身子。「你跑來這裡做什麼？」

「跟你們一樣。克羅警探陪我來察看這個現場。」

「聯邦調查局要插手這個案子？為什麼？」

狄恩看了一圈陰暗的周圍環境。「我們應該換個地方討論這個。至少找個比較暖的地方。我想聽聽你的案子為什麼跟這個案子扯上關係，珍。」

「如果要談的話，資訊交流必須是雙向的。」瑞卓利說。

「那當然。」

「不能有任何隱瞞。」

狄恩點頭。「我所知道的一切，都會告訴你們的。」

「聽我說，」克羅說，「我先陪狄恩探員察看一遍，然後回局裡的會議室碰面吧。至少那邊燈光夠，可以看清楚彼此。也不必站在這裡，凍得屁股都沒感覺了。」

瑞卓利點頭。「那就會議室，下午兩點。到時候見了。」

14

瑞卓利笨拙地摸出了汽車鑰匙，然後掉在雪地裡。她詛咒著，蹲下去撿起來。

「你還好嗎？」莫拉問。

「他害我嚇了一跳。我沒想到……」她站直身子，吐出一團白氣。「耶穌啊，他跑來這裡做什麼？他跑來這裡到底是要做什麼？」

「我想，是因為他的工作吧。」

「我還沒準備好要面對這個。我還沒準備好要再度跟他一起工作。」

「你可能也沒有選擇的餘地了。」

「我知道。讓我不爽的就是這點，我沒有選擇的餘地。」瑞卓利拿著鑰匙打開汽車門鎖，兩個人都上了車，坐在冰冷的座位上。

「你打算要告訴他嗎？」莫拉問。

瑞卓利一臉嚴肅地發動引擎。「不。」

「他會想知道的。」

「我不確定他會想。我不確定任何男人會想。」

「所以你就認定不可能會有幸福的結局？連試一下都不肯？」

瑞卓利嘆氣。「或許吧，如果換了別人，或許還會有點機會。」

「這段戀情不是發生在別人身上，而是發生在你們兩個身上。」

「是啊，真是沒想到，嗯？」

「為什麼？」

片刻間，瑞卓利沒吭聲，雙眼直直盯著前面的路，然後才說：「你知道我哥哥和弟弟小時候都說我是什麼嗎？」她輕聲說，「說我是青蛙。他們說不會有王子想要吻一隻青蛙。更別說娶我了。」

「親兄弟有可能很殘忍的。」

「但是有時候，他們只是告訴你殘酷的真相。」

「狄恩探員看著你的時候，我不認為他看到的是一隻青蛙。」

瑞卓利聳聳肩。「誰曉得他看到的是什麼？」

「一個聰明的女人？」

「是喔，那還真性感呢。」

「對某些男人來說，的確很性感啊。」

「或者他們宣稱是這樣。但是你知道嗎，我實在很難相信。如果有選擇，男人總是要挑胸部大、屁股翹的。」

瑞卓利憤怒而專注地沿著街道往前行駛，兩旁人行道上的髒雪表面結了薄冰，停在路旁那些汽車的窗玻璃都罩著一層白霜。

「他在你身上看到了某些特質，珍。足以讓他想要你。」

「都是因為我們當初辦的那個案子。那種追獵的興奮。那會讓你覺得充滿活力，你知道？當你開始靠近獵物，腎上腺素就大量分泌，一切事物看起來都不一樣，感覺起來也不一樣了。你跟某個人日以繼夜一起工作，離得那麼近，近到你都熟悉他的氣味了。你知道他習慣咖啡怎麼喝，領帶怎麼打。然後案子變得驚險起來，你們一起憤怒，一起害怕。很快地，你就開始覺得那像是愛情了。但其實不是。那只是兩個人在一個非常緊繃的情況下工作，緊繃到他們無法分辨什麼是慾望、什麼是追逐的刺激感。我想我們兩個之間就是這樣。我們因為幾具屍體而認識，過了一陣子，他就覺得連我都開始變得好看了。」

「他對你就只是這樣嗎？一個開始變得好看的男人？」

「唔，狗屎，他本來就長得好看。」

「因為如果你不愛他——如果你甚至不在乎他——那麼現在看到他，就不應該讓你那麼痛苦，不是嗎？」

「我不曉得！」瑞卓利惱怒地回答。「我不曉得我對他有什麼感覺。」

「要看他是不是愛你而決定嗎？」

「我反正不會去問他的。」

「如果你去問的話，就可以得到清楚的答案。」

「有句老話是怎麼說的？如果你不想聽到答案，那就不該去問問題。」

「很難說，答案有可能讓你驚訝的。」

回到許若德街的市警局總部，她們先到自助餐廳買咖啡，然後拿著杯子上樓，來到會議室。

趁著等克羅和狄恩回來的空檔，莫拉看著瑞卓利在一堆檔案裡不斷翻著資料，好像裡頭有什麼祕密，她拚命想找出來。到了兩點十五分，她們終於聽到模糊的電梯鈴聲，然後是克羅的笑聲從走廊傳來。瑞卓利的脊椎變得僵硬。兩個男人的聲音愈來愈近，她的目光仍然盯著眼前的紙頁。等到狄恩出現在門口，她沒馬上抬頭看，好像拒絕承認他有控制她的力量。

莫拉是在八月下旬認識狄恩探員的，當時他加入兇殺組，一起調查波士頓地區好幾樁富豪夫妻被殺害的命案。他個子很高，安靜而聰明，很快就掌控了整個專案小組，而他和主責這個案子的瑞卓利，也幾乎註定從一開始就會有衝突。莫拉是第一個看出這種衝突轉變為吸引力的人。她注意到他們戀情最早的火花，看著他們的目光在被害人的屍體上方相遇。他注意到瑞卓利的臉紅，她的不確定。愛情的最初階段總是充滿困惑。

最後階段也是一樣。

狄恩進入會議室，雙眼立刻盯著瑞卓利。他穿著西裝，打著領帶，清爽的外表跟瑞卓利的皺襯衫和亂髮完全相反。最後瑞卓利終於抬起頭看著他時，幾乎帶著一種違抗的意味。彷彿是在說：*我就是這樣。要就接受，不然就拉倒。*

克羅大搖大擺地走到桌首。「好吧，大家都來了。現在該開始輪流報告了。」他看著瑞卓利。

「我們先聽聽聯邦調查局那邊的狀況吧。」她說。

狄恩打開他帶來的公事包，拿出一個文件夾，推向桌子對面的瑞卓利。

「這是十天前拍的照片，在羅德島州的首府普羅維登斯。」他說。

瑞卓利打開文件夾，莫拉就坐在她旁邊，可以清楚看到那張照片。那是死亡現場照，裡頭是一個男人蜷縮成胎兒姿勢，倒在一輛汽車的後行李廂裡。淺黃褐色的地毯上濺著血。被害人的臉意外地完整無損，眼睛睜著，低下部位的皮膚因為屍斑而呈紫色。

「被害人的名字是霍華．瑞菲德，五十一歲，離婚白人男性，家住辛辛那提。」狄恩說，「死因是單一槍傷，子彈穿入左顳骨。此外，他兩邊膝蓋都有多處骨折，是用鈍器打的，可能是槌子。兩手用防水膠帶綁在背後，而且有嚴重的灼傷。」

「他被凌虐過。」瑞卓利說。

「是的，凌虐得很慘。」

瑞卓利在椅子上往後靠，臉色發白。在場只有莫拉知道那種蒼白的原因，因而擔心地旁觀著。她看到瑞卓利拚命在忍，想把嘔吐感壓下去。

「他被發現死在他自己車子的後行李廂，」狄恩繼續說，「那輛車停在普羅維登斯巴士總站的兩個街區外。離這裡開車只要一小時到一個半小時。」

「但是司法管轄區不同。」克羅說。

狄恩點頭。「所以這個命案沒有吸引你們的注意。這輛車的後行李廂載著死者的屍體，兇手大可以把車子開到普羅維登斯，留在那裡，然後搭巴士回到波士頓。」

「回到波士頓？你為什麼認為案子是在這邊發生的？」莫拉問。

「我只是猜想而已。我們不曉得命案的實際發生地點。我們甚至無法確定瑞菲德先生過去幾個星期的行蹤。他家在辛辛那提，但是他最後死在新英格蘭地區。他一路都沒有使用信用卡，也沒有住宿紀錄。我們只知道他一個月前從自己的帳戶領出一大筆現金。然後他就離家了。」

「聽起來像是個在逃亡的人，不想被追蹤到，」莫拉說，「或是一個非常害怕的人。」

狄恩看著那張照片。「顯然地，他的害怕是有道理的。」

「再多說一點這位被害人的狀況吧。」瑞卓利說。她現在又恢復鎮定，有辦法毫不瑟縮地看著那張照片了。

「瑞菲德先生曾經是八角形化學公司的資深副總裁，負責海外營運的業務，」狄恩說，「兩個月前，他辭職了，表面上是私人原因。」

「八角形？」莫拉說，「他們最近上了新聞。證券交易委員會不是正在調查他們嗎？」

狄恩點頭。「證交會的執法部對八角形公司提起了民事訴訟，宣稱他們多次違法，涉入幾十億元的非法交易。」

「幾十億？」瑞卓利說，「哇。」

「八角形化學是一家龐大的跨國企業，每年營業額高達兩百億。他們是一條非常大的魚。」

瑞卓利看著那張死亡現場照片。「而這個被害人，曾經在那個池塘裡游泳。他知道一些內幕。你認為他對八角形公司會是個禍患？」

「三個星期前，」狄恩說，「瑞菲德先生跟司法部的官員約好了要碰面談。」

「沒錯，」克羅笑著說，「他肯定是個禍患。」

「他要求那位司法部的官員在這裡跟他碰面，在波士頓。」

「為什麼不在華府？」瑞卓利問。

「他跟他們說，還有其他人也想出席說明。說這次會面非得在波士頓不可。我們不明白的是，他為什麼要聯絡司法部，而不直接去找證交會。因為我們原本是假設，事情一定跟八角形公司的調查案有關。」

「但是你們不確定？」

「對。因為他根本沒去赴約。在會面之前，他就死了。」

克羅說：「嘿，如果看起來像是職業殺手，聞起來像是職業殺手，那麼……」

「這一切跟老鼠女有什麼關係？」瑞卓利問。

「我接下來就會講到了，」狄恩說，看著莫拉。「你是負責驗屍解剖的。她的死因是什麼？」

「胸部的單一槍傷，」莫拉說，「子彈碎片穿透她的心臟，大量出血流入心包囊，使得心臟無法跳動。這個狀況我們稱之為心包填塞。」

「兇手使用的是什麼樣的子彈？」

莫拉回想著老鼠女胸部的X光片。子彈碎片散開來，像一片銀河般散佈在左右兩邊的肺葉上。「是格雷瑟藍色彈尖子彈，」她說，「黃銅包覆層，裡頭裝著金屬小丸。這種子彈的設計，是進入身體後會形成碎片，不太可能一路穿透過去。」她暫停，然後補充：「這是一種有毀滅性的子彈。」

狄恩朝蜷縮躺在自己汽車後車廂、血跡斑斑的霍華．瑞菲德的照片點了個頭。「殺害瑞菲德先生的，也是藍色彈尖子彈。而且是從殺害你們那位無名氏的同一把槍發射出來的。」

一時之間，沒有人說話。

然後瑞卓利無法置信地說：「可是你剛剛才把這個案子歸為職業殺手幹的，是八角形公司想做掉一個內部吹哨人。而另外一個被害人，老鼠女——」

「瑞卓利警探說得沒錯，」莫拉說，「我認為老鼠女非常不可能被一家企業列為暗殺目標。」

「可是殺害她的那顆子彈，」狄恩說，「就是殺害霍華・瑞菲德的同一把槍發射出來的。」

克羅說：「狄恩探員就是因此跑來的。根據你從死者胸部取出的那個藍色彈尖、黃銅包覆層子彈，我向聯邦調查局申請搜尋『藥火』（DRUGFIRE）資料庫，比對看有沒有類似的子彈。」

就像聯邦調查局的指紋自動辨識系統（AFIS）是收集指紋的資料庫，「藥火」則是收集槍枝相關證據的全國性資料庫。犯罪現場所找到各種子彈上的記號或條紋，都會予以數位化並儲存，這樣就可以搜尋並比對，將同一把槍枝所犯過的罪全都連起來。

「藥火資料庫找到了符合的一筆。」狄恩說。

瑞卓利困惑地搖搖頭。「為什麼是這兩個被害人？我看不出有什麼關聯。」

「所以無名氏的死才會這麼有趣。」狄恩說。

莫拉不喜歡他用有趣這個字眼。因為這似乎是在暗示某些死亡並不有趣，不值得特別關注。那些被害人如果死後有知，一定不會同意。

她又看著會議桌上那張一片血污的醜陋照片。「我們的無名氏跟這個案子無關。」她說。

「艾爾思醫師？」

「霍華・瑞菲德為什麼被殺害，是有個合理的原因。他可能是證交會調查的吹哨人。凌虐的證據告訴我們，他的死不會是碰上搶劫出了差錯。兇手想從他身上得到一些東西。或許是懲罰，也或許是資訊。但我們的無名氏女士——很可能是一個非法移民——怎麼會跟這個人扯上關係？

為什麼會有人希望她死？」

「問題就出在這裡，不是嗎？」狄恩看著瑞卓利。「我知道你正在主辦一個案子，可能也跟這個案子有關。」

他的目光似乎驚動了她。她緊張地搖了一下頭。「那個案子，似乎也跟你在查的這樁完全不相干。」

「克羅警探告訴我，有兩個修女在她們的修道院裡被攻擊，」狄恩說，「就在牙買加平原。」

「但是加害人沒有使用手槍。兩個修女是被重器連續敲擊，我們認為是用槌子。看起來是一樁憤怒攻擊，加害人是一個痛恨女人的瘋子。」

「或許兇手就是希望你們這麼想。好隱藏這個案子跟其他兩樁兇殺案的關聯。」

「好吧，唔，原先奏效了。但是後來艾爾思醫師診斷出無名氏患有痲瘋病。而被攻擊的其中一名娥蘇拉修女，以前曾在印度的一個痲瘋村工作。」

「那個村子現在不存在了。」莫拉說。

狄恩瞪著她看。「什麼？」

「可能是一場宗教大屠殺。將近一百個人遇害，整個村子都被焚毀。」莫拉暫停一下。「娥蘇拉修女是全村的唯一倖存者。」

她從來沒看過嘉柏瑞・狄恩這麼吃驚的表情。通常，狄恩是握有祕密、揭露時讓其他人大感驚訝的人。一時間，這個新資訊他驚呆得說不出話來。

莫拉又丟出另一個資訊。「我相信，我們的無名氏可能就是來自印度的那個村子。」

「你之前跟我說，你認為她是拉丁美洲裔的。」克羅說。

「那只是猜測，當時我是根據她的膚色。」

「所以你現在是改變你的猜測，好符合整個狀況？」

「不，我改變猜測，是因為我們在解剖時的發現。還記得黏在她手腕上的那根黃色線嗎？」

「記得。毛髮與纖維實驗室說那是棉質的。大概只是一條棉繩。」

「在手腕上繫棉繩圈可以防災。這是印度教的習俗。」

「又是印度。」狄恩說。

莫拉點頭。「的確是一再回到印度。」

「一個修女和一個患有痲瘋病的非法移民？」克羅說，「我們要怎麼把她們跟一宗企業暗殺的案子連在一起？」他搖搖頭。「會雇用職業殺手的人，一定是因為牽涉到很大的利益。」

「或者是很大的損失。」莫拉說。

「如果這些案子都是雇用職業殺手去幹的，」狄恩說，「那就可以確定一件事，也就是會有人密切注意你們的調查進度。你們得控制這些案子的所有資訊，做好保密工作。因為有人正在觀察波士頓市警局所做的每件事。」

也在觀察我，莫拉心想，感覺到一陣寒意襲來。而且她這麼容易被看到。在犯罪現場，在電視新聞裡，走向她的車。她已經習慣暴露在媒體的注目下，但現在她思索著其他可能也在觀察她、追蹤她的眼睛。然後她想起在柯提娜老媽餐廳那片黑暗中的感覺：獵物忽然發現自己被跟蹤時，那種寒冷的恐懼感。

狄恩說：「我得去看另一個死亡現場，就是兩位修女被攻擊的那家修道院。」他看著瑞卓利。「你能不能帶我過去看一下？」

一時之間，瑞卓利沒有回答。她坐著不動，雙眼還是看著霍華．瑞菲德蜷縮在他車子後車廂裡的死亡照片。

「珍？」

她吸了口氣，坐直身子，彷彿突然找到了一股新的勇氣、新的膽量。

「走吧，」她說，然後起身。她看著狄恩。「我想我們又是同一個團隊了。」

15

我對付得了這個。我對付得了他。

瑞卓利開車到牙買加平原，雖然雙眼看著路，但心裡卻想著嘉柏瑞・狄恩。他沒有事先警告，就又重新踏入她的生活。她到現在還處於震驚中，無法搞清自己此刻的感覺。她的胃裡打結，雙手麻痺。才一天前，她還以為自己已經度過思念他最糟糕的階段，以為只要再花點時間，加上一大堆分心的事情，她就可以把這段戀情拋在腦後。逐出視線，趕出心頭。

但現在他又回到她的視線中，也當然回到了她的心頭。

她先抵達灰岩修道院，坐在自己停好的車上等他。她全身每根神經都在嗡響，焦慮轉成了噁心欲嘔的感覺。

振作一點，該死。專注在工作上。

她看到狄恩租的車在她後頭停下。

她立刻下車，迎面一陣狂風吹到臉上。天氣愈是冷得嚴酷，她心想，那就愈好，可以把她狠狠打醒，恢復一點理智。她看著狄恩下了車，於是就像一個警察同業那樣，俐落地跟他點了個頭。

接著她轉身走到大門前，拉了鐵鐘。沒停下來聊天，沒努力想著要講什麼話，只是立刻開始辦正事，因為她只曉得用這個辦法來處理眼前的重逢。然後她鬆了口氣，因為看到一個修女很快從建築物裡走出來，拖著腳步穿過雪地，朝大門走來。

「那是伊莎貝爾修女，」瑞卓利說，「信不信由你，她算是院裡比較年輕的了。」

伊莎貝爾修女在柵門內瞇起眼睛打量他們，目光落在狄恩身上。

「這位是聯邦調查局的嘉柏瑞．狄恩探員，」瑞卓利說，「我只是要帶他去禮拜堂看看。我們不會打擾到你們的。」

伊莎貝爾修女打開門讓他們進去。大門在他們身後盪回去關上時，發出了刺耳的鏗鏘聲。那種冰冷的聲響意味著終結，意味著監禁。伊莎貝爾立刻回到建築物內，留下兩個訪客站在庭院裡，只剩彼此。

在相對沉默中，瑞卓利立刻取得控制權，開始簡報這個案子。「我們還是無法確定兇手是從哪裡進入這裡的，」她說，「下雪掩蓋掉所有腳印，而且我們沒發現任何被拉斷的常春藤能顯示兇手是爬牆進來的。前門向來都會鎖住，所以如果加害者從那裡進來，一定是修道院裡面有人去開門，那就違反了修道院裡的會規。除非是夜裡偷偷放人進來，才不會被其他人看到。」

「找到任何目擊證人了嗎？」

「沒有。一開始，我們以為是那個比較年輕的修女卡蜜兒開門的。」

「為什麼是她？」

「因為解剖時的發現。」瑞卓利迴避狄恩的目光，目光轉向牆壁說：「她懷孕了。我們在修道院後頭的池塘裡找到了死嬰。」

「那父親是誰？」

「不管是誰，顯然都是干嫌犯。我們還沒查到他的身分。DNA檢驗結果還沒出來。不過眼前，因為你告訴我們的事情，顯然我們之前追查的方向完全錯了。」

她看著環繞著他們的圍牆，看著把世界擋在外頭的那扇大門。忽然可以想像出一連串事件的另外一個版本，在她眼前次第發生，完全不同於她初次踏入這個死亡現場時的想像。

如果開門的不是卡蜜兒……

「那麼是誰讓兇手進入修道院的？」狄恩說，詭異地看穿了她的心思。

她皺眉看著大門，想像著大雪吹過鵝卵石地面。她說：「娥蘇拉修女當時穿著大衣和靴子……」

她轉身看著修道院內的建築物。想像在黎明前的黑暗時刻，那些窗子都是黑的，修女們都在各自的房間裡睡覺。庭院裡一片寂靜，只有風聲呼嘯。

「她出來時，外頭已經在下雪了。」她說，「她穿了禦寒的衣物。她走過這片庭院，來到大門口，有個人正在門外等她。」

「她一定認識這個人，」狄恩說，「她一定正在等他。」

瑞卓利點頭。現在她轉向禮拜堂，開始往前走，靴子在雪地上踏出一個又一個洞。狄恩緊跟在她後頭，但她的注意力已經沒放在他身上了；她只專注在腳下，沿著當時娥蘇拉修女當時走向厄運的足跡往前行。

那天夜裡，這一季的頭一場雪降臨。你腳下的鵝卵石地面很滑。你悄悄往前走，因為你不希望其他修女知道你要去見某個人。這個人，讓你願意為他違反會規。

但是當時很黑，沒有燈照亮大門。所以你看不到他的臉。你無法確定此人就是你這天晚上在等的訪客……

到了噴泉，她忽然停下，抬頭望著那一排俯瞰庭院的窗子。

「你在看什麼？」狄恩問。

「卡蜜兒的房間，」她說，指著上頭。「就在那裡。」

狄恩往上看著那個房間。刺骨的寒風吹得他臉頰發紅，拂亂了他的頭髮。去看他是個錯誤，因為她忽然好渴望他的碰觸。她不得不轉開臉，不得不用拳頭按著腹部，好抵消她裡頭的空虛之感。

「她當時從那個房間，可能看到了什麼。」狄恩說。

「禮拜堂裡的燈光。屍體被發現時，裡面亮著燈。」瑞卓利抬頭看著卡蜜兒的窗子，回想起房間裡染了血的床單。

她醒來時發現衛生棉溼透了，於是爬下床去洗手間換。回到房間時，她發現了禮拜堂有燈光，透過彩繪玻璃窗透出來。當時那裡不該有燈光的。

瑞卓利轉向禮拜堂，被她此刻想像出來的鬼影所吸引，那是年輕的卡蜜兒，走出主建築。她打了個哆嗦，沿著有頂棚的走廊往前走一小段路去另一棟建築，或許還後悔自己沒穿大衣。

瑞卓利跟著那個鬼，進入禮拜堂。

她站在昏暗中。裡頭沒開燈，那些長椅看起來只是一道道水平的陰影。狄恩沉默站在她旁邊，也像個鬼魂，同時她想像著最後一幕發生的狀況。

卡蜜兒走進門，只是一個身材單薄的女孩，那張臉白得像牛奶。

她驚駭地往下看。娥蘇拉修女躺在她腳下，岩石地板上濺著血。

或許卡蜜兒沒有立刻明白發生了什麼事，原先只以為娥蘇拉修女滑倒了撞到頭。也或許她看到血的第一眼，就知道邪惡已經衝破了她們的圍牆，知道那邪惡現在就站在她後方的門邊，看著她。

知道那邪惡正朝她接近。

第一記揮擊讓她腳步踉蹌。儘管一時很震驚，她仍奮力想逃走。她衝向眼前唯一的出路：長椅間的中央走道。快到祭壇時，她絆了一下，踉蹌跪地，等著最後一擊的到來。

等到這邊結束，死去的年輕卡蜜兒躺在地上。然後兇手回頭，走向第一個被害人：娥蘇拉修女。

但他沒有完成工作。他留下還活著的她。為什麼？

瑞卓利低頭看著岩石地面，娥蘇拉當時倒下的地方。她想像攻擊者伸手確認娥蘇拉是不是死了。

瑞卓利整個人僵住不動，忽然想起艾爾思醫師告訴過她的事情。

「兇手沒有摸到脈搏。」她說。

「什麼？」

「娥蘇拉修女的脖子右側是沒有脈搏的。」她看著狄恩。「兇手當時以為她已經死了。」

他們沿著中央走道往前，經過一排排長椅，追隨著卡蜜兒最後的足跡。他們來到祭壇旁她倒地的地方。兩人沉默站在那裡，望著地板。儘管在昏暗中看不到，但血跡一定還繚繞在石地板間的縫隙裡。

瑞卓利打了個寒噤，抬頭看到狄恩正望著她。

「這裡能看的就是這些了，」她說，「除非你還想跟那些修女談。」

「我想要跟你談。」

「我就在這裡。」

「不，你不在。在這裡的是瑞卓利警探。但我想談的人是珍。」

她大笑，在這個禮拜堂裡聽起來似乎很不敬。「你講得好像我有人格分裂什麼的。」

「實際上也沒有差太多。你太努力要扮演警察的角色，掩蓋了身為女人的那個部分。但我來波士頓想見到的，是珍這個女人。」

「你也等夠久了。」

「你為什麼生我的氣？」

「我沒有。」

「你歡迎我來到波士頓的方式還真奇怪。」

「或許是因為你連事前告訴我一聲都懶得說。」

他嘆氣，呼出一口白霧。「我們能不能一起坐下來，好好談一下？」

瑞卓利走到第一排，坐在木製的教堂長椅上。狄恩在她旁邊坐下時，她雙眼直直看著前面，不敢看他。怕他又會激起自己心中的種種情感。光是吸入他的氣味就已經很痛苦了，因為那氣味又喚醒了她心中的渴望。這個男人曾跟她同床共枕，他的碰觸、親吻及笑聲，至今依然在她夢裡縈繞不去。就連此刻，他們結合的後果仍在她體內成長，她一手按著腹部，想平息她忽然感覺到的那股痛楚。

「你最近怎麼樣，珍？」

「很好，一直很忙。」

「那你頭上那個繃帶？發生了什麼事？」

「喔，這個啊。」她摸了額頭，聳聳肩膀。「停屍間發生的小意外。我滑了一跤，摔在地上。」

「你看起來很累。」

「你連恭維我都懶得了，對吧？」

「這只是我的觀察。」

「好吧，唔，我的確是很累。當然會累，這星期特別忙。而且聖誕節快到了，但是我還沒幫家人買任何禮物。」

他打量了她一會兒，然後她別開目光，不想跟他對望。

「你不高興又要跟我一起合作，對吧？」

她沒吭聲。沒否認。

「你就乾脆告訴我，到底是出了什麼錯？」他終於厲聲說。

他聲音裡的怒氣讓她吃了一驚。狄恩不是那種常常表露感情的人。這一點曾經搞得她很火大，因為這總讓她覺得好像她是那個失控的人，是那個有爆發危險的人。他們的戀情之所以開始，是因為她跨出了第一步，而不是他。她擔了所有的風險，可能會失去自尊，結果換來什麼？愛上了一個她始終猜不透的男人，而這個男人唯一表現出來的情緒，就是她此刻從他聲音裡聽到的憤怒。

於是她火大起來。

「追究這些沒有意義，」她說，「我們得一起工作，沒有辦法。但其他的一切——我現在實在沒有辦法應付。」

「你沒有辦法應付的是什麼？是我們上過床的事實？」

「對。」

「你當時似乎不介意啊。」

「事情發生了，就這樣。我很確定這件事對你的意義，跟對我的意義是差不多的。」

他一時沒吭聲。被刺痛了？她很好奇。受傷？她原先沒想到一個沒有感情的男人也會受傷。然後他忽然大笑，嚇了她一跳。

「你真是滿嘴屁話，珍。」他說。

她轉頭看著他——真正仔細看——被當初吸引她的種種搞得一時喘不過氣來。強壯的下頷、石板灰的眼珠，還有那種指揮一切的氣勢。她愛怎麼侮辱他都可以，但她總覺得他才是掌控局面的人。

「你在怕什麼？」他說。

「我不曉得你在說什麼。」

「怕我會傷害你？怕我會先離開？」

「反正你本來就從沒待在我身邊過。」

「好吧，沒錯。以我們現在各自的工作，我的確沒辦法陪在你身邊。」

「一切都歸結於這個，不是嗎？」她從長椅上起身，跺著麻痺的雙腳好恢復知覺。「你在華府，我在這裡。你有你的工作，不願意放棄。我也有我的。無法妥協。」

「你講得好像是要宣戰似的。」

「不，只是邏輯。我只是想實際一點而已。」她轉身開始朝禮拜堂的門走去。

「而且想保護你自己。」

「難道不應該嗎？」她說，回頭看著她。

「並不是全世界都等著要傷害你，珍。」

「那是因為我不允許。」

他們離開禮拜堂。穿過庭院往回走，出了大門後，那鐵柵門發出響亮的吭噹聲關上。

「好吧，我本來一直想一點接一點敲下你的盔甲，但現在我看不出這有什麼意義，」他說，「為了跟你在一起，我願意走很遠的路過來配合你。但是你也得走一半。你也得付出才行。」他轉身走向自己的車。

「嘉柏瑞？」她說。

他停下，回頭看她。

「這回你以為我們之間會怎麼樣？」

「不曉得。我以為至少你看到我會很高興。」

「還有呢？」

「我們又會像兔子似的一直上床。」

聽到這個，她大笑一聲搖搖頭。別引誘我。別害我想起我失去了什麼。

他隔著車頂看著她。「我會先去找旅館住下來，珍。」他說。然後上了車關上門。

她看著他的車子開走，心想：就是因為我們像兔子似的一直上床，才會害我陷入眼前的困境。

她打了個哆嗦，尋找鑰匙。才四點，夜幕似乎就要降臨了，偷走了白晝的最後一絲灰光。她沒帶手套出來，風又好冷，吹得她的手指刺痛。她找到鑰匙，開了車門。上車之後，她摸索著要把鑰匙插入點火器，但是雙手太笨拙，手指幾乎都沒感覺了。

鑰匙插入點火器中，她忽然暫停下來。

忽然想到痲瘋病患的雙手，手指只剩殘根。

而且她模糊記得一個問題，有關一個女人的手。之前有人提到過，但當時她忽略了。

她說我沒有禮貌，因為我問她為什麼那位女士一根手指都沒有。

她下了車，回到大門前。一再拉著鐵鐘。

伊莎貝爾修女終於出現了。那張老邁的臉隔著鐵柵條看過來，似乎並不高興看到瑞卓利。

「我得跟那個女孩談，」瑞卓利說，「歐提斯太太的女兒。」

在走廊盡頭的舊教室裡，瑞卓利找到獨坐在裡頭的諾妮，她結實的腿從椅子上垂下來，五顏六色的蠟筆攤開在眼前那張破舊的教師桌上。修道院的廚房裡比較溫暖，歐提斯太太正在那裡幫修女們準備晚餐，剛烤好的巧克力脆片餅乾飄出香氣，連在翼樓這個昏暗的尾端都聞得到。但是諾妮選擇躲在這個寒冷的房間，遠離她母親刻薄的嘴和不以為然的表情。這女孩似乎根本沒注意到有多冷。她小小的手抓著一根淺綠色的蠟筆，專心得舌尖都微微探出嘴，努力畫著一個男人頭上冒出來的尖刺。

「快要爆炸了，」諾妮說，「死光在燒他的腦子。會讓他爆炸。就像你用微波爐煮東西，它們會爆炸，就像那樣。」

「死光是綠色的？」瑞卓利問。

諾妮抬頭看。「不然應該是別的顏色嗎？」

「不曉得。我總以為死光會是，唔，銀色的。」

「我沒有銀色的蠟筆了。康拉德在學校拿走了我的，都沒有還給我。」

「我想綠色的死光也可以的。」

諾妮放心了，又回去繼續畫。她拿起一根藍色蠟筆，在那些光線裡頭加上藍色尖刺，於是看起來像是一陣箭雨落在那個不幸的被害人頭上。桌上有很多不幸的被害人。那一連串蠟筆畫中描繪了太空船射出火來，藍色外星人砍掉人頭。這些外星人可不是友善的ＥＴ。瑞卓利覺得這個坐著畫畫的小女孩也像是外星生物，一個有著吉普賽人褐色眼珠的小精靈，躲在一個沒有人會打擾的房間裡。

她選擇了一個令人沮喪的僻靜處。這個教室看起來很久沒人使用過了，光禿的牆壁上有圖釘和黃色膠帶留下的無數痕跡。老舊的學生書桌推到另一頭的角落堆疊，留下處處磨損的空蕩木地板。唯一的光線來自窗外，照得一切都帶著冬日的灰影。

諾妮開始畫下一張外星人戰爭暴行的系列作。淺綠色死光的被害人現在腦袋上有個大洞，噴出水滴狀的紫色液體。一個漫畫的對話框出現在他上方，裡頭是他垂死的大喊。

啊——！

「諾妮，你還記得我們跟你談的那一晚嗎？」

隨著一個點頭，小女孩腦袋上的捲曲頭髮上下搖晃。「你都沒有回來看我。」

「是啊，唔，我一直忙著到處跑來跑去。」

「你不應該再跑來跑去了。你應該學著坐下來，放輕鬆。」

這番話帶著成人的口吻，顯然是學大人講話。別再跑來跑去了，諾妮！

「而且你不應該這麼難過。」諾妮又補充，拿起另外一支蠟筆。

瑞卓利沉默看著諾妮畫出一團團鮮紅的血，從爆炸的頭噴出來。耶穌啊，她心想。這個小女孩看出來了。這個勇敢的小精靈看到的比其他任何人都多。

「你的眼睛好尖，」瑞卓利說，「你看到了很多事情，對吧？」

「我有回看到一個馬鈴薯爆炸。在微波爐裡。」

「你上回跟我們說了一些事情，有關娥蘇拉修女的。你說她罵你。」

「她真的有罵我。」

「她說你沒禮貌，因為你問起一個女人的手。還記得嗎？」

諾妮一隻深色眼珠從額前的亂髮裡往上窺看。「我以為你們只想知道有關卡蜜兒修女的事情。」

「我也想知道娥蘇拉修女的事情。還有關於那個雙手有毛病的女人。你那樣講是什麼意思？」

「她一根手指都沒有。」諾妮拿起一根黑色蠟筆，在那個爆炸男人的上方畫了一隻鳥。那是一隻掠食鳥類，有大大的黑色翅膀。「禿鷹，」她說，「你死了以後，牠們就會跑來吃你的肉。」

我竟然淪落到這個地步，瑞卓利心想，辦案要靠一個畫太空外星人和死亡的小女孩所講的話。

她身子往前湊，低聲問道：「你是在哪裡看到這個女人的，諾妮？」

諾妮放下蠟筆，疲倦地嘆了一口氣。「好吧，既然你非得知道不可。」她跳下椅子。

「你要去哪裡？」

「帶你去看那位女士出現的地方。」

諾妮身上的夾克太大了，害她看起來像個小小的米其林人，腳步沉重地踏入雪地中。瑞卓利跟著諾妮的橡膠靴踩出來的足跡，覺得自己像個低階士兵跟在一名堅定的將軍後頭。諾妮帶著她穿過庭院，經過的噴泉裡積雪堆得老高，像多層的結婚蛋糕。到了大門，她停下來，往外指著。

「當時她就在那裡。」

「在門外？」

「對。她用一條大圍巾圍住臉。像是搶銀行的。」

「所以你看到她的臉了嗎？」

小女孩搖頭，褐色捲髮甩動著。

「這位女士跟你說了話嗎？」

「沒有，那位先生說了。」

瑞卓利瞪著她。「有一位先生跟她在一起？」

「他要我讓他進來，因為他們要跟娥蘇拉修女講話。但那是違反規定的，我也這麼告訴他們。如果修女違反規定，就會被趕出去。我媽咪說那些修女沒有別的地方可以去，所以她們永遠不會違反規定，因為她們怕被趕出去。」諾妮暫停。往上看，得意地說：「可是我常常跑出去。」

那是因為你什麼都不怕，瑞卓利心想。你無所畏懼。

諾妮開始在雪地上踏出一條線，小小的粉紅靴往前行進，帶著一種士兵的精準。她在雪地上踩出一道溝，然後向後轉，走回來，踩出了一條平行線。她認為自己是無敵的，瑞卓利心想。但她這麼小又這麼脆弱。只是一個穿著鼓脹夾克的小女孩。

「然後發生了什麼事，諾妮？」

女孩腳步響亮地在雪地裡往回走，忽然停下，雙眼盯著她黏著雪的靴子。「那位女士隔著柵門塞了一封信進來。」諾妮身體前傾，悄聲說：「於是我就看到她一根手指都沒有。」

「你把那封信交給娥蘇拉修女了嗎？」

女孩點了個頭，捲髮晃動著，像是頂著滿頭的螺旋彈簧。「然後她馬上就走出來。」

「她跟那兩個人談了嗎？」

諾妮搖頭。

「為什麼？」

「因為她出來的時候，他們已經離開了。」

瑞卓利轉頭看著大門外的人行道，那兩個訪客曾站在那邊，懇求一個倔強不馴的小女孩讓他們進門。

她頸後的毛髮忽然直豎起來。

老鼠女。她來過這裡。

16

瑞卓利走出醫院電梯，大步經過「所有訪客須先登記」的牌子，直奔一道雙扇門，來到加護病房區。現在是凌晨一點，加護病房區的燈調得很暗，好讓病患可以睡覺。她從明亮的走廊過來，發現眼前這些護士都成了沒有臉的剪影。只有一間病患隔間的燈光明亮，像個烽火台般吸引她過去。

站在隔間外頭的那個黑人女警開口向瑞卓利打招呼。「嘿，警探。你來得真快。」

「她說了什麼嗎？」

「沒辦法說話。她喉嚨裡還插著呼吸管。不過她肯定甦醒了。她的雙眼睜開，而且我聽護士說她意識很清楚，叫她做什麼都能遵從指示。每個人似乎都很驚訝她居然能醒來。」

呼吸器的警報聲響個不停，瑞卓利站在隔間門口，往裡望著圍住病床的那些醫療人員。她認出了神經外科的袁醫師，還有內科的薩克里夫醫師，在那群嚴肅的專業人員裡頭，他的金髮馬尾顯得特別突兀。「裡頭是怎麼回事？」

「我不曉得，有關血壓方面的。薩克里夫醫師趕到時，正好事情就開始失控。接著袁醫師也趕來了，然後他們就一直在忙著處理她。」那女警搖搖頭。「我看狀況不太妙。那些機器一直嗶嗶響個不停。」

「耶穌啊，別跟我說她才剛甦醒，就又要不行了。」

瑞卓利擠進隔間裡，裡頭的燈光好亮，照得她疲倦的雙眼很痛苦。她看不到娥蘇拉修女，因為被那一圈擠在一起的醫療人員擋住了，但是她可以看到病床上方的幾個監視螢幕，心律輕快掠過螢幕，像是打水漂兒的石頭掠過水面。

「她想把氣管插管拉出來！」一名護士說。

「把她那隻手綁緊一點！」

「……娥蘇拉，放輕鬆。盡量放輕鬆。」

「收縮壓降到八十了——」

「她的臉為什麼這麼紅？」袁醫師問。「看看她的臉。」他在呼吸器的警報聲中往旁邊看。

「呼吸道阻力太大了，」一名護士說，「她在抗拒呼吸器。」

「她的血壓一直在降，袁醫師。現在收縮壓是八十。」

「靜脈注射裡頭加上多巴胺。快點！」

有個護士忽然注意到瑞卓利站在門口。「女士，請你出去。」

「她有意識嗎？」瑞卓利問。

「請離開隔間。」

「我來處理吧。」薩克里夫醫師說。

他抓住瑞卓利的手臂，毫不客氣地把她拖出隔間。然後他把隔間簾子拉上，完全看不到裡面的病人了。瑞卓利站在昏暗中，可以感覺到加護病房區的其他護士都站在各自的位置瞪著她。

「瑞卓利警探，」薩克里夫說，「你得讓我們做我們的工作。」

「我也在設法做自己的工作。她是我們唯一的目擊證人。」

「而且她現在處於危急狀態。在任何人跟她談話之前，我們得先幫她度過這個難關。」

「可是她有意識吧？」

「是的。」

「她明白發生了什麼事嗎？」

他暫停。在加護病房區的黯淡燈光下，她看不清他的表情。唯一能看見的，就是他寬厚肩膀的輪廓，以及雙眼中映照著附近監視器所發出的綠色閃光。「我不確定。老實說，我根本沒想到她能恢復意識。」

「為什麼她的血壓會降？這是什麼新狀況嗎？」

「稍早之前，她開始恐慌起來，大概是因為氣管插管。那種感覺很可怕，喉嚨裡插著一根管子，但是管子必須留在那裡，幫助她呼吸。她血壓忽然飆高，我們就給了她一些煩寧。然後血壓又忽然往下降。」

一名護士拉開隔間的簾子，朝著門外喊：「薩克里夫醫師？」

「什麼事？」

「她的血壓沒反應，用了多巴胺也還是一樣。」

薩克里夫走回隔間裡。

隔著打開的門，瑞卓利觀察著幾呎之外展開的狀況。修女的雙手握拳，手臂的筋腱繃得好緊，抗拒著把她手腕綁在病床欄杆的束縛。她的整個頭頂包著繃帶，嘴巴被伸出來的氣管插管遮得模糊不清，但是她的臉清楚可見。那張臉發腫，雙頰漲成鮮紅色。困在那些木乃伊似的繃帶和插管裡，娥蘇拉有著被追獵動物的眼神，瞳孔嚇得瞪大了，目光慌亂地看向左邊，然後右邊，好像在找尋脫逃的出路。她雙臂掙扎時，病床欄杆被搖晃得嘩啦響，像是獸籠的鐵柵。她整個軀幹往上抬離床面，心臟監視儀的警報突然尖嘯起來。

瑞卓利的目光立刻轉向監視儀，上頭的線變成水平的。

「沒事，沒事！」薩克里夫說，「只是有一條電極貼片的導線鬆開了。」他把那條線黏回去，然後螢幕上又出現了心跳節奏。一種急速的嗶－嗶－嗶。

「增加多巴胺滴注量，」袁醫師說。「快點注射進去。」

瑞卓利看著那護士把靜脈注射的滴注量開到最大，大量的食鹽水湧入病患的靜脈裡。在最後的清醒時刻，娥蘇拉修女的目光和瑞卓利的相遇。就在她的雙眼變得呆滯之前，就在最後一絲清醒消失之前，瑞卓利在她的眼中所看到的，是致命的恐懼。

「血壓還是沒上升！降到六十了——」

娥蘇拉的臉部肌肉鬆弛了，雙手靜止不動。在下垂的眼皮底下，雙眼已經失焦。看不見了。

「心室早期收縮，」那護士說，「我看到心室早期收縮了。」

大家紛紛朝心臟監視儀看去。通過螢幕的那條軌跡，之前雖然跳得很迅速，但一直很穩定，現在卻忽然出現了很大的起伏。

「心室性心搏過速！」袁醫師說。

「我量不到血壓了！她的血液不流通了。」

「把床欄放下來。快點，快點。我們開始做按壓。」

其中一名護士衝出門，把瑞卓利朝外撞出去，同時那護士大喊：「藍色代碼！」這表示病人需要急救。

透過隔間的窗子，瑞卓利觀察著風暴圍繞著娥蘇拉旋轉。她看到袁醫師腦袋上下擺動著，正在執行心肺復甦術。她看到藥物一種接一種打進靜脈注射座，無菌包裝紙扔到地上。

瑞卓利看著監視儀螢幕。現在是一道鋸齒線掠過螢幕。

「充電到兩百！」

在隔間裡，每個人都後退，同時一名護士拿著心臟電擊板前傾。瑞卓利可以清楚看到娥蘇拉袒露的乳房，發紅的皮膚遍佈著斑點。她莫名地驚訝起來，一個修女居然有這麼豐滿的乳房。

電擊板釋放電流。

娥蘇拉的軀幹扭動，彷彿傀儡身上的線被扯動。

站在瑞卓利旁邊的女警輕聲說：「我有不好的預感。她撐不過去了。」

薩克里夫再度抬頭看了螢幕一眼，接著他的目光隔著玻璃窗迎上瑞卓利的。然後他搖了搖頭。

一個小時後，莫拉抵達醫院。她一接到瑞卓利的電話，便拋下睡在她旁邊的維克多，直接下床，沒沖澡就換上衣服趕出門。到了醫院，搭電梯上樓時，她還聞得到自己皮膚上有他的味道，而且稍早的夜間做愛還讓她痠痛未消。她身上依然散發著濃烈的性愛氣味，就直接趕到醫院，她的心思還專注在溫暖的、活人的軀體上，而非冰冷的死人。她往後靠著電梯牆，閉上眼睛，允許自己再多回味一下，在愉悅的回憶中再逗留片刻。

電梯門打開來，她嚇了一跳。她挺直身子，眨眼看著門外等著要進來的兩名護士，然後趕緊走出去，臉頰發燙。她們注意到了嗎？她一邊想著，一邊沿著走廊往前。任何人都一定看得出來，我臉上有性愛的罪惡光輝。

瑞卓利正在加護病房區的等候室，垮坐在沙發上，喝著保麗龍杯裡的咖啡。莫拉走進去時，瑞卓利打量她好一會兒，好像也察覺到莫拉身上有什麼不一樣了。在這麼一個悲劇發生、致使她們相會的夜裡，莫拉臉上還帶著不得體的紅暈。

「他們說她心臟病發，」瑞卓利說，「看起來不妙。她現在接上生命維持系統了。」

「她是幾點進入急救狀態的？」

「大約一點。他們持續進行了將近一小時，才讓她恢復心跳。但是她現在昏迷了。沒有自主呼吸。瞳孔沒有反應。」她搖搖頭。「我不認為她能再甦醒過來了。」

「醫師們怎麼說？」

「唔，這就是他們在爭論的。袁醫師還沒準備好要放棄，但是嬉皮小子認為她已經腦死了。」

「你指的是薩克里夫醫師？」

「是啊。那個綁著馬尾的猛男。他已經要求明天早上做腦電波圖檢驗了。」

「如果沒有任何腦波活動，不拔掉生命維持系統就很難說得過去了。」

瑞卓利點頭。「我就知道你會這麼說。」

「她心臟病發時，有人目睹嗎？」

「什麼？」

「她心臟停止跳動時，有醫療人員在場嗎？」

瑞卓利看起來很不高興，被莫拉這些冷靜務實的問題搞得很煩躁。她放下杯子，咖啡濺到桌子上。「其實是一整群人。我也在場。」

「是什麼導致藍色代碼的？」

「他們說她的血壓先是忽然上升，脈搏也快得離譜。等到我趕來時，她的血壓已經下降了。然後她的心跳停止。所以，從頭到尾都有人目睹。」

片刻過去了。等候室的電視開著，不過關成靜音。瑞卓利的目光轉到CNN新聞下方橫過螢幕的跑馬燈字幕。北卡羅萊納州汽車工廠一名不滿員工開槍射中四人……科羅拉多州火車出軌，車上載運的有毒化學物質外洩……全國各地的災難列表，而我們兩個疲倦的女人在這裡，只想撐過這一夜。

莫拉在瑞卓利旁邊的沙發上坐下來。「你狀況怎麼樣，珍？你看起來累壞了。」

「我感覺糟糕透了。好像每一分精力都被吸乾，身上一點也不剩了。」她一大口喝掉剩下的咖啡，把空杯子朝垃圾桶扔。沒扔進去。她只是看著那杯子，累得沒力氣走過去撿起來。

「那個女孩指認他了。」瑞卓利說。

「什麼？」

「諾妮。」她暫停一下。「嘉柏瑞好會對付她。我真沒想到。總之，我沒想到他那麼會對付小孩。你知道他那個人，向來那麼難以看透，那麼拘謹。但他跟她坐在一起，立刻就把她搞得服服貼貼……」她感傷地望著遠處，然後全身抖動一下。「她認出霍華・瑞菲德的照片了。」

「他就是去過灰岩修道院的那個男人？跟無名氏一起去的那個？」

瑞卓利點頭。「他們兩個一起去過。想進入修道院找娥蘇拉修女。」

莫拉搖搖頭。「我不懂。這三個人之間到底有什麼關係？」

「這個問題只有娥蘇拉能回答。」瑞卓利站起來，穿上大衣。她轉向門，然後又停下。回頭看著莫拉。「她本來甦醒了，你知道。」

「娥蘇拉修女？」

「就在進入急救狀態之前，她睜開了眼睛。」

「你認為她真的清醒嗎？知道發生了什麼事？」

「她握了護士的手。護士發出一些指令，她都照做了。但是我一直沒有機會跟她談。那時我就站在那裡，她看著我。然後……」瑞卓利暫停，好像想到這事很激動。「我是她看到的最後一個人。」

莫拉走進加護病房區，經過閃著綠色心跳線的監視儀，經過站在病床隔間簾子外交頭接耳的幾名護士。以前當實習醫師要輪班照顧重症病人時，她深夜在加護病房的值班總是會發生一些令人焦慮的事情——垂死的病患，需要她迅速做出決定的危機。即使過了這麼多年，這個時間走進加護病房區，還是讓她脈搏加速。但是今夜沒有醫療危機等著她，她是來察看後果的。

她發現薩克里夫醫師站在娥蘇拉病床旁邊，正在病歷上寫字。他的筆緩緩停下，筆尖壓在紙上，好像想不出下一句該怎麼寫。

「薩克里夫醫師？」她說。

他看著她，曬黑的臉多了些疲倦的皺痕。

「瑞卓利警探要我過來看一下。她說你打算要拔掉生命維持系統。」

「你又提早來了。」他說，「袁醫師已經決定要再觀察一兩天。他希望先看腦電波圖的狀況。」他又往下看著自己寫到一半的病歷。「真諷刺，不是嗎？她在人世的最後幾天，用掉了那麼多張紙。但她整個一生，其實只佔了短短一段。這樣的狀況很不對勁，很不應該。」

「至少你的病患活著的時候，你有機會了解他們。我連這個特權都沒有。」

「我不認為我會喜歡你的工作，艾爾思醫師。」

「有些時候，連我自己都不喜歡。」

「那你為什麼要選擇這份工作？為什麼要去處理死人，而不是活人？」

「他們有資格得到關注。他們希望我們知道他們為什麼會死掉。」

他往下看著娥蘇拉。「如果你想知道這裡是什麼出了錯，我可以告訴你答案。我們的動作不夠快。我們站在旁邊看著她恐慌起來，其實早該給她打鎮靜劑的。要是能早一點讓她冷靜下來……」

「你的意思是，她會陷入急救狀態，是因為恐慌造成的？」

「狀況就是這樣開始的。先是血壓和脈搏飆高。然後她的血壓就這樣忽然降下來，又開始心律不整。我們花了二十分鐘，才讓她恢復心跳。」

「她的心電圖狀況呢？」

「急性心肌梗塞。她現在是重度昏迷。沒有瞳孔反應，沒有深部疼痛反應。幾乎可以確定，她的腦部遭受了不可逆的損傷。」

「現在這樣判斷，不會太早了嗎？」

「我很實際。袁醫師希望她能撐過去，但是他是外科醫師。他希望他的統計數字好看。只要他的病人能撐過手術，就算是成功的病例。即使最後她成了植物人。」

莫拉走到病床側邊，皺眉看著病人。「她為什麼水腫得這麼厲害？」

「急救時，我們幫她大量輸液，想讓她的血壓回升。所以她的臉才會看起來這麼腫。」

莫拉低頭看著那雙手臂，看到了紅腫的疹塊。「這看起來像是消褪的蕁麻疹。她用了什麼藥物？」

「就是一般用於急救的幾種。抗心律不整藥物。多巴胺。」

「我想你得要求做個藥物與毒物篩檢。」

「你說什麼？」

「她這回的心臟病發無法解釋。而且她手臂上的腫塊，看起來是一種藥物反應。」

「我們通常不會因為一個病人經歷過急救狀態，就要求做毒物篩檢的。」

「但是這個病例，你們應該要求做。」

「為什麼？你認為我們犯了錯嗎？給了她一些不該給的藥物？」現在他的口氣變得戒備起

來，疲倦轉為憤怒。

「她目睹了一樁犯罪，」莫拉指出，「而且是唯一的目擊者。」

「之前的一個小時，我們才努力想救她的命。而現在你竟然暗示你不信任我們。」

「聽我說，我只是想做得周全一點。」

「好吧，」他把病歷啪地一聲闔上。「我會要求做毒物篩檢，但只是因為你要求。」他說，然後走出去了。

莫拉還待在病房隔間裡，往下看著娥蘇拉籠罩在柔和、陰森的床頭燈光線中。莫拉完全沒看到心肺復甦術之後慣有的垃圾。用過的注射針、裝藥水的小玻璃瓶、消毒過的包裝紙袋，全都掃乾淨了。病患的胸口起伏，只因為旁邊的呼吸器咆哮著，硬把空氣打進她的肺裡。

莫拉拿出自己的筆型手電筒，照向娥蘇拉的眼睛。

兩個瞳孔都對光線沒有反應。

莫拉直起身子，忽然感覺到有人在看她。她轉身，驚訝地看到布洛菲神父就站在門口。

「有護士打電話給我，」他說，「他們認為可能時間到了。」

他雙眼底下有黑眼圈，冒出來的深色鬍碴讓他的下巴發暗。一如往常，他一身聖職人員的服裝，但在這種凌晨時分，他的襯衫已經發皺了。她想像他睡到一半爬起來，踉蹌著去拿衣服穿。出自直覺就穿上了前一天的那件襯衫，離開溫暖的臥室。

「你希望我離開嗎？」他問，「我可以稍後再過來。」

「不，請進，神父。我只是要看一下病歷而已。」

他點頭，走進隔間。整個空間忽然讓人覺得太小，兩人彼此靠得太近了。

她伸手去拿剛剛薩克里夫醫師留下的病歷，然後在床邊的一張凳子坐下。此時她忽然再度意識到自己身上的氣味，很好奇布洛菲神父是否也聞到了。維克多的氣味，性愛的氣味。此時布洛菲開始喃喃禱告，於是莫拉逼自己專心看著護士的紀錄。

凌晨十二點十五分：生命徵象：血壓上升到一三〇／九〇，脈搏八〇。雙眼睜開。做出有意義的動作。聽從指令握緊了右手。通知袁醫師和薩克里夫醫師。

凌晨十二點四十三分：血壓上升至一八〇／一〇〇，脈搏一二〇。薩克里夫醫師趕到。病人激動，想拔掉氣管插管。

凌晨十二點五十分：收縮壓降到一一〇。病人滿臉通紅且非常激動。袁醫師趕到。

凌晨十二點五十五分：收縮壓降到八五，脈搏一八〇。靜脈注射液的注射速度開到最大……

隨著血壓急降，病歷上的紀錄就愈發簡略，筆跡也更匆忙，最後潦草得幾乎看不懂。莫拉可以想像種種事件在這個隔間裡展開。手忙腳亂找靜脈注射液和注射針。護士們匆忙來回醫療用品室拿藥物。消毒包裝袋撕開，小瓶注射液清空，大家趕緊算著正確的劑量。同時病患扭動著，血壓直線下降。

凌晨一點整：發出藍色代碼。

此時筆跡改變了。另一名護士接手記錄。接下來的筆跡工整而有條理，顯然在急救狀態時，有一位護士專門負責觀察和記錄。

心室纖維性顫動。直流電心臟電擊三〇〇焦耳。靜脈注射利卡多因，滴注量增加至四毫克／

每分鐘。

重複心臟電擊，四〇〇焦耳。依然處於心室纖維性顫動。

瞳孔放大，但對光依然有反應……

還沒放棄，莫拉心想。因為瞳孔還有反應，還有一絲機會。

她想起自己當實習醫師時第一次負責指揮的藍色代碼，還想起當時她有多麼不願意認輸，即使後來病人顯然是救不回來了。但那男病人的家屬就站在病房外等待──他的太太和兩個十來歲的兒子──莫拉用電擊板一次又一次電擊病人時，一直想到的就是他兒子的臉。兩個男孩都高得跟大人一樣，有大大的腳和長著青春痘的臉，但他們哭得像小孩，於是莫拉持續徒勞地搶救許久，心裡想著：再電擊一次，再一次就好。

這會兒她忽然意識到布洛菲神父陷入沉默，於是抬頭看，發現他正在看她，目光專注得讓她覺得被侵犯了。

然後，同時，又奇異地激起了她的情慾。

她闔上病歷，用俐落的專業態度掩飾自己的困惑。她才剛跟維克多上過床，但現在她在這裡，偏偏被這個男人吸引。她知道發情的母貓會散發出特殊的氣味，吸引公貓。她也是這樣、散發出吸引異性的氣味嗎？她是因為太久沒有性生活，所以現在再多也嫌不夠？

她起身去拿大衣。

他過來幫她穿上，就站在她身後很近，把大衣張開，讓她雙臂滑入袖子。她感覺他的手拂過她的頭髮。不小心碰到的，如此而已，但那一拂卻激起她警覺的戰慄。她站開來，迅速扣好鈕釦。

「你離開之前，」他說，「我想帶你去看個東西。你可以跟我來嗎？」

「哪裡？」

「往下到四樓。」

她困惑地跟著他到電梯。他們走進去，再度共處於一個封閉空間裡，感覺上兩人似乎靠得太近了。她雙手插在大衣口袋裡，木然看著樓層號碼改變，心想：覺得一個神父很有吸引力，是一種罪嗎？

如果不是罪，那麼也絕對是愚蠢。

電梯門終於打開，她跟著他沿著走廊往前，經過一連串雙扇門，來到心臟內科加護病房。就像外科加護病房，這個病房區入夜後也調暗燈光，他帶著她穿過昏暗，走向心電圖監視站。

一名大塊頭護士坐在一批監視儀前面，目光從螢幕抬起來，咧嘴笑了。

「布洛菲神父。又來夜間巡視了？」

他一手輕放在護士的肩膀，那是個輕鬆、熟悉的手勢，無言道出一種撫慰的友誼。莫拉想起他第一次看到布洛菲時，他正走過卡蜜兒寢室窗下的雪中庭院。當時他也是安慰地一手放在那個開門老修女的肩上。這個人不害怕提供他溫暖的碰觸。

「晚安，凱瑟琳，」他說，聲音裡忽然透出了波士頓愛爾蘭裔的口音。「所以今天晚上很平靜了？」

「到目前為止，運氣不錯。是護士打電話要你來看誰嗎？」

「不是你的病患。我們之前在樓上的外科加護病房。我想帶艾爾思醫師下來這裡看一下。」

「在凌晨兩點？」凱瑟琳大笑著看向莫拉。「他會搞得你累死。這個人都不休息的。」

「休息？」布洛菲說，「那是什麼？」

「是我們這些比較渺小的凡人所做的事情。」

布洛菲看著螢幕。「我們的迪馬可先生狀況怎麼樣了？」

「啊，你的特別病人。他明天就要轉去非監控的病床了。所以我想他狀況很好吧。」

布洛菲指著六號病床的心電圖，上頭那條線發出安靜的嗶嗶聲，掠過螢幕。「來，」他說，碰了一下莫拉的手臂，他的氣息湊在她頭髮邊低語。「那就是我想讓你看的。」

「為什麼？」莫拉問。

「迪馬可先生就是我們前兩天在人行道救的那個人。」他看著她。「你預測活不了的那個。

那就是你和我製造的奇蹟。」

「不見得是奇蹟。我也常常犯錯的。」

「這個人將會健康地走出這家醫院，你一點都不驚訝嗎？」

她在那安靜而親密的黑暗中看著他。「我很遺憾，現在能讓我驚訝的事情不多了。」她不想講得憤世嫉俗，但話說出口的效果就是這樣，她很好奇他是不是對她失望了。出於某種原因，這件事似乎對他很重要，她應該要表達出某種驚奇的，但她唯一說出來的話，就等於是聳個肩而已。

下到大廳的電梯裡，她說：「我很願意相信奇蹟，神父。我真的很願意。但是你恐怕無法改變一個老牌懷疑論者的意見了。」

他聽了只是露出微笑。「你天生有聰明的頭腦，而且你當然就該善加利用。用來問你自己問題，找出你自己的答案。」

「我相信你也會問跟我同樣的問題。」

「每天都是。」

「但是你接受了天主的概念。你的信仰動搖過嗎？」

布洛菲神父頓了一下才回答：「我的信仰沒有動搖過。這點我可以確信。」

她從他的聲音裡聽出一絲不確定，於是看著他。「那你有疑問的是什麼？」

他望著她的雙眼，彷彿穿透了她的腦子，看透她隱瞞的各種想法。「我的力量，」他低聲說，「有時我懷疑自己的力量。」

出了醫院，莫拉獨自站在停車場裡，呼吸著冰冷難耐的空氣。天空清朗無雲，閃爍的星星清晰明亮。她爬上車，坐了一會兒等著引擎暖車，設法搞懂剛剛她和布洛菲神父之間發生了什麼事。其實什麼都沒有，但她覺得很罪惡，好像真有什麼發生過似的。罪惡又令人振奮。

她沿著發出結冰光澤的馬路開回家，想著布洛菲神父和維克多。之前她離家時很疲倦；但現在她卻警醒而敏感，神經活躍，覺得好幾個月來都沒有這麼生氣勃勃了。

她把車停入車庫，走進屋裡時已經脫掉大衣。進入臥室時已經解開襯衫的鈕釦。維克多睡得很沉，不曉得她就站在他旁邊，脫掉自己的衣服。過去短短幾天，他在她家待的時間比在他飯店房間裡還多，而現在他好像屬於她的床，屬於她的人生了。她打了個寒噤，鑽進溫暖宜人的被子底下，她皮膚的冰冷碰觸著他，把他驚醒了。

幾個撫摸，幾個親吻，他就完全醒來，完全激起情慾。

她欣然接受他，鼓勵他，儘管她躺在他下方，但那不是屈服。就像他得到了他的愉悅，她也隨著一聲勝利的輕喊而得到了自己的愉悅。但當她閉上眼睛，感覺他在她體內達到高潮時，她腦中浮現的不光是維克多的臉，還有布洛菲神父的。那游移的面容不肯穩定下來，而是來回搖晃，直到她再也分不清那是誰的臉。

兩者皆是。而且兩者皆非。

17

在冬天，清朗的日子是最寒冷的。莫拉起床時，看到陽光照在白雪上，儘管她很高興終於看到藍天，但冰冷的風依舊嚴酷，她屋外的杜鵑像個老人般縮著身子，樹葉低垂縮起，以抵擋寒冷。

她開車去工作的路上，一路喝著咖啡，陽光照得她眼睛直眨，真恨不得掉頭開回家，爬回床上和維克多纏綿一整天，在被子底下彼此取暖。昨夜他們唱了聖誕頌歌——他以他渾厚的男中音，她則以她走調的女低音說法和音。兩人合唱難聽死了，最後笑的時候比唱的時候多。

眼前這個早晨，她又開始唱了起來，還是一如往常地走調。車子駛過掛著花環的街燈，經過的百貨公司櫥窗裡有假人模特兒穿著晶亮的聖誕服裝。忽然間，似乎到處都是聖誕節的應景物。當然那些花環和花束已經掛了好幾個星期了，但是她都沒真正注意到。這個城市什麼時候變得這麼喜氣洋洋的？以前太陽照在雪地上有這樣閃閃發光嗎？

願上帝賜君喜樂，令你無憂無慮。她哼著聖誕頌歌的歌詞。

她走進艾班尼街的法醫處，門廳裡陳列著以金屬箔片拼出的「世界和平」巨大字樣。

露易絲抬頭看著她，露出微笑。「你今天看起來很開心。」

「我只是很高興又看到陽光了。」

「趁著還有太陽的時候，好好享受吧。聽說明天夜裡又會下雪了。」

「平安夜下雪，我一點也不介意。」莫拉說，從露易絲辦公桌上的糖果缽裡面撈了一把水滴形巧克力。「今天的工作排得怎麼樣？」

「昨天晚上沒有新的進來。我猜想沒有人想在聖誕節之前死掉吧。布里斯托醫師十點要出庭作證，之後他想直接回家，如果你可以幫他待命的話。」

「要是今天沒什麼事，我想我自己也會提早下班。」

露易絲驚訝地抬起一邊眉毛。「希望你是有開心的事情要去辦。」

「那當然，」莫拉笑著說，「我要去大採購。」

莫拉走進自己的辦公室，就連辦公桌上等著她審閱的那一疊厚厚的驗屍報告和口述資料，都無法破壞她的心情。坐在桌前，她開心地吃著巧克力，一面工作到中午，然後到下午，希望能在三點時提早離開，直奔薩克斯第五大道百貨公司。

所以她完全沒想到嘉柏瑞．狄恩會來訪。當他下午兩點半走進她的辦公室時，她完全沒預料到他的來訪會完全改變她的這一天。一如往常，她發現他很難猜透，而且再一次，她想到容易激動的瑞卓利和這個冷靜的謎樣男人之間，居然會發展出戀情來，真是令人跌破眼鏡。

「我今天下午要回華府了，」他說，放下他的公事包。「離開之間，我有件事想請教你的意見。」

「沒問題。」

「首先，我可以看那位無名氏的遺體嗎？」

「一切都寫在我的驗屍報告裡了。」

「雖然如此，我覺得還是應該親眼看一下。」

莫拉站起來。「我得先警告你，」她說，「你看了會很不舒服。」

冰櫃只能減緩分解過程，無法予以停止。莫拉打開冰櫃，拉下白色屍袋的拉鍊時，還得準備好忍受臭氣。她已經警告過狄恩有關屍體的外觀，於是塑膠屍袋張開時，他沒有瑟縮，冷靜看著臉被割掉的那片組織。

「她的臉完全被剝除了，」莫拉說，「皮膚沿著髮際線割開，然後往下拉，同時在皮膚下方割一刀，就像剝掉一張面具。」

「然後他把臉皮帶走了？」

「帶走的不光是臉皮而已。」莫拉把屍袋的拉鍊拉到底，釋放出的臭味好強烈，害她很後悔沒戴上口罩和面甲。可是狄恩只是要求人略看一下而已，而不是全面檢視，於是他們只戴了手套。

「還有手。」他說。

「兩手都切除了，外加雙腳也是。一開始，我們以為這個人有收集癖。把身體部位當成戰利品。另一個可能性是，他想隱瞞被害人的身分。沒有指紋，沒有臉。這是很務實的理由。」

「只除了雙腳。」

「對，這一點實在沒道理，於是我明白，他切除肢體可能有別的原因。結果不是為了要隱瞞她的身分，而是要隱瞞她罹患痲瘋病的診斷。」

「還有她皮膚上遍佈的這些病變？也是因為漢生病？」

「這種疹子叫做痲瘋性結節紅斑。是對藥物治療的一種反應。她顯然一直在接受針對漢生病的抗生素治療。所以我們在她的皮膚切片裡，才會找不到任何活動的桿菌。」

「所以這些病變，並不是漢生病引起的？」

「對，那是最近接受過抗生素治療的副作用。根據她的X光片，她罹患漢生病已經有一段時間了，大概是過了很多年，才開始接受治療的。」她抬頭看著狄恩。「你看夠了嗎？」

他點點頭。「現在我想給你看一些東西。」

上樓回到她的辦公室，狄恩打開公事包，拿出一個檔案夾。「昨天我們碰面後，我打電話給國際刑警組織，跟他們要巴拉村大屠殺的相關資料。這是印度中央調查局的特殊刑案處傳真給我的。他們另外用電子郵件寄來了一些數位照片，我希望你看一下。」

她打開檔案夾，看到最上面一張。「這是警方檔案。」

「來自印度的安得拉邦，巴拉村就屬於那個邦。」

「他們的調查現在是什麼狀況？」

「還在進行中。事發至今已經一年了，他們都沒有什麼進展。我想這個案子大概永遠破不了。我甚至不確定他們會優先調查。」

「將近一百個人被屠殺了啊，狄恩探員。」

「沒錯，但是你要考量到這個事件的背景。」

「發生地震是事件。颶風來襲是事件。但是全村人被屠殺就不是事件了。這是一樁違反人性的罪案。」

「看看南亞地區正在發生的其他事件。在喀什米爾，印度教徒和穆斯林都發動了大屠殺。在印度，坦米爾人和錫克教徒都被殘殺。然後還有那些因為種姓階級而造成的殺人案。極左共產黨游擊隊所發動的爆炸案——」

「瑪麗・克雷蒙特院長相信那是一場宗教屠殺。是針對基督徒的攻擊。」

「這樣的攻擊的確會發生在那一帶。但是娥蘇拉修女工作的那家診所，是由一個非宗教性的慈善團體設立的。另外兩位護士——死在大屠殺裡的——跟任何教會都無關。這就是為什麼安得拉邦的警方不太相信這是一樁宗教攻擊。他們認為或許是政治攻擊，也或許是仇恨犯罪，因為被害人是痲瘋病人。這是一個受人鄙視的村子。」他指著她手裡的檔案。「我希望你看看裡面的驗屍報告，還有犯罪現場照片。」

她翻了一頁，看著一張照片。那影像讓她震懾得說不出話來，也沒法別開眼睛。

那是一幅末日景象。

一堆堆冒著煙的木頭和灰燼上，堆疊著焦黑的屍首。火的熱度讓屈肌收縮，那些屍體固定成一種拳擊手的姿勢。混合在那些人類遺骸中的，還有死去的山羊，毛皮燒得焦黑。

「他們殺光了一切，」狄恩說，「人、動物，就連雞也被屠殺後燒掉。」

她逼自己去看下一張照片。

又是屍體，被火焰燒得更徹底，只剩一堆堆焦黑的骨頭。

「攻擊發生在夜間，」狄恩說，「直到第二天早上，才有人發現屍體。附近一家工廠的白天班工人注意到底下的村子裡有濃煙往上冒。他們過去察看時，就發現了這些場面。九十七個人死了，其中很多是女人和兒童，還有診所裡的兩名護士——兩個都是美國人。」

「就是娥蘇拉工作的那家診所。」

狄恩點點頭。「接下來，有一件很有趣的細節。」他說。

聽到他口氣改變，她抬起頭，注意力忽然集中起來。「什麼？」

「那家工廠，靠近村子的。」

「怎麼了？」

「是八角形化學公司所擁有的。」

她瞪著他。「八角形？就是霍華．瑞菲德以前服務的那家公司？」

狄恩點點頭。就是證交會正在調查的那家。這三個被害人之間有很多相連的線索，看起來開始像個大型蜘蛛網了。我們知道霍華．瑞菲德曾是八角形公司負責海外營運的副總裁，而靠近巴拉村的那家工廠，就是八角形公司所擁有的。我們知道娥蘇拉曾在巴拉村工作。我們知道無名氏女子罹患漢生病，所以她可能以前也住在巴拉村。」

「一切都要回到那個村子。」她說。

「還有那場大屠殺。」

她的目光落回那些照片。「你希望我從這些驗屍報告裡發現什麼？」

「看那些印度病理學家有沒有漏掉什麼。說不定會有透露那場攻擊的線索。」

她看著那些焚燒的屍體搖搖頭。「恐怕很困難。焚燒的摧毀力量太大。只要牽涉到火的，死因就可能無法斷定，除非還有其他證據。比方子彈，或是骨折。」

「根據那些驗屍報告，有一些頭骨被敲破了。他們判定被害人很可能是在睡夢中被重器敲擊。然後屍體被從小屋裡拖出來，堆成幾堆，放火焚燒。」

她轉向另一張照片，又是另一幅地獄景象。「這麼多被害人，」她低聲說，「沒有一個逃出來的？」

「事情一定發生得很快。很多被害人大概因為疾病而瘸腿，沒辦法跑。畢竟，這個村子是痲瘋病人的庇護所，與世隔絕，孤立在一條路的盡頭。一大群攻擊者可以突然去襲擊，然後輕易殺掉一百個人。不會有其他人聽到尖叫。」

莫拉翻看檔案夾裡的最後一張照片。裡頭是一棟刷了石灰水的小房子，屋頂是鍍錫浪板。牆面被火燒黑了。又是一堆屍體躺在門外，四肢交纏，臉燒得無法辨識。

「村裡唯一沒垮的建築物就是那間診所，因為是用煤渣磚蓋的，」狄恩說，「兩名美國護士的殘骸就是在那一堆裡頭發現的。一個法醫人類學家已經鑑定出來。他說屍體燒得太徹底了，他相信攻擊者一定是用了助燃物。你同意這個說法嗎，艾爾思醫師？」

莫拉沒有回答。她的注意力不再放在那些屍體上頭，而是盯著另一個遠遠更令她困擾的東西。讓她有幾秒鐘忘了呼吸。

在診所門口上方，掛著一個招牌，上頭有個清楚的標誌：一隻飛翔的鴿子，雙翼展開，慈愛地保護著一個藍色的球。那個標誌她一眼就認出來了。

這是「一個地球」的診所。

「艾爾思醫師？」狄恩說。

她抬起頭，很震驚。這才明白他還在等著她的回答。「屍體……不見得容易焚化，」她說，「因為含水量太高。」

「這些屍體都燒焦到只剩骨頭了。」

「是的。沒錯。所以助燃物——你說得沒錯，大概用了助燃物。」

「汽油嗎？」

「汽油可以，而且是最容易得到的。」她的目光又回到照片裡那棟燒焦的診所。「另外，你可以清楚看到火葬柴堆的遺跡，後來崩塌了。這些燒焦的樹枝……」

「這樣會有差別嗎？利用柴堆？」狄恩問。

她清了清嗓子。「把屍體抬離地面，讓融化的油脂滴到火焰裡。可以……可以火上加油。」

她忽然一把抓起照片，放回檔案夾裡，然後雙手緊握，放在那個牛皮紙檔案夾上。她感覺到那檔案夾光滑的表面，裡頭的東西在她心裡咬出了一個洞。「如果你不介意的話，狄恩探員，我需要一些時間看這些解剖報告，再給你答覆。我可以留著整份檔案嗎？」

「當然可以。」狄恩站起來。「你可以打電話到華府給我。」

她依然瞪著那個檔案夾，沒看到他走向門口，也不曉得他又回頭，注視著她。

「艾爾思醫師？」

她抬頭？「是的？」

「我還有另一件重要的事情。跟案子無關，是私人的事情。我不確定是不是應該問你。」

「是什麼事，狄恩探員？」

「你跟珍常常談話嗎？」

「那當然。在這個案子的偵查過程中——」

「不是關於工作，而是有關困擾她的事。」

她猶豫了。我可以告訴他，她心想。應該要有人告訴他的。

「她老是繃得很緊，」他說，「但是還有別的事情。我看得出來，她的壓力很大。」

「那個修道院的攻擊案，對她來說很棘手。」

「不是調查，而是有別的事情困擾她。但是她不肯告訴我是什麼事。」

「你不該來問我的。你得去跟珍談。」

「我試過了。」

「然後呢？」

「她一副公事公辦的態度。你知道她有辦法那樣的，像個該死的機器警察。」他嘆氣，低聲說：「我想我就要失去她了。」

「有一件事我要問你，狄恩探員。」

「什麼事？」

「你在乎她嗎？」

他毫不退縮地迎視她的目光。「如果我不在乎她，就不會問你這個問題了。」

「那麼我要說的這句話，請你一定要相信我。你還沒失去她。如果她似乎很冷淡，那只是因為她害怕。」

「珍？」他搖搖頭大笑。「她什麼都不怕。尤其不會怕我。」

莫拉看著他走出辦公室，心想：你錯了。我們全都害怕那些可以傷害我們的人。

小時候，瑞卓利很喜歡冬天。她會一整個夏天期盼著第一場冬雪，期盼著早晨拉開臥室窗簾，看到地面罩上白色，那片純淨還沒有被腳印污染。她會大笑著跑出屋子，撲向雪堆。現在，她在中午的車陣和眾多的假日購物客人潮中奮戰，想著到底是誰偷走了那種冬天的魔法。

想到明天的平安夜要跟家人共度，她就開心不起來。她知道這個晚上會如何度過：每個人都大吃火雞，嘴巴滿得沒法說話。她哥哥法蘭基喝了太多加了蘭姆酒的蛋酒，變得大嗓門又討人厭。她父親手裡拿著電視遙控器，把ＥＳＰＮ的聲音調高，壓下了任何有意義的談話。而她母親安琪拉則是做了一整天菜累壞了，坐在扶手椅上打瞌睡。每一年，他們都重複著同樣的老規矩，但構成一個家的就是這些，她心想。我們以同樣的方式，做著同樣的事情，無論這些事是否會讓我們開心。

雖然她不想購物，但也實在不能再拖了。平安夜出現在瑞卓利家，你就是不能不帶著滿手禮物。禮物有多麼不適當都無所謂，只要包裝得很漂亮，而且每個人都有一個。去年法蘭基那個混蛋，送給她一個墨西哥買的蟾蜍皮零錢包。殘忍地提醒她那個小時候的綽號。青蛙送給青蛙。

今年，法蘭基完了。

她推著購物推車，進入人潮洶湧的標靶百貨商場，尋找一個足以跟蟾蜍零錢包相匹敵的禮物。她懷著堅定的決心，在裝飾著金屬絲花環的商場走道往前，擴音器裡播放著聖誕頌歌，機器聖誕老人對著顧客發出呵呵笑聲。給她爸的，是一雙羊毛襯裡的軟皮鞋。給她媽的，是一把愛爾蘭製造的茶壺，上頭裝飾著小小的粉紅色玫瑰花蕾。給她弟弟麥克的是一件格子浴袍，另外給他的新女友艾玲的，則是一對奧地利血紅色水晶的耳墜。她甚至還幫艾玲兩個年幼的雙胞胎兒子都買了禮物，是同款的兒童連身防雪衣，上頭裝飾著幾道並排的直條紋。

但是給法蘭基那個混蛋的禮物，卻始終找不到適合的。

她來到男生內衣的那排走道。這裡有可能找到適合的。海軍陸戰隊的男子漢法蘭基穿著粉紅色的丁字褲？不，太噁了；連她也沒辦法那麼低級。她繼續走，經過了三角內褲區，然後來到了四角寬鬆內褲區腳步慢了下來，忽然想到的不是法蘭基，而是嘉柏瑞，穿著他的灰色西裝，打著他無趣的領帶。一個安靜而品味保守的男人，就連內褲也同樣保守。這個男人可以把一個女人逼瘋，因為她永遠不曉得跟他的感情算什麼；也永遠不曉得在那身灰色西裝底下，是不是真有一顆心臟在跳動。

她忽然離開那條走道，繼續往前。該死，專心！找個給法蘭基的禮物。一本書？她可以想出幾個適合的書名。《禮貌小姐教你不要成為一個混蛋》。可惜禮貌小姐從來沒寫過這本書；要是有，一定會暢銷的。她來到走道盡頭，轉到下一條，繼續尋找。

然後她停下來，喉嚨發痛，緊抓著推車的雙手麻痹。

這條走道是嬰兒用品。她看到小小的法蘭絨包屁衣，上頭繡著小鴨子。玩偶大小的連指手套和嬰兒軟鞋，還有毛茸茸的帽子，頂端有一朵毛線絨球。一架架用來包住新生兒的粉紅色和藍色浴毯。她注意的是那些毯子，想起卡蜜兒把她自己死去的嬰兒包在粉藍色毯子裡，包進一個母親的愛，一個母親的哀慟。

她一時看得出神，因而手機響了好幾聲，她才發現。她趕忙從皮包裡掏出來，茫然地接了：「我是瑞卓利。」

「嘿，警探。我是華特．德古特。」

德古特是在鑑識組的DNA部門工作。通常都是瑞卓利打電話給他，希望能加快檢驗的速度。今天接到他的電話，她不是很起勁。

「我們用母親的DNA，跟你們在池塘發現的那個嬰兒做比對了。」

「你有什麼消息要給我？」她問，雙眼回到那些嬰兒毯上頭。

「怎麼樣？」

「被害人卡蜜兒．麥基尼斯，絕對是那個小孩的母親。」

瑞卓利疲倦地嘆了口氣。「謝了，華特，」她喃喃說，「我們也料到會是這樣。」

「慢著，還有別的。」

「還有別的？」

「這個消息，我不認為你們事前料到了。是有關嬰兒的父親。」

忽然間，她完全專注在華特的聲音，專注在他即將告訴她的事情。

「有關那個父親什麼？」

「我知道他是誰。」

18

瑞卓利一路開著車，從下午開到灰色的薄暮，看著前方的馬路籠罩在一片湧動的濃霧中。她剛剛買的禮物還堆在後座，外加幾捲包裝紙和銀箔繫帶，但她的心思已經不在聖誕節上頭了。她一心想著一個年輕女孩，赤足走過雪地。這個女孩想感受凍傷的疼痛，只為了掩蓋她更深的痛苦。但什麼都比不上這個女孩的祕密煎熬，再多的禱告或自我鞭笞，都無法平息她心中痛苦的尖叫。

等到她終於駛過那對花崗岩墩柱，來到卡蜜兒父母家的車道上，已經快五點了，她的肩膀也因為長時間開車而僵硬。她下了車，吸了一大口刺骨的海風。然後走上台階，按了門鈴。

那個深色頭髮的管家瑪麗亞來應門。「對不起，警探，但是麥基尼斯太太不在家。她跟你有約嗎？」

「沒有。她幾點會回來？」

「她和兩位少爺出去購物了。應該會回來吃晚餐。我想再一個小時吧。」

「那我就進去等她。」

「我不確定——」

「我就進去陪一下麥基尼斯先生。如果可以的話。」

瑪麗亞不情願地讓她進屋。這個女人已經長期習慣服從他人了，不太可能會對著一個執法人員關上門。

瑞卓利不需要瑪麗亞帶路：她穿過同樣光亮的地板，經過同樣的那幾幅海景畫作，走進海景室。窗外南塔吉特灣的景色感覺很不祥，狂風攪動的海水裡散佈著白色的浪頭。蘭道・麥基尼斯往右側躺在病床上，臉轉向窗子，於是他就能看到逐漸成形的風暴。等於坐在第一排位置，看著這場大自然的騷動。

那位雇來的護士坐在他旁邊，看到訪客來了，隨即站起來。「哈囉？」

「我是瑞卓利警探，波士頓市警局的。我只是要等麥基尼斯太太回來。不過我也想探望一下麥基尼斯先生，看他最近的狀況。」

「他大概還是老樣子。」

「他中風之後的進展怎麼樣？」

「到現在已經做了幾個月的物理治療了。不過他的損害相當嚴重。」

「是永久性的嗎？」

那護士看了一眼病人，然後比了個手勢，示意瑞卓利跟著她走出房間。來到外頭走廊上，那護士說：「我不喜歡在他面前提。我知道他會聽到，他都聽得懂的。」

「你怎麼曉得？」

「從他看我的那個樣子。從他對事情的反應。即使他沒辦法說話，但他腦子還是很清楚。我今天下午放了一張他最喜歡的歌劇ＣＤ——《波西米亞人》。我看到他眼裡有淚水。」

「說不定不是音樂的緣故，而是因為挫敗感。」

「他絕對有權利感到挫敗。中風八個月了，他幾乎一點都沒有好轉。這樣的預後很不樂觀。幾乎可以確定，他再也不能走路了。他有一半的身體會永遠癱瘓。至於講話，唔——」她悲傷地搖了一下頭。「他的中風很嚴重。」

瑞卓利轉向海景房。「如果你想休息一下，我很樂意陪他坐一會兒。」

「你不介意？」

「除非他需要什麼特別照護。」

「不，你什麼都不用做。只要跟他講講話就好。他會很感激的。」

「好，我會的。」

瑞卓利回到海景室，拉了張椅子到床邊。她在可以看到蘭道．麥基尼斯眼睛的地方坐下來。讓他沒有辦法迴避，非得看著她不可。

「嗨，蘭道，」她說，「還記得我嗎？瑞卓利警探。我是調查你女兒謀殺案的警察。你知道卡蜜兒死了，對吧？」

她看到他灰色眼珠裡閃過一絲哀傷，表示他明白，表示他在哀悼。

「她很美，你的女兒卡蜜兒。但是你知道這點，對吧？你怎麼可能不知道呢？在這個屋子裡的每一天，你都看著她。你看到她長大，變成一個年輕女人。」她暫停。「然後你看著她崩潰。」

那雙眼睛還是盯著她，還是聽著她所說的每一個字。

「所以你是什麼時候開始上她的，蘭道？」

窗外，陣陣狂風吹過南塔吉特灣。即使在褪淡的天光中，白色的浪頭仍發出微光，在深色的洶湧海水中形成一個個明亮的小點。

蘭道．麥基尼斯再也不看她了，他的目光轉而往下，拚命想躲開她的眼睛。

「她母親害死自己的時候，她才八歲。忽然間，卡蜜兒就沒有其他任何人可以仰靠，只剩爹地了。她需要你。她信任你，結果你做了什麼？」瑞卓利厭惡地搖搖頭。「你明知道她有多麼脆弱。你明知道為什麼她赤腳走過雪地，為什麼把自己鎖在房間裡。為什麼她要離家去修道院。她是為了要逃離你。」

瑞卓利湊得離他更近，近得足以聞到他成人紙尿布透出來的尿味。

「她唯一回家拜訪的那一次，大概以為你不會再碰她了。以為就這麼一回，你不會打擾她。你家裡有一屋子親戚來參加葬禮。但結果還是阻止不了你，對吧？」

蘭道的雙眼還是迴避著她的，還是往下看。瑞卓利在床邊低下身子湊近，近得無論他往哪裡看，都只能看到眼前的她。

「她生的小孩是你的，蘭道，」她說，「我們根本不需要你的DNA採樣，就可以證明了。嬰兒的DNA跟母親太符合了。證據就寫在那裡，在嬰兒的DNA裡。一個亂倫的孩子。你知道你害她懷孕了嗎？你知道你毀掉自己的女兒嗎？」

她就坐在那張椅子上好一會兒，瞪著他。在沉默中，她可以聽到他呼吸加快，那喘氣聲表明這個男人拚命想溜掉，但是沒辦法。

「你知道，蘭道，我不太相信有上帝的存在。不過你讓我思考，或許我搞錯了。因為看看你現在這樣。三月時，你上了自己的女兒。到了四月，你就中風了。你再也沒辦法動，連講話都沒辦法。你只剩一個腦子困在一個死掉的身體裡，蘭道。如果這不是神的正義，那我就不曉得還有什麼才是了。」

他現在在抽泣，努力想讓無用的四肢動起來。

她湊上前去，在他耳邊低聲說：「你聞得到自己爛掉的氣味嗎？正當你躺在這裡，尿在你的紙尿布裡，你認為你老婆蘿倫在做什麼？大概正在享受美好時光，大概找到另外一個人作伴。想一想吧。你雖然活著，但也等於是在地獄裡了。」

然後她發出一聲滿足的嘆息，站了起來。「祝你有美好的一生，蘭道。」她說，然後走出房間。

她走向前門時，聽到瑪麗亞喊她：「你要走了嗎，警探？」

「是啊，我決定不要等麥基尼斯太太了。」

「那我要怎麼跟她說？」

「就說我來過一趟。」瑞卓利回頭朝海景室看了一眼。「喔，另外告訴她這件事。」

「什麼？」

「我想蘭道想念卡蜜兒。你們不妨把她的照片放在他看得到的地方，讓他隨時都看得到。」

她微笑著打開前門。「他會很感謝的。」

聖誕燈在她的客廳裡閃爍。

車庫門往上緩緩掀起，莫拉看到維克多租來的車停在裡面，佔據了車庫的右邊，彷彿就屬於那裡。彷彿這棟房子現在也是他的。她開進去停在旁邊，氣呼呼把鑰匙轉了一下，關掉引擎。趁車庫門再度關上時，她在車上等了一會兒，試圖讓自己冷靜下來，以面對接下來的事情。

她抓了公事包下車。

進了屋裡，她慢條斯理地掛好大衣，放下皮包。然後手裡還提著公事包，走向廚房。

維克多在調酒杯裡面放了冰塊，朝她微笑。「嘿。我正要幫你調你最喜歡的雞尾酒。晚餐已經放在烤箱裡了。我要向你證明有個男人在屋裡是有用處的。」

她看著他搖晃著調酒杯裡的冰塊，把調好的酒倒進一個馬丁尼杯，然後遞給她。

「獻給這個屋裡努力工作的女人。」他說，然後吻了一下她的唇。

她站在那裡，一動也不動。

他緩緩後退，雙眼搜尋著她的臉。「怎麼了？」

她放下杯子。「現在該是你對我誠實的時候了。」

「你認為我之前都不誠實？」

「我不曉得。」

「如果你要談的是三年前——我所犯的那個錯——」

「不是當時發生的事情，而是現在。有關你現在對我是不是誠實。」

他不知所措地笑了一聲。「這回我做錯了什麼？我該為什麼道歉？因為如果你希望我道歉，我很樂意。要命，我甚至願意為我沒做過的事情道歉。」

「我要的不是道歉，維克多。」她伸手到公事包裡，拿出嘉柏瑞・狄恩借給她的那份檔案，朝他遞過去。「我只希望你告訴我有關這個的事情。」

「這是什麼？」

「是警方檔案，國際刑警組織轉過來的。有關去年在印度發生的一場大屠殺。在海德拉巴市外頭的一個小村。」

他打開檔案，看到第一張照片，皺起臉。他一言不發翻到下一張，再下一張。

「維克多？」

他闔上檔案看著她。「有關這個，我該說些什麼？」

「你知道這場大屠殺的事，對不對？」

「我當然知道。他們攻擊的是『一個地球』的診所。我們在那裡失去了兩位義工。就是那兩位護士。以我的職責，當然一定會知道這件事。」

「你都沒告訴過我。」

「那是一年前發生的事情，我為什麼應該告訴你？」

「因為這跟我們的調查有關。在灰岩修道院遭到攻擊的其中一名修女，就曾在『一個地球』的同一家診所服務過。這件事你早知道了，對吧？」

「你認為『一個地球』的義工有多少？我們有好幾千個醫療人員，分佈在超過八十個國家。」

「告訴我就是了，維克多。你知道娥蘇拉修女曾經在『一個地球』服務嗎？」

他轉身走向水槽。然後站在那裡瞪著窗外，儘管窗外根本什麼都看不到，只有一片黑暗。

「真有趣，」她說，「在我們離婚之後，我從來沒有你的消息。一個字都沒有。」

「我需要指出你也從來沒聯絡過我嗎？」

「沒寫過信，沒打過一通電話。如果我想知道你最近的狀況，就只能從《人物》雜誌上看到。維克多·班克斯，人道慈善活動的聖人。」

「聖人可不是我自己封的，莫拉。你不能拿這個來攻擊我。」

「然後忽然間，沒頭沒腦地，你出現在波士頓這裡，急著要找我。就在我開始協助這樁兇殺案偵辦的時候。」

他轉身看著她。「你不認為我會想見你？」

「你等了三年。」

「沒錯。等太久了。」

「為什麼是現在？」

他搜尋著她的臉，彷彿想看到某種理解的痕跡。「我一直很想念你，莫拉。真的。」

「但那不是你一開始來找我的理由，對吧？」

他停頓了許久。「對，的確沒錯。」

她忽然筋疲力竭，在一張餐桌旁的椅子坐下來，低頭看著那個檔案夾。「那你為什麼要來找我？」

「當時我正在我的旅館房間穿衣服，電視開著。我聽到新聞播報著修道院的那樁攻擊案。我看到你在裡頭，在攝影機裡。就在犯罪現場。」

「就是你第一次留話給我秘書的那天。同一個下午。」

他點頭。「老天，你在電視上太漂亮了。穿著那件黑大衣，包得緊緊的。我都忘了你有多美。」

「但那不是你打電話找我的原因，不是嗎？你有興趣的是那樁謀殺案。你打電話來，是因為我是負責這個案子的法醫。」

他沒回答。

「你知道被害人之一曾在『一個地球』工作。你想查出警方知道些什麼，我知道些什麼。」

他還是沒回答。

「你為什麼不直接問我就好？為什麼你想隱瞞？」

他直起身子，目光忽然挑戰著她的。「你知道我們每年救了多少人命嗎？」

「你沒回答我的問題。」

「我們預防接種的兒童有多少？在我們診所裡接受她們唯一產前檢查的懷孕婦女有多少？他們仰賴我們，因為他們沒有其他人可以仰賴。而『一個地球』之所以能倖存下去，只因為那些捐助人的善意。我們的聲譽必須完美無瑕。隨便一個壞媒體的閒話，我們所能得到的捐款就會像這樣。」他彈了一下手指。

「那些跟這個案子的調查有什麼關係？」

「我過去二十年從零開始，把『一個地球』建立起來，但重點從來不在於我，而是在於他們——沒有其他人關心的那些人。他們才是真正重要的。那就是為什麼，我不能讓任何事情危害到我們的資金。」

錢，她心想。一切都是為了錢。

她瞪著他。「你的企業捐助者。」

「什麼？」

「你跟我說過。你去年收到一大筆捐款，是來自一家大公司。」

「我們有很多捐款來源——」

「是八角形化學公司嗎？」

他臉上的震驚表情回答了她的問題。她聽到他猛吸一口氣，好像準備要否認，然後又把氣吐出來，半個字都沒說。他沉默下來，知道爭辯也是徒勞。

「要確認並不困難，」莫拉說，「為什麼你不老實告訴我就是了？」

他低頭，疲倦地點了個頭。「八角形公司是我們的主要捐助者之一。」

「他們希望你們怎麼樣？為了回報那筆錢，『一個地球』必須做些什麼？」

「你為什麼認為我們必須做什麼？我們的工作自然證明了一切。你以為為什麼有那麼多國家歡迎我們？因為人們相信我們。我們不歸附任何宗教，我們也不會涉入當地政治。我們只是到那裡幫助他們。這才是真正重要的，不是嗎？去拯救人命。」

「那娥蘇拉修女的命呢？對你來說也重要嗎？」

「當然重要！」

「現在她完全只靠生命維持系統了。再做一次腦電波圖，他們大概就要拔掉那個系統了。誰希望她死，維克多？」

「我怎麼會知道？」

「你好像知道很多事，卻從來沒有告訴我。你知道其中一個被害人幫你做過事。」

「我不認為那是有關的。」

「這點你應該讓我來判斷。」

「你說過你們的焦點是在另一個修女身上。年輕的那個。你唯一談過的被害人就是她。我以為這樁攻擊案和娥蘇拉完全無關。」

「你隱瞞了資訊。」

「現在你講話像個該死的警察。所以你打算向我亮出警徽，接下來是手銬了？」

「我正在設法不要讓警方介入。我在設法給你一個解釋的機會。」

「何必那麼費事呢？你已經做出判決了。」

「而你已經表現得像是有罪了。」

他站在那邊一動也不動，目光轉開，一手緊抓著花崗岩料理台面。幾秒鐘沉默地過去了。她忽然注意到那個木頭菜刀架，就在他伸手可及之處。八把德國Wüsthof的主廚刀具，她向來磨得很利、隨時可以使用。她以前從來沒有怕過維克多。但是現在站在那些廚刀旁邊的那個男人，她完全不了解，甚至不認得了。

她低聲說：「我想你應該離開了。」

他轉身面對她。「你打算怎麼做？」

「你離開就是了，維克多。」

有好一會兒，他還是站在那裡沒動。她瞪著他，心臟猛跳，每根肌肉都繃緊了。她看著他的手，等著他的下一個動作，從頭到尾都想著：不，他不會傷害我的。我不相信他會傷害我。然後，同時又驚恐地意識到他雙手的力氣。她很好奇那雙手是否也曾拿起一把槌子，敲碎一個女人的頭骨。

「我愛你，莫拉，」他說，「但有些事情比你我更重要。在你做任何事之前，請先想想你可能摧毀什麼，想想你可能會傷害到多少人——無辜的人。」

他走向她時，她瑟縮了一下。但是他沒停下來，而是經過她旁邊一路走出去，他聽到他的腳步沿著走廊往前，然後前門甩上了。

她立刻起身，進入客廳。隔著窗子，她看著他的車倒出車道。她來到前門，把門鎖上。然後又去通往車庫的門，把維克多鎖在外頭。

她回到廚房，把後門也鎖上，一路手抖得好厲害。她轉身看著這個房間，感覺上變得好陌生，空氣中依然迴盪著威脅的餘音。維克多剛剛倒給她的雞尾酒還放在料理台面上。她拿起那杯再也不冰的酒，倒進水槽，彷彿那酒也遭到了污染。

她現在覺得自己也遭到污染了。被他的碰觸，被他的做愛。

她直奔浴室，脫掉衣服，進入淋浴間。她站在熱水的蒸氣下，企圖把自己皮膚上有關他的一切痕跡完全洗掉，但她無法清除回憶。她閉上眼睛，依然看到他的臉，依然記得他的碰觸。

她回到臥室，拆掉床單，他的氣味從床單上揚起。又是另一個令人痛苦的提醒。她用乾淨的床單鋪好床，上面不會有他們做愛的氣味了。她把浴室裡他用過的毛巾都換掉。回到廚房，她把他留在烤箱裡保溫的外帶食物都丟掉——那是焗烤千層茄子。

那天晚上她沒吃晚餐，而是倒了一杯金芬黛紅葡萄酒，拿到客廳。她點燃了瓦斯壁爐，坐在那裡瞪著聖誕樹。

聖誕快樂，她心想。我可以劃開一個人的胸部，露出軀幹裡的內臟。我可以切下一小片肺葉，透過顯微鏡診斷出是癌症、結核病或肺氣腫。但藏在人類心裡的祕密，不是我的解剖刀可以觸及的。

這杯葡萄酒是麻醉劑，緩和了她的痛苦。她喝完之後，就去睡覺了。

夜裡，她猛然驚醒，聽到了屋子在風中的嘎吱響聲。她的呼吸沉重，心臟狂跳，等著最後一絲夢魘逐漸褪去。焚燒的屍體像黑色樹枝般堆在一個火葬柴堆上。火焰的亮光照著周圍一圈站立的人。而她，設法躲在陰影中，設法躲開火光。即使在我的夢中，她心想，我還是逃離不了那些影像。我腦袋裡自有一個但丁的地獄。

她伸手摸著旁邊冰涼的床單，維克多之前曾睡在那裡。然後她想念起他來，他不在了，她忽然覺得好痛苦，於是雙臂交叉放在肚子上，好平息裡頭的空虛。

要是她搞錯了呢？要是他跟她講的是實話呢？

破曉時，她終於爬下床，覺得昏昏沉沉又焦慮不安。於是她到廚房去弄咖啡，然後坐在餐桌前，在昏暗的晨光中從她的馬克杯裡喝著。她的目光落在那個收著照片的檔案夾，依然放在餐桌上。

她打開來，看到啟發她昨夜夢魘的源頭。焚燒的屍體，焦黑的小屋遺跡。這麼多死人，她心想，在一夜突然發作的暴力之後被殺光了。會是什麼樣可怕的憤怒，逼得攻擊者大開殺戒，連動物都不放過？她望著那些死去的山羊和人類，混合成一大團屍首。

山羊。為什麼要殺掉山羊？

她反覆思索，想搞懂會是什麼原因，激發出這種無意義的毀滅行動。死去的動物。

她又轉而看下一張照片。裡頭是「一個地球」診所，煤渣磚牆被火燒得焦黑，成堆焚燒過的屍體放在門前。但此時她目光的焦點不是那些屍體，而是診所的屋頂，是鍍錫浪板做的，依然完整。她之前沒認真看過那個屋頂。現在她審視著上頭看起來像是落葉的東西。深色的污漬散佈在金屬浪板上。污漬太小了，她看不出任何細節。

她拿著照片進入工作間，打開燈，從書桌裡找到一把放大鏡。在明亮的檯燈下，她審視著那張照片，放大鏡對著鍍錫屋頂，看到了那些落葉的每個細節。那些深色污漬突然有了一種可怕的新形狀。一陣寒意沿著她的脊椎往上竄。她扔下放大鏡，驚呆地坐在那裡。

鳥。那些污漬是死掉的鳥。

她走進廚房，拿起電話，撥了瑞卓利的呼叫器。幾分鐘後，她的電話響了，她跳起來去接。

「有件事情我得告訴你。」莫拉說。

「在清晨六點三十分？」

「我昨天就該告訴狄恩探員的，在他離開波士頓之前。但是我當時什麼都不想說，我想先跟維克多談過。」

「維克多？就是你前夫？」

「是的。」

「他到底跟什麼事扯上關係？」

「我想他知道印度發生的事情。在那個村子。」

「他告訴你了？」

「還沒有。所以你們得把他帶去局裡問話。」

19

他們坐在巴瑞．佛斯特的車上，就停在柱廊飯店外頭。佛斯特和瑞卓利在前座，莫拉在後座。

「讓我先去跟他談一下。」莫拉說。

「你最好就待在這裡，醫師，」佛斯特說，「我們不曉得他會有什麼反應。」

「如果我去跟他談，他比較不會抗拒。」

「但是如果他有武器——」

「他不會傷害我的，」莫拉說，「而且我不希望你們傷害他，這樣清楚了嗎？你們不是來逮捕他的。」

「如果他決定不要跟我們去局裡呢？」

「他會去的。」她打開車門。「讓我來處理就是了。」

他們搭電梯到四樓，電梯裡還有另一對年輕夫婦，大概對旁邊這三個滿臉嚴肅的人很好奇。來到四二六號房門口，莫拉敲了門，瑞卓利和佛斯特站在她左右。

片刻過去了。

她正要再敲，門終於打開了，維克多站在那裡看著她。他的雙眼疲倦，表情無比哀傷。

「我還在想，不曉得你會怎麼決定，」他說，「我都開始希望……」他搖搖頭。

「維克多——」

「不過話說回來，我想我不該覺得驚訝的。」他看著站在走廊的瑞卓利和佛斯特，苦笑一聲。「你們帶了手銬嗎？」

「不需要手銬，」莫拉說，「他們只是想跟你談一談。」

「是啊，當然了。只是談一談。我應該打電話找律師嗎？」

「這要由你決定。」

「不，我要你告訴我。我會需要律師嗎？」

「這件事只有你自己才會知道，維克多。」

「這是個測試，對吧？有罪的人才會堅持要找律師。」

「找個律師絕對不會是壞主意。」

「那麼光是為了向你證明，我就不打算找律師了。」他看著兩位警探。「我得穿上鞋子，如果你們不反對的話。」他轉身走向櫥櫃。

莫拉對瑞卓利說：「你們能不能在外頭等一下？」她跟著維克多進房間，讓門在她身後盪回去關上，好讓他們有最後一刻的隱私。他坐在一張椅子上，正在綁靴子上的鞋帶。她注意到他的行李箱已經攤在床上了。

「你在打包。」她說。

「我已經訂了下午四點的班機要回家。不過我想，這些計畫就要改變了，對吧？」

「我必須告訴他們，很抱歉。」

「我相信你很抱歉。」

「我沒有選擇。」

他站起來。「你有過一個選擇，你也選了。我想這就說明一切了。」他走到房間另一頭，打開了門。「我準備好了，」他宣布道。他把一個鑰匙圈遞給瑞卓利。「我想你們會想搜索我租來的車吧。是一輛藍色豐田，停在三樓的車庫裡。可別說我不合作。」

佛斯特陪著維克多往電梯走。瑞卓利拉著莫拉的袖子，要她留在後頭。

「從這裡開始，你必須退出了。」瑞卓利說。

「是我把他交給你們的。」

「這就是為什麼你不能參與。」

「他曾經是我丈夫。」

「一點也沒錯。你得退出，讓我們處理這件事。你知道的。」

她當然知道。

但她還是跟著他們下樓。上了自己的車，尾隨著他們開到許若德街的市警局總部。她看得到維克多坐在後座。他只回頭看了她一次，是在等一個紅綠燈的時候。兩人眼神相遇，隔著車窗相望，只有片刻。然後他轉回頭去，再也沒朝她看了。

等她找到停車位，走進波士頓警局總部，他們已經把維克多帶上樓了。她搭了電梯到二樓，直奔兇殺組。

巴瑞．佛斯特攔住她。「你不能去後頭那裡，醫師。」

「他已經在接受訊問了嗎？」

「瑞卓利和克羅在負責。」

「是我把人交給你們的，該死。至少讓我聽聽他說些什麼吧。我可以在隔壁看。」

「你得在這邊等。」他說，然後又柔聲補充：「拜託，艾爾思醫師。」

她看著他同情的目光。在兇殺組所有的警探裡，只有他有辦法用一個體貼的眼神，就平息她的抗議。

「你就坐在我的位子吧？」他說，「我去幫你倒杯咖啡。」

她坐進一張椅子，瞪著佛斯特辦公桌上的那張照片，應該是他太太。一個漂亮的金髮女郎，有著高貴的顴骨。過了一會兒，他端著咖啡過來，放在她面前。

她沒碰那杯咖啡，只是盯著佛斯特太太的照片，想著別人的婚姻，想著幸福的結局。

瑞卓利不喜歡維克多·班克斯。

他坐在偵訊室的桌子前，冷靜地喝著一杯水，雙肩放鬆，那個姿勢簡直是漫不經心。這男人長得很好看，而且他自己知道。太好看了。她看著那件老舊的皮夾克，還有卡其長褲，覺得這人像個高檔的印第安納·瓊斯，只是缺了皮鞭。而且他還有醫學博士學位，以及純金的人道主義者資歷。啊沒錯，女人會被他吸引。就連在解剖室裡向來冷靜又清醒的艾爾思醫師，也愛上了這個人。

而你這狗娘養的，居然背叛了她。

達倫・克羅坐在她右邊。稍早兩人講好，這場訊問將由她主導。到目前為止，維克多一直冷漠但合作，她的初步問題他都回答得很簡短，表明他對警察並不特別尊敬。

沒問題，等到這場訊問結束，他會尊敬她的。

「所以你在波士頓待多久了，班克斯先生？」她問。

「請叫我班克斯醫師。而且我告訴過你，我到這裡大約九天了。上個星期天晚上飛過來的。」

「你說你來波士頓是因為有一個約？」

「我的組織跟一些大學有建教合作計畫。」

「你的組織就是『一個地球』？」

「是的。我們是一個全球性的醫療慈善組織，在全世界各地開設診所。當然，我們歡迎任何有意願的醫學和護理學生，到我們診所當義工。那些學生可以得到實際的執業經驗，而我們則可以從他們的技術中受惠。」

「這個在哈佛大學的會面，是誰約的？」

他聳聳肩。「那只是例行性的拜訪。」

「那是誰打電話約的？」

一段沉默。逮到你了。

「是你，對吧？」她說，「你兩個星期前打電話到哈佛大學。跟那位院長說，你反正要來波士頓，問起能不能去他辦公室拜訪一下。」

「我的人脈必須常常保持維繫。」

「你來波士頓的真正目的是什麼，班克斯醫師？沒有其他原因嗎？」

他停頓了一下。「有。」

「是什麼？」

「我的前妻住在這裡。我想來看她。」

「但是你跟她沒聯絡已經有多久？將近三年了吧。」

「顯然她已經都告訴你們了。那你還問我做什麼？」

「而忽然間，你這麼想見她，還飛過整個國家，根本不曉得她會不會願意見你？」

「愛情有時候是需要冒險的。這是信念問題。相信一些你看不到或摸不到的。我們就是得放手一搏。」他看著她的雙眼。「不是嗎，警探？」

瑞卓利感覺自己臉紅了，一時之間想不出能說什麼。維克多剛剛把問題倒回來問她，搞得她忽然覺得這段談話是有關她的。*愛情需要冒險。*

克羅打破沉默。「嘿，你的前妻是大美女啊，」他說，沒有敵意，而是男人彼此間那種輕鬆的口吻，現在他們不理會瑞卓利了。「我明白為什麼你會大老遠飛來想跟她復合。所以結果呢？」

「本來還算順利。」

「是啊，我聽說過去幾天你都住在她家。以我看，這樣的進展是相當不錯了。」

「我們就直接來談真相吧。」瑞卓利插嘴。

「真相？」

「你來到波士頓的真正原因？」

「你乾脆就告訴我你想要什麼答案，我直接告訴你吧？這樣可以節省雙方的時間。」

瑞卓利把一個檔案夾放在桌上。「看看這個吧。」

維克多打開來，看到的是那一套被毀掉的巴拉村照片。「我已經看過這些照片，」他說，然後又闔上檔案。「莫拉給我看過了。」

「你好像不是很有興趣。」

「看這些照片並不愉快。」

「本來就不是要讓你愉快的。你再看一遍吧。」她打開那個檔案夾，拿出其中一張照片，放在最上面。「尤其是這張。」

維克多看著克羅，好像要找個盟友對抗這個討厭的女人，但克羅只是給他一個我能怎麼樣？的聳肩。

「照片，班克斯醫師。」瑞卓利說。

「有關這張照片，我到底該說什麼？」

「那是『一個地球』在那個村子裡的診所。」

「這有什麼好驚訝的？我們會去人們需要我們的地方。這表示我們有時會碰到不舒適、甚至是危險的狀況。」他還是不看那張照片，還是迴避那個怪誕的影像。「這是身為人道主義工作者的代價。我們的病患冒什麼危險，我們就會跟著冒同樣的危險。」

「那個村子裡發生了什麼事？」

「我想答案很明顯。」

「看看這張照片。」

「我相信警方報告裡面都寫了。」

「看看這張該死的照片！告訴我你看到了什麼。」

他的目光終於往下看著那張照片。過了一會兒，他說：「焚燒的屍體，放在我們診所前面。」

「他們是怎麼死的？」

「我聽說是一場大屠殺。」

「你確定嗎？」

他的目光忽然往上抬起，盯著她。「我當時不在那裡，警探。當時我在舊金山的家裡，接到了印度打來的電話。所以你實在不能期望我提供細節。」

「你怎麼知道那是大屠殺？」

「是安得拉邦警方給我們的報告。說不是政治性、就是宗教性的攻擊，而且沒有目擊證人，因為這個村子相當孤立。人們都避免跟痲瘋病患有太多接觸。」

「但是他們燒毀了屍體，你不覺得這一點很奇怪嗎？」

「為什麼奇怪？」

「屍體被拖到一起，堆疊成小山，然後才放火。痲瘋病患應該是沒人想碰的。所以為什麼要拖著屍體，堆疊在一起？」

「這樣比較有效率吧，我猜想。堆在一起燒掉。」

「效率？」

「我是想找出其中的道理。」

「那麼，燒掉這些屍體的合理原因會是什麼？」

「憤怒？野蠻？我不曉得。」

「費那麼多事，搬動那些屍體。運來一桶又一桶汽油。堆起柴堆。從頭到尾，還隨時要擔心會被人發現。」

「你是想說什麼？」

「我是想說，這些屍體非得燒掉不可，好摧毀證據。」

「什麼證據？那顯然是一場大屠殺，再大的火也隱藏不了啊。」

「但是放一把火，就可以隱藏那不是一場大屠殺的事實了。」

看到他的目光轉開，雙眼忽然不願意看她，她並不覺得意外。

「我不曉得你為什麼要問我這些問題，」他說，「你為什麼不相信警方的報告？」

「因為他們要不是搞錯，就是收了賄賂。」

「那你知道這是什麼，是嗎？」

她敲敲那張照片。「再看一次，班克斯醫師。」

「我寧可不要。」

「這裡燒的不光是人類屍體而已。山羊也被屠殺後燒掉了，還有雞也是。真浪費——那麼多營養的肉。為什麼要殺掉山羊和雞，然後又燒掉呢？」

維克多諷刺地笑了一聲。「因為牠們可能也有痲瘋病？我不曉得！」

「這個答案無法解釋那些鳥所發生的事情。」

維克多搖頭。「什麼？」

瑞卓利指著診所的鍍錫浪板屋頂。「我敢說你根本沒注意到這個。但是艾爾思醫師注意到了。屋頂上的這些黑點。乍看之下像是落葉。但這不是很奇怪嗎，附近根本沒有任何樹，這裡怎麼會有樹葉呢？」

他沒吭聲，坐著完全不動，他低垂著頭，因此瑞卓利無法解讀他臉上的表情。但光是憑他的肢體語言，就表明他正在準備面對必然的後果了。

「這些不是樹葉，班克斯醫師。而是死掉的鳥。我相信是某種鴉類。其中三隻躺在照片的邊緣，你要怎麼解釋？」

他不在乎地聳聳肩。「我想，有可能中槍了吧。」

「警方沒提到任何開槍的證據。建築物上頭沒有子彈孔，當地也沒撿到任何彈殼。所有被害人身上都沒有找到子彈碎片。報告裡倒是提到有幾具屍首的頭骨破裂，所以他們假設被害人全都是在睡夢中被敲死的。」

「換了我也會這麼假設的。」

「那我們要怎麼解釋那些鳥？這些鴉類當然不會站在屋頂上，等著某個人爬上去用棍子敲牠們的頭。」

「我不曉得你是想推出什麼結論來。一堆死鳥跟這件事有什麼關係呢？」

「跟這件事大有關係。牠們不是被敲死的，也不是被射殺的。」

維克多冷哼一聲。「那就是吸入濃煙了？」

「等到這個村子被放火燒毀時，那些鳥已經死了。所有一切都死了。鳥、牲畜、人。沒有一個會動、會呼吸了。那是個滅絕區。所有生命都被消滅了。」

他沒有回答。

瑞卓利身子往前傾，湊到他眼前。「八角形化學公司今年捐給貴組織多少錢，班克斯醫師？」

維克多拿起水杯湊近嘴邊，慢條斯理喝著水。

「多少？」

「那是……幾千萬。」他看著克羅。「我想再加點水，如果你不介意的話。」

「幾千萬？」瑞卓利說，「八千五百萬吧？」

「有可能。」

「但是一年前，他們一毛都沒給你。所以是什麼改變了？八角形公司忽然良心發現了？」

「你應該去問他們。」

「我在問你。」

「我真的很想喝水。」

克羅嘆氣，拿了空杯子走出去。現在偵訊室裡只剩瑞卓利和維克多了。

她朝他湊得更近，正面攻擊他的舒適區。「一切都是為了錢，對吧？」她說，「八千五百萬可是很高的報酬。八角形公司一定是有可能損失很大，而你顯然藉由跟他們合作，有可能得到很多。」

「合作什麼？」

「沉默。幫他們保密。」

她拿了另一個檔案夾，扔在他面前的桌上。

「這是當時他們正在經營的一家殺蟲劑公司。就離巴拉村兩公里半，八角形公司在這家工廠儲存了好幾千磅的異氰酸甲酯，他們去年關閉了這家工廠，你知道嗎？就在巴拉村被攻擊之後，八角形公司放棄了那家工廠。所有人員全部解雇，然後用推土機把工廠推平。他們對外的正式解釋，是擔心恐怖分子攻擊。但是你其實不相信，對吧？」

「我沒什麼好多說的。」

「摧毀那個村子的不是大屠殺。不是恐怖分子攻擊。」她暫停一下，然後低聲說：「而是一場工業災難。」

20

維克多坐著不動，也不看瑞卓利。

「『博帕爾』這個地名，對你有任何意義嗎？」

又過了一會兒，他才回答。「當然有意義。」他輕聲說。

「告訴我你所知道的。」

「印度的博帕爾，一九八四年美國聯合碳化物公司的意外事件。」

「你知道那個事件裡，死了多少人嗎？」

「總共……我相信有幾千人。」

「六千人，」瑞卓利說，「聯合碳化物公司的殺蟲劑工廠意外釋放出有毒氣體，籠罩了沉睡中的博帕爾城。到了次日早晨，六千個人死了，幾十萬人受傷。有這麼多倖存者，這麼多目擊證人，真相就無法隱藏，無法壓制。」她低頭看著那張照片。「不像在巴拉村那樣。」

「我只能重複前面說過的話。我當時不在那裡。我沒看到。」

「但是我相信，你猜得到發生了什麼事。我們正在等八角形公司交出他們那個工廠員工的名單。其中總會有一個人肯說實話的。其中一個會確認事發經過。那是夜班時間，某個過勞的員工太大意了。或者他值班時打瞌睡，然後噗！冒出一大團毒氣，被風吹出去。」她暫停下來。「你知道急性暴露在異氰酸甲酯之下，對人體會造成什麼影響嗎，班克斯醫師？」

他當然知道，一定知道。但是他沒回答她。

「這種氣體有腐蝕性，光是碰觸就可以灼傷你的皮膚。所以想像一下，當你吸入時，會對你的氣管黏膜、你的肺臟造成什麼傷害。你開始咳嗽，喉嚨很痛。你感覺暈眩。然後你喘不過氣來，因為毒氣名副其實正在吃掉你的黏膜。液體滲入，大量流進你的肺臟。那稱之為肺水腫。你會淹死在自己的分泌物裡，班克斯醫師。但是我相信這些你都知道了，因為你是醫師。」

他認輸地點了個頭。

「那家八角形公司的工廠也知道。要不了多久，他們就發現自己犯了一個可怕的錯誤。他們知道異氰酸甲酯的密度比空氣大，會沉到地勢較低的地方。於是他們趕緊出去察看谷地裡的那個痲瘋村，就位於工廠的下風處。也就是巴拉村。結果他們發現全村都死光了。人、動物——沒有一個存活的。他們看著將近一百個人的屍體，知道都是自己害死的。他們知道他們麻煩大了。他們一定會吃上刑事罪名，可能會被逮捕。所以你認為他們接下來會怎麼做，班克斯醫師？」

「我不知道。」

「當然，他們慌了。換了你不會嗎？他們希望把問題變不見，讓問題消失。但是所有的證據怎麼辦？你不能把一百個人的屍體藏起來。你不能讓整個村子消失。何況，死者中有兩個美國人——兩名護士。她們的死不會被忽視的。」

她把那些照片攤在桌面上，一口氣可以看到全部。三張不同的照片，三堆不同的屍體。

「他們把屍體燒掉了，」她說，「他們得掩蓋自己的錯誤。或許他們甚至敲破了幾個頭骨，讓調查人員更困惑。在巴拉村發生的事情，一開始並不是犯罪事件，班克斯醫師。但是那一夜，變成了犯罪事件。」

維克多把椅子往後推。「我被逮捕了嗎，警探？因為我想離開了。我還要趕飛機。」

「這件事你已經知道一年了，對吧？但是你保持沉默，因為八角形公司收買了你。像這樣的大災難，會害他們付出幾億元的罰金。再加上官司和股價下跌的損失，更別說刑事罪名了。收買你要便宜得多。」

「你找錯人問了。我一直告訴你，我當時不在那裡。」

「但是你知道這件事。」

「我不是唯一知道的人。」

「誰告訴你的，班克斯醫師？你是怎麼發現的？」她湊近他，隔著桌子凝視。「你就乾脆告訴我們實話吧，然後或許你還有時間，趕得上那班往舊金山的飛機。」

他沉默了一會兒，看著攤在面前的照片。「她打給我，」他最後終於說，「從海德拉巴市。」

「娥蘇拉修女？」

他點點頭。「那是事情過後兩天。那時候，我已經從印度當局那邊聽說村裡發生了一場大屠殺。我們的兩個護士死了，他們認為那是一場恐怖分子攻擊。」

「娥蘇拉修女告訴你不是這樣嗎？」

「是的，但是我不曉得該不該當真。她聽起來很害怕，很煩惱。那個工廠的醫師給了她一些鎮靜劑，我想那些藥物讓她更糊塗了。」

「她到底跟你說了些什麼？」

「說調查完全搞錯了。說人們沒有說實話。還說她在一輛八角形公司的卡車上看到了一堆汽油桶。」

「她告訴警方了嗎？」

「你要了解她當時所處的狀況。她那天早上回到巴拉村時，到處都是焚毀的屍體——都是她認識的人。她是唯一的倖存者，身邊環繞著那個工廠的員工。然後警方到達，她把其中一名警察拉到一邊，指著那些汽油桶。她以為警方會調查的。」

「結果什麼都沒發生。」

他點點頭。「於是她開始害怕了。開始懷疑是不是能信任警方。直到杜林神父開車過去載她到海德拉巴市，她才覺得夠安全，於是打電話給我。」

「那你怎麼做？接到那通電話之後？」

「我能怎麼做？我離那邊有半個地球遠。」

「拜託，班克斯醫師。我不相信你只是坐在你舊金山的辦公室裡，就這麼算了。像你這種人，聽到這種爆炸性消息，不可能什麼事都不做的。」

「那我該做什麼？」

「就是你後來做的。」

「那是什麼？」

「我只要檢查一下你的電話紀錄就行了。裡頭應該查得到你打去辛辛那提的那通電話。打到八角形公司的總部。」

「我當然打給他們了！我才聽說他們的員工燒毀了一個村子，裡頭還有兩位我們的義工。」

「八角形公司裡是誰跟你談的？」

「一個男人。是個副總裁。」

「你記得他的名字嗎？」

「不記得。」

「不會是霍華．瑞菲德吧？」

「我不記得了。」

「你跟他說了什麼？」

維克多看了房門一眼。「為什麼倒個水要這麼久？」

「你跟他說了什麼，班克斯醫師？」

維克多嘆氣。「我跟他說，有一些關於巴拉村大屠殺的流言。說他們工廠的員工可能牽涉在內。他說他完全不曉得，又保證說他會去追查。」

「然後發生了什麼事？」

「大約一個小時之後，我接到八角形公司執行長的電話，想知道我那個流言是哪裡聽來的。」

「他就是當時提出要給你們組織上千萬的賄賂嗎？」

「不是那麼一回事的！」

「我不能怪你跟八角形公司達成協議，班克斯醫師。」瑞卓利說，「畢竟，損害已經造成，人死不能復生，所以你還不如利用這個悲劇，去做更大的善行。」她的聲音壓低，然後轉為幾乎是親密的口氣。「你當時就是這麼想的吧？與其讓幾億元進入律師的口袋，為什麼不直接把那些錢用來做善事？這樣很合理啊。」

「那是你說的，警探。我可沒說。」

「那他們是怎麼讓娥蘇拉修女閉嘴的？」

「你得去問波士頓總教區這個問題。我確定有人也跟他們達成了協議。」

瑞卓利暫停，忽然想起灰岩修道院。新的屋頂，種種整修工作。一群貧困的修女怎麼會有辦法保住這麼一筆價值不菲的不動產，還可以整修？她想起瑪麗．克雷蒙特院長說過的：出現了一個慷慨的捐助人來救她們。

門打開了，克羅端著一杯水進來，放在桌上。維克多趕緊喝了一大口。這個人一開始好冷靜，甚至是無禮，但此刻他看起來筋疲力盡，自信全失。

現在該榨出最後幾滴事實了。

瑞卓利湊近些，展開她最後的攻擊。「你來波士頓的真正目的是什麼，班克斯醫師？」

「我跟你說過了。我想來看莫拉——」

「八角形公司要求你來的，對吧？」

他又喝了一口水。

「對吧？」

「他們很擔心。」

「擔心什麼？」

「他們是證交會調查的目標。跟印度發生的事情完全無關。但因為『一個地球』收到的捐助很大筆，八角形公司擔心可能會引起證交會的注意，引發一些不必要的質疑。他們希望確保我們的說法一致，以防萬一我們被找去問話。」

「他們要求你幫他們撒謊？」

「不，只是保持沉默，如此而已。不要……不要提起印度就行了。」

「那如果你被要求出庭作證呢？如果你當庭被問到這件事？你會說實話嗎，班克斯醫師？說你收了錢，協助掩飾一樁罪行？」

「我們現在談的不是一樁罪行。而是一樁工業意外事件。」

「這就是你來波士頓的原因嗎？來說服娥蘇拉修女也保持沉默？繼續維持這個表面的謊言？」

「不是謊言。只是沉默。兩者是有差別的。」

「然後，總而言之，一切都變得複雜了。一個八角形公司的副總裁，名叫霍華．瑞菲德的，忽然決定要當吹哨人，約了要跟司法部談。不只如此，他還找到了一個來自印度的目擊證人。是他從印度帶回來的女人，要來作證。」

維克多抬起頭，用真心困惑的眼神看著她。「什麼目擊證人？」

「她當時在那裡，在巴拉村。是倖存的痲瘋病患，你聽了很驚訝嗎？」

「我不曉得有任何目擊證人。」

「她看到了自己村子裡發生的事情。她看到工廠來的那些男人把屍體拖著推起來，點火燒掉。她看到他們把她朋友和家人的頭骨敲破。她所看到的，她所知道的，足以擊垮八角形公司。」

「這件事我完全不曉得。沒人跟我說過還有另一個倖存者。」

「一切就要曝光了。那個事件，還有後來的隱瞞，以及收買。你可能願意幫忙撒謊，但是娥蘇拉修女呢？你要怎麼勸一個修女在法庭宣示下撒謊？這就棘手了，對吧？一個誠實的修女可以把一切都搞垮。她張開嘴，八千五百萬就會從你手上飛走了。而整個世界會看到聖人維克多從神壇摔下來。」

「我想我談完了。」他站起來。「我還要趕飛機。」

「你有機會，你有動機。」

「動機？」他不敢置信地大笑一聲。「謀殺一個修女的動機？你也不妨去指控總主教區，因為我很確定他們也收到了很多錢。」

「八角形公司承諾了你什麼？如果你來波士頓幫他們解決問題，就要給你更多錢？」

「首先你指控我謀殺，現在又說八角形公司雇用我？你能想像任何高層主管只為了掩蓋一場工業意外，而自己冒險去犯下謀殺罪嗎？」維克多搖頭。「沒有任何美國人因為博帕爾事件而去坐牢。也不會有美國人為了巴拉村事件去坐牢的。現在，我可以離開了嗎？」

瑞卓利朝克羅詢問地看了一眼。克羅只是沮喪地點了個頭，表示他已經聽到鑑識組的回報了。她在跟維克多問話的時候，鑑識組正在搜索那輛租來的車。顯然一無所獲。

他們沒有足夠的憑據留下他。

她說：「你暫時可以走了，班克斯醫師。但是我們得知道你的確切地點。」

「我會直接飛回舊金山。你們有我的地址。」維克多伸手去開門，然後停住，轉身面對瑞卓利。「在我離開之前，」他說，「我要你知道有關我的一件事。」

「什麼事，班克斯醫師？」

「我是醫師，記住這一點，警探。我是救人性命，不是取人性命的。」

莫拉看著維克多離開偵訊室。他直直看著前方走去，接近她那張辦公桌時，連朝她望一眼都沒有。

她站起身。「維克多？」

他停下，但沒轉向她；好像他根本沒辦法看她。

「發生了什麼事？」她問。

「你認為呢？我告訴他們我所知道的。我告訴他們實話。」

「我也只要求你這樣。向來如此。」

「我要去趕飛機了。」

她的手機響了。她低頭看了一眼，真想把那手機扔掉。

「你最好去接，」他說，一副氣憤的口吻。「可能有具屍體需要你。」

「死者有資格獲得我們的關注。」

「你知道嗎，莫拉，這就是你跟我之間的差異。你關心死者。我關心活著的人。」

她望著他離開，他沒再回頭過。

她的手機鈴聲停止了。

她打開手機，發現是聖方濟醫院打來的。她一直在等娥蘇拉第二次腦電波圖的結果，但眼前她沒有辦法處理這件事；維克多離開前說的那些話，給她的衝擊太大了。

瑞卓利走出偵訊室，朝她走來，臉上帶著歉意的神色。「很抱歉我們不能讓你旁聽。」瑞卓利說，「你了解為什麼，對吧？」

「不，我不了解。」莫拉把手機扔進皮包裡，望著瑞卓利的雙眼。「我把他交給你。我把答案送給你了。」

「而且他全都確認了。跟博帕爾的狀況一樣。你對那些死鳥的判斷是對的。」

「可是你們不讓我旁聽，好像不信任我似的。」

「我只是想保護你。」

「保護我不要知道什麼？真相？他利用我？」莫拉苦笑一聲，轉身要離開。「那一點，我早就知道了。」

在大雪紛飛中，莫拉開車到聖方濟醫院，雙手冷靜而穩定地握著方向盤。死亡天后又要去探望另一個死者了。等到她把車子停進室內停車場，她已經準備好要扮演她向來擅長扮演的那個角色，準備好要戴上她唯一肯讓一般大眾看到的那張面具了。

她下了自己的凌志車，穿過停車場，走向電梯，黑色大衣在身後揚起，靴子清脆敲過柏油地面。鈉燈照得汽車發出一種詭異的光澤，她覺得自己像是在一片橘色的迷霧中行走。彷彿只要她揉揉眼睛，那些迷霧就會消散。停車場裡沒有其他人，她只聽到自己的腳步聲，在水泥牆壁之間迴盪。

到了醫院大廳，她走過閃著彩燈的聖誕樹，經過義工櫃檯（裡頭有個老女人坐著，灰髮上一頂神氣的聖誕老人精靈帽）。應景的〈普世歡騰〉歌聲從擴音系統傳來。

就連在加護病房，聖誕氣氛也歡樂而諷刺地閃爍著。護士站懸掛著假松針花環，櫃檯職員耳垂上有兩個小小的金色聖誕燈泡。

「我是法醫處的艾爾思醫師，」她說，「袁醫師在嗎？」

「他剛被找去進行緊急手術。他要薩克里夫醫師過來，把呼吸器關掉。」

「有沒有給我的病歷資料影本？」

「全都幫你準備好了。」那個櫃檯職員指著櫃檯一個厚厚的信封，上頭手寫著「給法醫處」的字樣。

「謝謝。」

莫拉打開信封，拿出裡面的影印病歷資料。她閱讀著裡頭累積的哀傷證據，顯示娥蘇拉修女已經救不回來了：兩次腦電波圖都顯示沒有腦部活動，還有一張腦神經外科袁醫師承認失敗的手寫字條：

病患依然對深部疼痛沒有反應，也沒有自主呼吸。瞳孔依然在中央位置且固定。兩次腦電波圖顯示沒有腦部活動。心臟酵素已確認心肌梗塞。薩克里夫醫師負責通知親人。

評估：最近一次心臟病發後，長時間腦缺氧，造成不可逆的昏迷。

她終於翻到檢驗結果那幾頁。看到整齊印出的一欄欄血球數以及血液和尿液的化學物質。多麼諷刺，她闔上病歷時心想：你的大部分血液檢驗都完全正常，但是你卻要死了。

莫拉走到十號隔間，病患正在接受最後的擦澡。莫拉站在床尾，看著護士拉開床單，脫掉娥蘇拉修女的病人袍，露出的不是一個苦行者的身體，而是一個盡情耽溺於美食的女人。豐滿的乳房滑向兩側，蒼白的大腿沉重且有凹窩。活著時，她看起來一定很令人敬畏，穿上寬鬆的修女袍之後，她肥胖的身影會更壯觀。而現在，脫掉了那些外袍，她就跟一般病人沒兩樣。死神沒有差別待遇，無論聖人或罪人，到頭來都是平等的。

那護士擰乾毛巾，往下擦著軀幹，皮膚變得溼亮。然後她開始擦兩腿，把膝蓋彎起來擦拭小腿肚。娥蘇拉修女的脛部有一些舊日的瘡疤，是昆蟲咬傷感染留下的痕跡，顯然是在國外居住期間的紀念品。那個護士擦澡完了之後，就拿起水盆，走出隔間，只剩莫拉跟病人在一起。

你到底知道些什麼，娥蘇拉？你可以告訴我們什麼？

「艾爾思醫師？」

她轉身看到薩克里夫醫師站在她後方。他的眼神比起他們初見那回要警覺得多。再也不是那個綁著小馬尾的友善嬉皮醫師了。

「我不曉得你會來。」他說。

「袁醫師呼叫我。屍體將會由我們法醫處接手。」

「為什麼？她的死因很明顯。你們只要看她的心電圖就曉得了。」

「這是例行程序。只要牽涉到刑事攻擊，屍體照例都由我們接管。」

「唔，就這個案例來說，我覺得這樣是浪費納稅人的錢。」

她沒理會他的話，只是看著娥蘇拉。「我想你已經聯絡過家屬，說要拔掉她的生命維持系統了吧？」

「那個侄子同意了。我們現在就等神父過來。修道院的修女們要求布洛菲神父要在場。」

莫拉看著娥蘇拉的胸部隨著呼吸器而起伏。心臟持續跳動，器官還在運作。從娥蘇拉的靜脈裡抽一管血，送到樓下的檢驗室，任何測試、任何精密的儀器，都不會顯示這個女人的靈魂已經脫離身體了。

她說：「如果你們能把最後死亡摘要也轉一份到法醫處，那就太感謝了。」

「袁醫師會口述的。我會轉告他。」

「另外還有所有的檢驗報告。」

「應該都記錄在病歷上了。」

「但是沒有毒物篩檢報告。你們已經送去篩檢了，對吧？」

「應該是。我會去問檢驗室，再打電話告訴你結果。」

「檢驗室必須把報告直接交給我。如果他們沒做，我們在停屍間那邊會做。」

「你們會幫每位死者做毒物篩檢？」他搖搖頭。「聽起來又是浪費納稅人的錢。」

「只有看到跡象顯示時，我們才會做。我在想我之前看到的蕁麻疹，就是她進入急救狀態的那一夜。我會要求布里斯托醫師驗屍時做毒物篩檢的。」

「我還以為你會負責驗屍。」

「不。我會把這個案子交給我的同事。如果聖誕假期後你有任何問題，就直接聯繫艾伯・布里斯托醫師。」

他沒問她為什麼不親自負責驗屍解剖，讓她鬆了一口氣。要是他問了，她會怎麼回答？我前夫現在是這樁兇案的主嫌犯。我不能讓任何人有機會質疑我檢查得不夠詳細、不夠徹底。

「神父來了，」薩克里夫醫師說，「我想時間到了。」

她轉身看到布洛菲神父站在門口，感覺自己臉頰發燙。他們熟悉地對望一眼，在那凝重的片刻裡，兩人的眼神像是忽然承認了彼此之間的火花。他走進隔間，她轉開目光，和薩克里夫醫師退出去，好讓神父進行臨終儀式。

透過隔間的玻璃窗，莫拉看著布洛菲神父站在娥蘇拉床邊，嚅動的嘴巴禱告著，赦免修女的罪。那我的罪呢，神父？她很好奇，望著他俊美的側面。若是你知道我對你的想法和感覺的話，你會震驚嗎？你會赦免我，原諒我的軟弱嗎？

他在娥蘇拉的額頭擦聖油，用手畫了個十字。然後抬起頭看。

該是讓娥蘇拉死去的時候了。

布洛菲神父走出隔間，站在玻璃窗外莫拉旁邊。薩克里夫醫師和一名護士進去了。

接下來發生的一切平淡無情得令人不安。關掉幾個開關，就這樣。呼吸器沉默下來，抽吸的轟鳴停止了。護士的目光轉向嗶聲開始減緩的心臟監視儀。

莫拉感覺到布洛菲神父靠近她，彷彿要向她保證：萬一她需要安慰時，他就在旁邊。但他帶來的不是安慰，而是困惑，以及吸引力。她的目光專注在窗內展開的劇情，心想：總是挑錯人。為什麼我老是被我不能、或不該愛上的男人所吸引？

在螢幕上，第一個不規律心跳出現了，然後又一個。即使細胞垂死了，心臟仍掙扎著，渴望氧氣。現在心跳急促而斷續，惡化到心室纖維性顫動的最後抽搐。多年醫學訓練下來，莫拉必須按捺住衝過去急救的本能。這回的心律不整不會受到醫治，這顆心臟不會被挽救了。

監視儀螢幕上的那條線，終於變成水平的直線了。

莫拉仍逗留在隔間外，看著娥蘇拉過世的餘波。他們沒浪費時間哀悼或省思。薩克里夫醫師把聽診器按在娥蘇拉的胸膛，搖搖頭，然後走出隔間。那名護士關掉監視器，拔掉心臟導線和靜脈注射管，準備讓屍體運送走。停屍間的運屍人員已經在趕來的路上了。

莫拉在這裡的任務結束了。

她離開仍站在隔間旁的布洛菲神父，自己走向護士站。

「還有件事我忘了提。」她跟櫃檯職員說。

「什麼事？」

「我們的紀錄上必須有死者近親的聯繫資料。我在病歷資料裡只看到修道院的電話號碼。我知道她有個侄子，你有他的電話號碼嗎？」

「艾爾思醫師？」

她轉身，看到布洛菲神父站在她後頭，正在扣起大衣。他露出歉意的微笑。

「對不起，我不小心聽到了。但是這件事我可以幫你。我們堂區辦公室裡有所有修女的家人聯絡資料。我會回去幫你查號碼，稍後打電話跟你說。」

「那就太感激了。謝謝。」她拿起那袋影印的病歷資料，轉身要離開。

「啊，還有，艾爾思醫師？」

她回頭看。「什麼事？」

「我知道現在說這個可能不是適當的時機，不過我還是想說。」他微笑。「祝你聖誕快樂。」

「也祝你聖誕快樂，神父。」

「哪天來我們教堂看看吧？過來打個招呼？」

「我一定會找時間的。」她回答。但心知這只是禮貌的謊言。離開這個男人，永遠不要回頭看，才是最明智的舉動。

於是她就這麼做了。

走出醫院，凜冽的狂風讓她震驚。她抱緊那袋病歷資料，走進寒風中。在這個神聖之夜，她一人獨行，唯一的同伴就是手裡的這包紙。穿過停車場，她沒看到其他人，只聽到自己的腳步聲，在水泥空間迴盪。

她加快步伐。中間停下來兩次回頭，確認沒有人在跟蹤她。等來到自己的車旁，她已經氣喘吁吁。我看了太多死亡了，她心想。現在覺得死亡無處不在。

她上了車，鎖上門。

聖誕快樂，艾爾思醫師。種瓜得瓜，種豆得豆。而今夜，你得到的是孤獨。

開出醫院停車場，她車子照後鏡裡出現兩個大燈，照得她瞇起眼睛。另一輛車就跟在她後頭離開。布洛菲神父？她很好奇。而在這個平安夜，他要去哪裡？堂區住所的家中？或者今晚他會待在他的教堂裡，照料那些可能跑來的孤單會眾？

她的手機響了。

她從皮包拿出手機，打開來。「我是艾爾思醫師。」

「嘿，莫拉，」她的同事艾伯．布里斯托說，「我聽說你從聖方濟醫院送了個驚喜給我，那是怎麼回事？」

「這個解剖我沒辦法做，艾伯。」

「所以你就在平安夜把這個交給我？太好了。」

「真的很抱歉。你知道我通常不會把責任推給別人的。」

「這位死者，就是我最近一直在聽說的那個修女？」

「是的。不趕時間，你可以假期過後再驗屍。她被攻擊之後就一直住院，他們剛剛才把維生系統拔掉。之前動過大型神經外科手術。」

「所以顱內檢查是不會有什麼用處了？」

「是的，因為動過手術，顱內狀況有了改變。」

「死因呢？」

「她昨天凌晨因為心肌梗塞，進入急救狀態。因為我很熟悉這個案子，所以我已經先幫你做好初步預備工作。我拿到了病歷的影本，後天會帶去辦公室。」

「我可以問一下，你為什麼不處理這個案子嗎？」

「我認為我的名字不該出現在驗屍報告上。」

「為什麼？」

她沉默了。

「莫拉，為什麼你要退出這個案子？」

「個人原因。」

「你認識這位病人嗎？」

「不認識。」

「那不然是為什麼？」

「我認識其中一名嫌犯，」她說，「是我的前夫。」

她掛斷電話，把手機扔在旁邊座位上，專心開車回家，躲回安全的地方。

外頭下著大雪，等到她轉入她家那條街道時，雪片已經大得像棉花球。那是一幅魔幻景象，厚厚的雪幕，前院草坪上罩著銀白的積雪。寧靜的神聖之夜。

她點著了壁爐的火，然後煮了簡單的晚餐：番茄濃湯和烤乳酪吐司。她倒了一杯金芬黛紅葡萄酒，把食物端到客廳，那棵聖誕樹上的彩燈還在閃爍。但她連這麼少的晚餐也還是吃不完。她推開托盤，望著壁爐裡的火，把最後一點酒喝掉。她努力抗拒著拿起電話打給維克多的衝動。他趕上那班回舊金山的飛機了嗎？她甚至不曉得他今天晚上在哪裡，也不知道自己要跟他說什麼。我們背叛了彼此，她心想；任何愛情都熬不過這種考驗的。

她起身，關掉壁爐的火，然後上床睡覺。

21

一鍋小牛肉義大利麵醬已經在爐子上燉了快兩小時，小番茄加大蒜和燉肉的濃郁香氣，壓倒了料理台上烤盤裡那隻烤得褐亮的十八磅火雞的平淡氣味。瑞卓利坐在她母親廚房裡的餐桌旁，把雞蛋和融化的奶油攪進一缽剛煮好、壓碎的馬鈴薯泥。她在自己的公寓裡很少花時間做菜，要吃飯時，就是把櫥櫃和冰箱裡找得到的食材都扔進鍋子。但是在她母親的廚房裡，烹飪絕對急不得。這是一種崇敬的行動，要向食物本身表示敬意，無論食材有多麼卑微。從切菜、攪拌到淋醬汁，每個步驟都是嚴肅的儀式，最後的高潮就是把一道道菜端上桌，得到適當的欣賞和驚嘆。在安琪拉的廚房裡，絕對不能抄捷徑。

於是瑞卓利慢條斯理地把麵粉加入那缽洋芋泥和蛋汁中，用手混合。她在揉麵的節奏中找到安慰，默默接受了這個過程不能急。她這輩子不肯接受太多事情了，因而花了太多精力想要更快、更好、更有效率。難得一次，她向製作義大利馬鈴薯麵疙瘩這種「絕對不能貪快」的需求屈服，感覺很不錯。

她又撒了些麵粉，然後揉著麵團，專注在手指底下麵團的絲滑質地。在隔壁的客廳，男人們聚集在電視前，ESPN運動頻道的聲音開到最大。但在這裡，關上的廚房門降低了體育場上觀眾的吼叫和運動主播的喋喋不休，她在寧靜中工作，雙手揉捏著現在已經頗有彈性的麵團。她的專心只被打斷一次，就是艾玲那兩個學步期的雙胞胎兒子之一穿過雙向門進入廚房，腦袋撞到餐桌，然後開始尖叫。

艾玲跑進來抱起他。「安琪拉，你確定不需要我幫你們嗎？」艾玲問，聽起來似乎是很想逃離吵死人的客廳。

正在炸卡諾里捲外殼的安琪拉說：「想都不要想！你去照顧兩個小傢伙就行了。」

「麥克可以幫我留意他們。他在那裡除了看電視之外，反正也沒別的事做。」

「不，你就坐在客廳裡放輕鬆。廚房裡小珍和我都打點好了。」

「如果你真的確定……」

「確定，我很確定。」

艾玲嘆了一口氣，走出廚房，那個兒子在她懷裡扭動著。

瑞卓利開始把麵團揉成一整條，準備切成義大利麵疙瘩。「你知道，媽，她真的想來幫忙的。」

安琪拉從油鍋裡撈出金黃酥脆的卡諾里捲外殼，放在紙巾上瀝乾。「讓她看著小孩比較好。我這裡有一套系統。她在這個廚房不會曉得該做什麼的。」

「是喔，我就曉得？」

安琪拉轉身看著她，濾勺滴著油。「你當然曉得啊。」

「我只曉得你教我的。」

「我教你的還不夠嗎？我做得還不夠好？」

「你明知道我不是那個意思。」

安琪拉挑剔地看著女兒把麵團切成一吋長的小塊。「你認為艾玲的母親教過她怎麼做這樣的義大利麵疙瘩嗎？」

「我不太相信，媽。因為她是愛爾蘭裔的。」

安琪拉哼了一聲。「這是不讓她進我廚房的另一個原因。」

「嘿，媽！」法蘭基說，猛地推門進來。「你還有小點心或什麼的嗎？」

瑞卓利抬頭看到她哥哥大搖大擺走進來。他看起來就是十足的海軍陸戰隊員，太壯碩的肩膀跟他現在打開的冰箱一樣寬。

「你們不會把那個托盤的點心都吃光了吧？」安琪拉說。

「沒有，那兩個小搗蛋的髒手把食物都摸過了。我才不要吃。」

「冰箱下層架子上有乳酪和薩拉米香腸，」安琪拉說，「還有一些烤好的甜椒，就在料理台上的那個大碗裡。你自己再弄一盤吧。」

法蘭基從冰箱裡抓了一瓶啤酒，開了蓋子。「媽，你來弄好不好？我不想錯過最後一節。」

「小珍，你幫他們弄一托盤點心過去，好嗎？」

「為什麼要我弄？他又沒在做什麼重要的大事。」瑞卓利抱怨。

但是法蘭基已經離開廚房，大概回到電視機前喝他的啤酒了。

珍．瑞卓利走到水槽沖掉自己手上的麵粉，不久之前她所感覺到的那種寧靜已經消失無蹤，代之以一種熟悉的煩躁感。她把新鮮柔滑的莫札瑞拉乳酪切丁，又把薩拉米香腸切成紙一般的薄片，排列在一個大盤子上。加上一小山烤甜椒和一匙醃橄欖。要是再多，就會破壞掉那些男人的胃口了。

老天，我現在的想法就跟老媽一樣。我幹嘛在乎他們的胃口會不會被破壞掉啊？

她端著那個大盤子進入客廳，她爸和她的兩個兄弟像無腦智障似的坐在沙發上，呆滯的眼睛瞪著電視螢幕。艾玲正跪在聖誕樹旁的地板上，拾著脆餅乾碎屑。

「對不起，」艾玲說，「道格的餅乾掉到地毯上了，我沒來得及接住——」

「嘿，小珍，」法蘭基說，「你能不能讓開，我看不到球賽了。」

她把那一大盤開胃菜放在茶几上，拿起原先那一盤被小鬼弄髒的食物。「你知道，」她說，「應該有人可以幫艾玲注意一下那兩個小鬼的。」

麥克終於抬起頭來，雙眼發愣。「啊？喔，對啊……」

「小珍，讓開。」法蘭基說。

「你要先說謝謝。」

「謝什麼？」

她拿起自己才放下的那盤開胃菜。「既然你根本沒注意到……」

「好啦，好啦。該死。謝謝。」

「不客氣。」她又放下盤子，這回很用力，然後往廚房走。到了門邊，她暫停一下，回頭看著客廳的景象。聖誕樹上頭的彩燈閃爍，樹下堆了一大山禮物，像是獻給揮霍之神的祭品。三個男人固定在電視機前，塞了滿嘴薩拉米香腸。雙胞胎小鬼像兩個陀螺似的在客廳裡亂轉。可憐的艾玲仔細地尋找著任何一小塊餅乾碎屑，馬尾上的美麗紅髮有幾綹落了下來。

我才不要這樣，瑞卓利心想。我寧可死掉，也不要讓自己陷入這種夢魘裡。

她溜進廚房，放下托盤。然後站在那裡一會兒，做了幾個深呼吸，甩掉那種可怕的幽閉恐懼症之感。同時意識到膀胱被壓迫著。我不能讓這種事發生在我身上，她心想。我不能變成艾玲，被那些小小的髒手往下扯，磨得筋疲力盡。

「怎麼了？」安琪拉問。

「沒事，媽。」

「什麼事？我看得出來你不對勁。」

她嘆氣。「我真的被法蘭基搞得一肚子大便，你知道吧？」

「你就想不出禮貌一點的字眼？」

「對，因為他對我做的事情就是這樣。你難道看不出來他有多混蛋？」

安琪拉沉默地舀出最後幾個卡諾里捲的外殼，放在旁邊瀝油。

「你知道他小時老是拿著吸塵器，在屋裡追著我和麥克？他很愛把麥克嚇得半死，跟他說會把他吸進管子裡。麥克老是拚命尖叫。但是你從來沒聽說過，因為法蘭基總是趁你們不在的時候這樣。你從來不曉得他對我們有多壞。」

安琪拉在餐桌旁坐下來，看著女兒切出來的那些義大利麵疙瘩。「我其實知道。」她說。

「什麼？」

「我知道他應該要對你們好一點，應該要當個更好的大哥。」

「而且你老是不處罰他。這樣搞得我們很煩，媽。到現在麥克還是很在乎，你總是最疼法蘭基。」

「你不了解法蘭基。」

瑞卓利大笑。「我夠了解他了。」

「坐下，小珍。來，我們一起做麵疙瘩吧。這樣會比較快。」

瑞卓利嘆了口氣，坐在安琪拉對面的椅子上。她恨恨地開始在麵疙瘩上撒麵粉，把每一顆小麵團用手指捏出壓痕。一個主廚所能留下最個人化的痕跡，應該莫過於此了吧：在每一小塊食物上頭，壓出自己憤怒的指紋。

「你得體諒法蘭基。」安琪拉說。

「為什麼？他就從來不體諒我。」

「你不曉得他受過什麼罪。」

「有關海軍陸戰隊的那些，我老早聽到不想聽了。」

「不，我指的是他小時候，他嬰兒期碰到的事情。」

「發生了什麼事？」

「想到當時他的腦袋撞到地板，我還是會很害怕。」

「什麼？他從嬰兒床裡頭摔出來？」她大笑。「這就可以解釋他的智商了。」

「不，這不好笑。事情很嚴重，非常嚴重。當時你爸不在波士頓，我得自己送法蘭基去急診室。他們拍了X光片，他有個裂痕，就在這裡。」安琪拉摸了自己的腦袋側邊，在深色頭髮上留下一抹麵粉。「在頭骨上。」

「我老是說他腦袋有個洞。」

「我告訴你，這件事情不好笑，珍。他當時差點死掉。」

「他太刻薄了，不會肯死的。」

安琪拉低頭看著那缽麵粉。「他當時才四個月大。」她說。

瑞卓利暫停下來，一根手指正按著柔軟的麵團。她無法想像法蘭基嬰兒的模樣，無法想像他會無助或脆弱。

「醫師們得抽掉他腦部裡的血。他們說他有可能……」安琪拉停下。

「什麼？」

「有可能不會正常長大。」

瑞卓利的腦袋裡不由自主地冒出諷刺的評論，但她忍住沒說。她明白，現在不是諷刺的時候。

安琪拉現在沒看她，而是低頭看著自己手裡抓的那塊麵團，避開女兒的目光。

四個月大，瑞卓利心想。這裡頭不太對勁。如果他才四個月大，還不會爬。那就不可能爬出嬰兒床，或者扭動著跌出兒童高椅。這麼小的嬰兒，唯一摔下地的方式，就是從大人手裡落下。

她懷著新的理解看著她母親，很想知道有多少個夜晚，安琪拉恐懼得睡不著，想起她失手的那一刻，嬰兒從她手裡溜出去。金童法蘭基，差點被他粗心的媽媽給摔死。

她伸手摸著母親的手臂。「嘿。結果他長大了也沒事，不是嗎？」

安琪拉吸了口氣，開始撒麵粉，捏好更多麵疙瘩，忽然間速度快得破紀錄。

「媽，在我們三個小孩裡頭，法蘭基是最堅強的。」

「不，他不是。」安琪拉把一塊麵疙瘩放在托盤裡，抬頭看著女兒。「你才是。」

「是喔，沒錯。」

「是真的，珍。你剛出牛時，我看你一眼，心想：這一個我永遠不必操心。這一個無論碰到什麼事都會反擊。至於麥克，我知道我大概應該把他保護得更好。他不太會捍衛自己。」

「麥克從小習慣當被害人。他永遠都會是那個樣子。」

「但是你不會。」安琪拉唇邊浮出隱約的笑容，看著女兒。「你三歲的時候，有回我看到你摔倒，臉撞到茶几，劃出一道口子，就在下巴底下。」

「是啊，現在那條疤還在。」

「那道傷口很嚴重，縫了好幾針。血流得地毯上到處都是。你知道你當時做了什麼？猜猜看。」

「我想，應該是一直在尖叫吧。」

「不。你開始打那張茶几。捶個不停，就像這樣！」安琪拉握拳重擊桌子，一陣麵粉揚起來。「好像你很氣那張茶几。你沒跑來找我，流那麼多血也沒大哭，你忙著要反擊那個傷害你的東西。」安琪拉笑著擦擦眼睛，臉頰留下一條白痕。「你是最奇怪的小女孩。在我所有的小孩之中，你是最令我驕傲的。」

瑞卓利瞪著她母親。「我從來不曉得。完全不知道。」

「哈！小孩就這樣！你也不會曉得你讓父母操了多少心。等到你自己有小孩，你就曉得了。

到時候你才會真正明白那是什麼感覺。」

「什麼感覺？」

「愛。」安琪拉說。

瑞卓利往下看著她母親操勞的手，忽然間眼睛溼熱，喉頭發痛。她起身走到水槽邊，裝了一鍋水準備煮麵疙瘩。她等著水燒開，心想：或許我從來沒真正明白愛的感覺是什麼，因為我太忙著要抗拒了。就像我抗拒其他一切可能傷害我的東西。

她留下爐子上的那鍋水，走出廚房。

她上樓到她爸媽的臥室，拿起電話。她握著聽筒坐在床上片刻，設法鼓起勇氣。

打吧，你一定要打。

她開始撥號。

電話響了四聲，然後她聽到簡短而不帶感情的錄音：「我是嘉柏瑞。我現在不在家。請留話。」

她等到嗶聲響了，深吸一口氣。

「我是珍，」她說，「我有件事要告訴你，在電話裡面講大概比較好。比當面告訴你要好，因為我其實不想看到你的反應。所以總之，我要說了。我……搞砸了。」她忽然大笑。「耶穌啊，我覺得自己好蠢，犯了全天下最古老的錯誤。我以後再也不會嘲笑那些蠢辣妹了。發生的事情是，唔……我懷孕了。大約八個星期吧，我想。意思是，萬一你好奇的話，這孩子一定是你的。我不是想要求你什麼。我不希望你覺得有義務要做任何男人該做的事。你甚至不必回電給我。但是我覺得你有權利知道，因為……」她暫停，聲音裡忽然有淚意。她清了清嗓子。「因為我決定要留下這個孩子。」

然後她掛斷了。

有好一會兒，她坐在那裡沒動，只是往下看著自己的雙手，心中各種情緒交雜。有放鬆，有害怕，有預期，但是沒有猶豫——她覺得這個選擇完全正確。

她起身，忽然覺得好輕盈，擺脫了不確定所造成的沉重負擔。有那麼多事情要擔心，要準備好面對那麼多改變，但是當她走下樓梯、回到廚房時，卻感覺到自己的腳步有一種新的輕快。

爐子上的水已經滾了。冒上來的蒸氣溫暖她的臉，像母親的撫觸。

她在鍋裡放了兩匙橄欖油，然後把麵疙瘩放進去。另外三個鍋子已經在爐子上煨著，各自發出香氣。這是她母親廚房的香味。她吸入那氣味，對這個聖地有了新的領略和感動，在這裡，食物就是愛。

等到那些馬鈴薯麵疙瘩浮上水面，她用勺子撈起來，放進一個大盤子，然後澆上小牛肉麵醬。她打開烤箱，拿出放在裡面保溫的菜：烤馬鈴薯、四季豆、義大利絞肉丸、義大利袖管麵。一連串豐盛的食物，她和母親得意地一一端入餐室裡。最後，當然，還有火雞，尊貴地放在餐桌中央，周圍環繞著它的義大利親戚。菜多到根本吃不完，但重點就在這裡。豐沛的食物，豐沛的愛。

她在餐桌旁坐下，看著對面的艾玲餵食那對雙胞胎。才一個小時前，她在客廳看到艾玲時，看到的是一個疲倦的年輕女人，人生已經結束，裙子因為老是被小手拉扯而鬆垮。現在她看著同一個女人，看到了一個不同的艾玲，笑著用湯匙把蔓越莓醬餵入那兩張小嘴裡，當她的嘴唇吻著小孩的滿頭捲髮時，她的表情變得溫柔而放鬆。

我看到一個不一樣的女人，但其實改變的是我，她心想。不是艾玲。

晚餐後，她幫著安琪拉煮咖啡，把發泡的鮮奶油填進卡諾里捲的外殼裡，此時她發現自己也用新的眼光看她母親。她看到了她頭髮裡新增的銀絲，那張臉的下頜開始鬆垮。你後悔過生下我們嗎？她很好奇。你有沒有停下來、想著自己犯了錯？或者你就像我現在一樣，對於留下這個孩子很確定？

「嘿，小珍！」法蘭基在客廳裡喊，「你的手機在你的皮包裡面一直響。」

「你能不能幫我接？」她喊回去。

「我們在看球賽！」

「我現在滿手都是鮮奶油！你幫我接就是了。」

法蘭基走進廚房，把電話遞給她。「是個男的。」

「佛斯特？」

「不是。我不曉得是誰。」

嘉柏瑞是她第一個想到的。他聽到我的留話了。

她走到水槽，從容地把手沖乾淨。等到她終於接起電話時，已經有辦法冷靜地開口。「喂？」

「瑞卓利警探嗎？我是布洛菲神父。」

所有的緊繃忽然一口氣消失。她坐進一張椅子裡，可以感覺到她母親在觀察她，同時她努力不讓自己的聲音流露出失望。

「有什麼事，神父？」

「很抱歉在平安夜打電話給你，但是我打艾爾思醫師的電話一直打不通，而且——發生了一些事，我想應該要讓你知道。」

「什麼事？」

「艾爾思醫師想要娥蘇拉修女最接近親屬的聯絡資訊，所以我就自告奮勇幫她查。但結果我們堂區的紀錄有點過時了。我們有個舊電話號碼，是她住在丹佛的哥哥，但是那個電話不通。」

「瑪麗．克雷蒙特院長跟我說過，那個哥哥過世了。」

「她有沒有告訴你，娥蘇拉修女有個侄子住在外州？」

「院長沒提到過。」

「看起來，他似乎都有跟醫師聯絡，護士們是這樣告訴我的。」

她看著那盤填好餡料的卡諾里捲，現在開始變得溼軟了。「你說這些，到底是要告訴我什麼，神父？」

「我知道這好像是個小細節，去追查一個很多年沒看過姑姑的侄子。而且我知道如果只曉得他的姓、沒有名，要查到一個外州的人有多困難。不過我們教會擁有一些連警方都不會有的資源。一個好神父會認識自己的會眾，警探。他會知道會眾的家人和他們小孩的名字。所以我打電話給娥蘇拉的哥哥以前居住那個丹佛堂區的神父。他還記得娥蘇拉的哥哥，記得很清楚。他主持過他的葬禮彌撒。」

「你問了有關她的親戚？有關這個侄子了嗎？」

「是，我問了。」

「然後呢？」

「沒有什麼侄子，警探。這個人根本不存在。」

22

莫拉夢到了火葬的柴堆。

她蹲在陰影裡，看著橘色火焰燒上了那些宛如原木般堆疊的屍體，看著皮肉被火燙的高溫侵蝕。一群男人的影子環繞著那些焚燒的屍體，成為一圈沉默的觀察者，她看不到他們的臉。他們也看不到她，因為她躲在黑暗處，沒被他們看到。

柴堆裡冒出的火花往上飛，沾染了人類的油脂，迴旋著進入夜空。那些火花照亮了夜空，照出了一個更恐怖的景象：那些屍體還在動。燒黑的四肢在烈焰中扭曲著。

那圈男人中的一個緩緩回頭看著莫拉。那張臉她認得，雙眼空洞，毫無靈魂。維克多。

她猛地醒來，心臟狂跳，睡衣被汗溼透了。一陣狂風吹著屋子，她聽到窗戶被搖撼得發出骨骼般的喀啦聲響，聽到牆壁發出的呻吟。她整個人依然籠罩在噩夢造成的恐慌中，只是躺著不動，皮膚上的汗水開始變涼。吵醒她的只是風聲而已嗎？她傾聽著，屋子所發出的每個咿呀都像是腳步聲。有個闖入者，愈來愈接近了。

她忽然全身緊繃，聽到了一個不同的聲音。搔抓聲，像是動物的爪子抓著屋子的外牆，想要進來。

她看著發出微光的時鐘，現在是十一點四十五分。

她下了床，感覺房間裡好冷。她在黑暗中摸索著睡袍，但是沒開燈，因為不想失去原先已經適應黑暗的視力。她走到臥室窗前，看到雪已經停了。月光下的地面一片瑩白。

又來了——摩擦外牆的聲音。她盡可能湊近玻璃，看到一抹陰影，逐步接近屋子的正面角落。是動物嗎？

她走出臥室，赤腳沿著走廊往前摸索著，走向客廳。繞過聖誕樹，她往窗外仔細看。

她的心跳差點停止。

一個男人爬上階梯，來到她家的前門廊。

她看不到他的臉，因為隱藏在陰影中。他彷彿感覺到她在看，轉向她所站的那扇窗子，於是她看到了他的側影。寬闊的肩膀，腦後的馬尾。

她離開窗前，擠入聖誕樹的針葉間站著，設法想搞懂馬修·薩克里夫為什麼會來到她家門前。他為什麼在這麼晚的時間跑來，沒有先打電話講一聲？她還沒完全甩掉噩夢留給她的恐懼，而且這樣的深夜來訪讓她很不安。無論來的人是誰，開門前她都要考慮一下——即使是一個她認識的男人。

門鈴響了。

她瑟縮一下，一個玻璃燈泡從樹上掉下來，砸碎在木地板上。

外頭那個人影移向窗子。

她沒動，還在考慮著該怎麼辦。反正我就不開燈，她心想。這樣他就會放棄，放過我了。

門鈴又響了。

離開吧，她心想。離開我家，明天早上再打電話給我。

她聽到他走下門廊階梯的聲音，解脫地吐出一口氣。她悄悄走近窗戶往外張望，但看不到他，也沒看到屋前停著任何汽車。他跑到哪裡去了？

現在她聽到腳步聲了，靴子踩在雪地上的嘎吱聲，走向屋子的側面。他繞著我家走，到底想幹什麼？

他是想找別的方法進屋。

她匆忙走出樹後頭，踩到了那個破燈泡，忍著沒有痛喊出聲，一塊玻璃碎片刺進了她的腳底。

他的輪廓忽然出現在屋子側面的一扇窗外。他凝視著屋裡，想看清黑暗的客廳。

她退回走廊，每一步都痛得皺起臉，現在她的那隻腳掌都是血了。

該打電話報警了。打九一一。

她轉身單腳跳進廚房，雙手摸索著牆壁找電話。匆忙間，她把話筒撞離托架。她趕緊又抓起來，湊到耳朵上。

沒有撥號音。

臥室的電話，她心想——是沒掛好嗎？

她掛上廚房電話，跛行著回到走廊，那塊玻璃碎片往她腳掌裡刺得更深，在地板上留下兩道來回的血跡。回到臥室，她的雙眼竭力在黑暗中張大，雙腳走過地毯，直到她的小腿撞到床。她沿著床墊走向床頭桌上的電話。

沒有撥號音。

恐懼像一陣寒風猛烈吹過她。他剪掉電話線了。

她扔下聽筒，站著傾聽，想聽出他接下來會怎麼做。屋子在風中發出吱嘎聲，掩蓋掉所有聲音，只除了她自己的心跳。

他人在哪裡？他人在哪裡？

然後她想到：我的手機。

她跑向梳妝台，她的皮包就放在那裡。她在裡頭翻找，摸著裡面的東西，尋找手機。她拿出皮夾和鑰匙，筆和梳子。手機，我的手機在哪裡？

在車上。我放在車上的前座了。

她聽到玻璃打破的聲音，猛地轉頭。

聲音是從屋子正面還是背面傳來的？他要從哪裡進來？

她手忙腳亂離開臥室，進入走廊，那片碎玻璃在她腳底扎得更深，但她再也沒注意了。通往車庫的門就在走廊右邊。她拉開門溜出去，此時又聽到玻璃打破、散落在地板上的聲音。

她拉了門關上。朝她的車子後退，呼吸急促，心臟猛跳。安靜。安靜。她緩緩拉起車門把手，聽到解鎖的清脆聲，不禁瑟縮了一下。她拉開車門坐進駕駛座。然後又懊惱地悶哼一聲，因為想起車鑰匙還放在臥室，所以她沒辦法直接開車走掉。她看向乘客座，在車內頂燈的微光中，看到她的手機就嵌在縫隙裡。

她打開手機，看到電池是滿格。

感謝上帝，她心想，然後撥了九一一。

「這裡是巴克明斯特路二一三〇號，」她用氣音說，「有人闖入了我家！」

「你可以再講一次地址嗎？我聽不見。」

「巴克明斯特路二一三〇號！有個人侵入——」她忽然停下，盯著通往屋內的那扇門。門下方現在發出微光。

他進屋了。他正在屋裡搜索。

她趕忙下車，輕輕把車門推回去關上，車內的頂燈熄滅。再一次，她又置身在黑暗中。屋子的保險絲箱就在幾呎之外，在車庫的牆上，她考慮著把所有的斷路器都關掉，切斷所有電燈的電源。這樣她就可以得到黑暗的掩護，但他當然就猜得到她在哪裡了，很快就會跑來車庫。

保持安靜就是了，她心想。或許他會以為我不在家。或許他會以為屋子裡面沒人。

然後她想起那些血。她在屋裡留下了血跡。

她想像著他的腳步聲，鞋子走過木頭地板，跟隨著她的血腳印走出廚房，血跡一片混亂，在走廊上往前又往後。

最後，他會一路循著血跡來到車庫的。

她想到老鼠女是怎麼死的，想起遍佈在她胸腔裡的那些小彈丸。她想像一顆黃銅包覆層的格雷瑟子彈進入人體後的毀滅性效果。鉛彈爆開來會穿入內臟。血管會被割裂，大量出血湧入胸腔。

快跑，快點離開屋子。

然後呢？尖叫著去找鄰居？到處用力敲門？她甚至不曉得今晚哪個鄰居在家。

腳步聲接近了。

現在不跑，就永遠沒機會了。

她跑向側門，拉開來時，冰冷的空氣撲進來。她衝出去。赤腳陷入小腿高的雪中，同時雪湧進門來，擋住了門框，所以她出去後沒辦法把門關上。

她只好讓門半開著，走過雪地來到柵門前，用力拉起冰得僵硬的門栓。她使勁要在積雪中拉開柵門時，手裡抓著的手機掉下去。最後她終於把柵門拉開一道夠寬的縫，可以勉強擠過去，然後她踉蹌著進入前院。

這條街上的所有房子都是暗的。

她奔跑，赤腳踩過雪地。才剛來到人行道，就聽到後頭的追逐者也使勁拉著柵門，竭力要開得更大。

人行道上一片空曠：她轉向跑進樹籬間，進入特魯什金先生的前院。但是這裡的積雪更深，幾乎到了膝蓋，她走得很辛苦。她的雙腳麻痹，兩腿變得好笨拙。在月光照耀的雪地上，她是個太明顯的目標，一個鮮明的黑色人影，背景是一片冷酷的白。就連她踉蹌向前、雙腿陷入深雪中時，她還在想著：這一刻他會不會正在瞄準她。

她陷入一片大腿深的積雪，往前仆倒，嘴裡嚐到雪。她跪起來，開始往前爬，拒絕投降，拒絕等死。她拖著沒有知覺的兩腿往前爬，聽到踩在雪地上的嘎吱腳步聲走向她。他就要來殺她了。

燈光忽然劃過黑暗。

她抬頭，看到一對車頭大燈逐漸接近。是一輛汽車。

我唯一的機會。

隨著一聲嗚咽，她站起身，開始跑向馬路。揮動雙手尖叫著。

那輛車滑行著在她前方停下。駕駛人下了車，一個高大而壯碩的剪影，穿過瑩亮的雪地朝她走來。

她瞪著眼睛，開始緩緩後退。

那是布洛菲神父。

「沒事了，」他喃喃說，「一切都沒事了。」

她轉身朝自己的房子看去，卻沒看到半個人。他人呢？跑去哪裡了？

此時又有車燈接近，然後兩輛車停下來。她看到一輛警察巡邏車的藍色閃燈，舉起手擋住車頭大燈的強光，設法看清走向她的那些人影。

她聽到瑞卓利喊道：「醫師？你沒事吧？」

「我會照顧她。」布洛菲神父說。

「薩克里夫人呢？」

「我沒看到他。」

「我家，」莫拉說，「他剛剛在我屋裡。」

「帶她上你的車，神父，」瑞卓利說，「你陪她待在車上。」

莫拉還是沒動。布洛菲神父走向她時，她僵立在原地。他脫下自己的大衣，披在她的肩膀上，一隻手臂攬著她，幫著她走向他車子的前乘客座。

「我不明白，」她低聲說，「你們怎麼會跑來這裡？」

「噓，你先上車，別在外面吹風了吧。」

他也上了車，坐在她旁邊。當暖氣的風吹在她膝蓋、她臉上，她把他的大衣拉緊，想讓自己暖和一點，她的牙齒打顫得好厲害，根本沒法講話。

隔著擋風玻璃，她看到幾個黑色的人影在街上移動。她認出巴瑞．佛斯特的輪廓，看著他走向她家前門。又看到瑞卓利和一名巡邏警察逼近屋側的柵門，手上拿著槍。

她轉頭看著布洛菲神父。儘管看不透他的表情，但她感覺到他的目光好專注，確定得就像感覺到他大衣的溫暖。「你們怎麼知道的？」她低聲問。

「我打你的電話都沒打通，就打給瑞卓利警探了。」他拉起她一隻手，兩手握住，那觸摸讓她眼中泛淚。忽然間，她沒辦法看他了，只是淚眼模糊望著前方的街道，此時他把她的手舉到唇邊，留下一個溫暖而留戀的吻。

她眨掉淚水，街道又清楚了。眼前的景象讓她警覺起來。奔跑的人影，瑞卓利衝過街道，閃動的藍色警燈照出她的剪影。佛斯特舉著槍，在巡邏車後頭蹲下。

他們為什麼全都朝我們接近？他們知道什麼是我們不知道的？

「鎖上車門。」她說。

布洛菲困惑地看著她。「什麼？」

「鎖上車門！」

瑞卓利在馬路上朝他們大喊，想警告他們。

他在這裡，他就蹲在我們的車子後頭！

莫拉往旁轉身，摸索著車門要找鎖車鈕，她惶急了，因為黑暗裡找不到。

馬修・薩克里夫的影子聳立在她車窗外。門拉開時，她往後瑟縮，冷空氣湧入。

「神父，你下車。」薩克里夫說。

神父整個人僵住。他冷靜地低聲說：「鑰匙就插在點火器裡。你把車開走吧，薩克里夫醫師。莫拉和我都下車。」

「不，只有你。」

「除非她一起，否則我不下車。」

「他媽的出去，神父！」

莫拉的頭髮被抓著往旁邊猛拉，手槍抵著她的太陽穴。「拜託，」她低聲對布洛菲說，「照他的話做吧，快點。」

「好吧！」布洛菲神父恐慌地說，「我馬上下車，我馬上就……」他推開車門踏出去。

薩克里夫對莫拉說：「挪到駕駛座去。」

莫拉渾身顫抖，笨拙地爬過排檔桿，坐上駕駛座。她往旁邊看了窗外一眼，看到布洛菲還站在車旁，無助地看著她。瑞卓利喊著要他走開，但他好像整個人嚇呆了動不了。

「開車。」薩克里夫說。

莫拉換檔，鬆開煞車。她的赤腳放在油門踏板上，然後又抬起。

「你不能殺我，」她說。又回復到那個講邏輯的艾爾思醫師。「我們被警方包圍了。你需要我當人質。你需要我幫你開這輛車。」

幾秒鐘過去了，感覺上漫長得永無盡頭。

他把抵著她的那把槍放低，她猛吸一口氣，然後他把槍管用力抵著她的左大腿。

「你開車反正用不著左腿。所以你想保住你的膝蓋嗎？」

她吞嚥一口。「想。」

「那就開車吧。」

她踩下油門。

車子慢慢開始往前移動，經過了佛斯特蹲低躲著的那輛巡邏車。黑暗的街道在他們面前展開，毫無障礙。車子繼續前進。

忽然間，她看到布洛菲神父出現在照後鏡裡，跟在他們車子後頭跑，巡邏車的藍色閃示警燈照著他。他抓住薩克里夫那邊的車門，用力拉開。然後布洛菲伸手進來抓住薩克里夫的袖子，想把他拖出來。

手槍開火，神父往後飛。

莫拉推開自己那邊的車門，從行進間的車子裡跳出去。

她摔在結冰的馬路上，腦袋砸到地面時，她看到明亮的閃光。

一時之間，她完全動不了，只是躺在黑暗中，困在一個冰冷而麻痹的地方，感覺不到疼痛或害怕。只感覺到一陣陣風，把羽毛般的雪片吹過她臉上。她聽到一個聲音，從好遠的地方喊著她。

現在更大聲、更接近了。

「醫師？醫師？」

莫拉睜開眼睛，被瑞卓利手電筒的強光照得皺起臉。她轉頭避開光線，看到十幾碼外的那輛車，前保險桿撞上一棵樹。薩克里夫趴在地上，掙扎著想起身，雙手被銬在後頭。

「布洛菲神父，」她喃喃說，「布洛菲神父人呢？」

「我們已經叫了救護車。」

莫拉緩緩坐起身，看著街道前方，佛斯特蹲在神父旁邊往下看。不，她心想，不。

「還不要站起來。」瑞卓利說，想按住她。

但莫拉推開她站起來，雙腿搖晃不穩，心臟跳到喉頭。她幾乎感覺不到赤腳底下的結冰馬路，只是朝布洛菲神父踉蹌走去。

佛斯特抬起頭看著她走近。「胸部中槍了。」他輕聲說。

莫拉在他旁邊跪下，撕開神父的襯衫，看到子彈的穿入口，聽到空氣被吸入胸腔的不祥聲音。她一手按壓著那傷口，感覺到溫暖的血和溼黏的肉。他凍得發抖，狂風掃過馬路，刺骨得就像利牙咬人。而我穿著你的大衣，她心想。你給了我，好讓我保持溫暖。

隔著呼嘯的風聲，她聽到救護車駛近的警報聲。

他的雙眼失焦，逐漸失去意識。

「振作點，丹尼爾，」她說，「你聽到沒？」她的嗓子發啞。「你會活下去的。」她身體前傾，湊在他耳邊懇求，淚水滑落到他臉上。

「拜託。為我振作起來，丹尼爾。你一定要活下去。你一定要活下去……」

23

一如往常，醫院等候室的電視機播放著CNN新聞頻道。

莫拉包了繃帶的腳放在一張椅子上，雙眼盯著橫過螢幕下方的跑馬燈，但是一個字都沒看進去。雖然她現在穿了毛衣和燈心絨長褲，但還是覺得好冷，而且覺得自己這輩子再也不會感覺溫暖了。四個小時，她心想。他在手術室裡面已經待了四個小時。她看著自己的手，還能看到指甲底下有丹尼爾．布洛菲的血，還可以感覺到手掌下頭他搏動的心臟，像一隻正在掙扎的小鳥。她不必看X光片，就曉得那顆子彈會造成什麼樣的損害；她看過格雷瑟藍色彈尖的子彈在老鼠女的胸腔裡造成的致命軌跡，知道那些外科醫師此刻會面對什麼樣的狀況。肺臟被爆開的彈片劃過，鮮血從十來條不同的血管湧出。開刀房的人員一定很恐慌，看到出血狀況這麼嚴重，醫師們都來不及用止血鉗夾住血管。

她抬頭看到瑞卓利走進來，拿著一杯咖啡和一支手機。「我們在側柵門那邊找到你的手機了，」她說，遞給莫拉。「另外這杯咖啡給你，喝吧。」

莫拉喝了一口。太甜了，但這個夜晚，她很歡迎糖分，歡迎任何能補充能量的來源，注入她疲倦而瘀青處處的身體。

「你還需要什麼嗎？」瑞卓利問，「我可以幫你弄來的？」

「是的，」莫拉抬頭望著她。「我要你告訴我實話。」

「我向來都講實話，醫師。你知道的。」

「那麼告訴我，維克多跟這個案子一點關係都沒有。」

「的確是這樣。」

「你完全確定？」

「我盡力確認過了。你的前夫雖然是個超級大混蛋，雖然跟你撒了謊，但是我很確定他沒殺過人。」

莫拉在沙發上往後靠坐，嘆了口氣。她低頭看著冒著水氣的咖啡杯，又問：「那馬修・薩克里夫呢？他真的是醫生嗎？」

「是的，他確實是醫生。維蒙特大學醫學院畢業的。在波士頓完成他的內科住院醫生資歷。說來有趣，如果你名字後面加上醫師兩個字，你就變成黃金了。你可以走進一家醫院，跟職員說你的病人剛住進來，不會有人質疑你。尤其是病患的親戚還打過電話來，證實你的說法。」

「一個醫師還去當受雇殺手？」

「我們沒查到八角形公司付錢給他。事實上，我不認為那家公司跟這幾樁謀殺案有任何關係。薩克里夫做這些事情，可能是為了私人原因。」

「什麼原因？」

「為了保護自己。為了掩蓋印度那些事情的真相。」看到莫拉困惑的表情，瑞卓利說：「八角形公司終於把他們當時印度工廠裡所有員工的那份名單交出來了。裡頭有個駐廠醫師。」

「就是他？」

瑞卓利點點頭。「馬修．薩克里夫醫師。」

莫拉瞪著電視，但心思沒放在螢幕上的影像。她想著火葬的柴堆，想到頭骨被殘忍地敲破。然後她想起自己那個火焰吞噬人類的噩夢。想到那些屍體，還在火焰裡扭動。

她說：「在博帕爾，死了六千人。」

瑞卓利點頭。

「但是次日早晨，有幾十萬人還活著。」莫拉看著瑞卓利。「巴拉村的倖存者呢？老鼠女不可能是唯一的一個。」

「如果她不是，那其他人怎麼了？」

她們看著彼此，兩人現在都明白薩克里夫拚命想掩蓋的是什麼了。不是意外事件本身，而是之後的事情，以及他在其中的角色。莫拉想像著那天夜裡，毒氣籠罩著巴拉村，他一定驚駭極了。很多屋子裡，全家人就躺在自己的床上死掉。還有爬出屋子的屍體，凍結在最終的痛苦中。駐廠醫師會是第一個被派出去評估損害的人。

或許他原先不明白有些被害人還活著，直到廠方決定焚燒屍體之後。當他們拖著屍體到燃燒的柴堆上時，讓他警覺的或許是一聲呻吟，或是一隻抽搐的手腳。

隨著死亡的氣味和焚燒的皮肉散發到空中，他一定恐慌地看著那些生還者。但此時他們已經走得太遠，再也無法回頭了。

這就是你不希望世人知道的：你對那些生還者所做的事情。

「他今天晚上為什麼要跑去攻擊你？」瑞卓利問。

莫拉搖搖頭。「我也不知道。」

「你在醫院裡見過他，跟他講過話。當時發生了什麼事？」

莫拉想著自己跟薩克里夫的對話。他們站在病床隔間裡，低頭看著娥蘇拉，談到了解剖，以及實驗室檢驗和死亡摘要。

還有毒物篩檢。

她說：「我想等到做驗屍的時候，我們就會曉得答案了。」

「你預料會發現什麼？」

「娥蘇拉會心臟病發的原因。你當天夜裡也在場。你告訴過我，就在她進入急救狀態前，她忽然恐慌起來，看起來非常驚恐。」

「因為他也在場。」

莫拉點頭。「她知道接下來會發生什麼，可是她沒法講話，因為喉嚨裡插著那根管子。我看過太多急救，知道那是什麼狀況。每個人都擠進病房裡，狀況太混亂了。一口氣注射半打藥物。」她暫停一下。「娥蘇拉對盤尼西林過敏。」

「毒物篩檢看得出來嗎？」

「我不曉得。但是他會擔心的，不是嗎？而我是唯一堅持要做這個檢驗的人。」

「瑞卓利警探？」

他們轉頭，看到一名手術室的護士站在門口。

「迪米崔歐醫師要我告訴你，手術進行得很順利。他們正在幫他縫合。大約一個小時後，病人會送到外科加護病房。」

「艾爾思醫師在這裡等著要看他。」

「他暫時不能有任何訪客。我們會讓他繼續插管，而且會持續給他鎮靜劑。你們明天白天再來會比較好。或許中午過後吧。」

莫拉點頭，緩緩起身。

瑞卓利也站起來。「我開車送你回家。」她說。

等到莫拉走進她的房子時，天已經亮了。她看著自己留在地板上那些乾掉的血跡，是她歷經大難的證據。她走過每一個房間，好像要把這棟房子從黑暗中奪回，再次確認這裡依然是她的家，而且屋裡頭沒有藏著任何恐懼。她走進廚房，發現那扇破掉的窗已經用木板暫時釘起來了。毫無疑問，是珍下令的。

電話鈴聲響起，不曉得在哪裡。

她拿起牆上的話筒，裡頭沒有撥號音。電話線還沒修好。

我的手機，她心想。

她走進客廳，找到她剛剛放在那邊的皮包。等到她拿出手機，鈴聲已經停止了。她輸入自己的密碼聽留言。

是維克多打來的。她坐在沙發上，震驚地聽到他的聲音。

「我知道現在打給你還太早。而且你大概還覺得幹嘛要聽我講，就在……唔，就在發生過那一切之後。但現在事情全都攤開來了。你知道我從這裡頭不會得到任何好處的。所以當我說我有多麼想念你的時候，或許你會相信我。莫拉，我想我們可以重新再來的。我們可以再給這段感情一次機會。再給我一次機會，好嗎？拜託。」

她坐在沙發上許久，麻痹的兩手握著手機，凝視著冰冷的壁爐。有些火焰無法重新點燃。有些火焰最好保持死滅。

她把手機放回皮包裡。站起來去清理地板上的血跡。

早上十點之前，太陽終於破雲而出。瑞卓利開車回家時，發現太陽照在新落積雪上的反光好刺眼，逼得她不得不瞇起眼睛。街道上很安靜，人行道是一片原始的白。在這個聖誕節早晨，她覺得像是重獲新生，滌淨所有疑慮。

她摸摸自己的肚子，心想：看來就只有你跟我了，孩子。

她把車停在她的公寓大樓前，下了車。她在冰冷的陽光下暫停腳步，深吸了一口清澈的空氣。

「聖誕快樂，珍。」

她整個人僵住不動，心臟跳得好厲害，然後她緩緩轉身。

嘉柏瑞．狄恩站在她公寓大樓的前門旁。她看著他走過來，卻想不出任何話可以跟他說。曾經，他們彼此那麼親密，達到了男女之間最親密的極致，但現在他們見了面，卻像陌生人般無話可說。

「我以為你在華府。」她終於開口。

「我大約一個小時前到的，搭了離開華府的第一班飛機。」他暫停一下。「謝謝你告訴我。」他低聲說。

「是啊，唔，」她聳聳肩。「我原先不確定你會想知道。」

「我為什麼會不想？」

「這事情很麻煩。」

「人生就是一連串麻煩。碰到的時候，我們就得一一處理。」

這麼不帶感情的回答。穿灰西裝的男子，❶剛認識時，她對嘉柏瑞・狄恩一開始的印象就是這樣，而現在她對他的看法也是如此。站在她面前，穿著深色大衣。好冷靜又好超然。

「你知道多久了？」他問。

「幾天前才確定的。我在家裡用了驗孕棒。不過我想，我已經懷疑好幾個星期了。」

「你為什麼等這麼久才告訴我？」

「我本來根本不打算告訴你的。因為我原先不認為我會把孩子留下。」

「為什麼？」

她大笑。「首先，我很不會對付小孩。要是有人交給我一個嬰兒，我就不曉得該拿它怎麼辦。應該拍拍它讓它打嗝，還是替它換尿布？而且如果家裡有個嬰兒，我要怎麼工作？」

「我都不知道警察都規定不能有小孩的。」

❶ the man in gray suit，一般釣客與衝浪者，也用來指鯊魚。

「但是太困難了，你知道。我看著其他媽媽，不曉得她們是怎麼辦到的。我不曉得自己是不是做得來。」她吐出一團白霧，站直身子。「至少，我的家人都住在波士頓。我很確定我媽會很願意幫我照顧小孩。而且幾個街區外有一家托兒所。我會去問一下，看他們願意收多小的孩子。」

「所以就是這樣了。你全都計畫好了。」

「多多少少吧。」

「連要找誰照顧我們的小孩，你都已經想好了。」

我們的小孩。她吞嚥一口，想著自己體內孕育的那個生命，嘉柏瑞也有份。

「還有一些細節，我得慢慢搞清楚。」

他站得筆直，還在扮演穿灰西裝的男子。但是當他開口時，那憤怒的口吻讓她驚訝得愣住了。「那我要做什麼？」他問。「你全都計畫好了，一次都沒有提到我。雖然我也不覺得意外。」

她搖搖頭。「你為什麼這麼不高興？」

「這是同樣的老戲碼了，珍。你就是非演不可。瑞卓利掌控自己的人生。穿著你那套盔甲，一切都很安全。誰需要男人？哼，反正不會是你。」

「不然我該說什麼？拜託，啊拜託救救我？沒有男人，我自己沒辦法撫養這個孩子？」

「不，你大概可以完全靠自己。你會找到辦法的，即使會把你自己給逼死。」

「不然你希望我說什麼？」

「你確實有個選擇。」

「我已經做了這個選擇了。我告訴過你，我要留下這個孩子。」她開始朝公寓大門前的階梯走，狠狠踩過雪地。

他抓住她的手臂。「我指的不是小孩。我指的是我們。」然後他輕聲說：「選擇我，珍。」

她轉身面對他。「什麼意思？」

「意思是我們可以一起做這件事。意思是你對我卸下盔甲。這是唯一行得通的辦法。你讓我傷害你，我也讓你傷害我。」

「好極了，最後我們兩個就都會有很多傷疤。」

「或是最後我們會相信彼此。」

「我們根本不是很了解對方。」

「已經了解到可以製造出一個小孩了。」

她覺得臉頰開始發燙，忽然間沒辦法看他。只是低頭看著地上的雪。

「我不是說我們一定會成功，」嘉柏瑞說，「我甚至不曉得這樣子能不能行得通，因為你在這裡，我在華府。」他暫停一下。「而且我們誠實一點吧。有時候，珍，你真的是個悍婆娘。」

她笑了，一手抹過雙眼。「我知道。耶穌啊，我知道。」

「但是有時候……」他伸手撫摸她的臉。「有時候……」

有時候，她心想，你看到了真正的我。

而那讓我害怕。不，根本就讓我嚇破膽了。

這大概是我這輩子所做過最勇敢的事情。

最後她終於抬起頭看著他，深吸了一口氣。

然後她說：「我想我愛你。」

24

三個月之後。

莫拉坐在聖安東尼教堂長椅上的第二排，管風琴的樂聲勾起她童年的回憶。她還記得跟她爸媽星期天一起去望彌撒，那些教堂長椅坐上去超過半小時後，就會硬得讓她受不了。她會動來動去，想找個舒服一點的姿勢，然後她父親會把她抱起來放在大腿上。那是最棒的位置，因為還有一雙保護的手臂圈著她。她會仰頭看著彩繪玻璃窗，看著那些嚇壞她的畫面。聖女貞德被綁在火刑柱上。基督釘在十字架上。一個個聖人跪在劊子手面前。還有血，那麼多血，因為信仰而流出來。

今天，教堂裡面似乎沒有那麼令人望而生畏。管風琴的音樂充滿歡樂。走道兩旁裝飾著粉紅色花朵紮成的花環。她看到一些父母抱著小孩在膝上顛著玩，那些小孩不會被刻在彩繪玻璃上那些受苦受難的形象所困擾。

管風琴開始奏起貝多芬的〈歡樂頌〉。

走道上兩名穿著淺灰色長褲套裝的伴娘走過來。莫拉認出兩人都是波士頓市警局的警察。今天長椅上坐滿了警察。她回頭看一眼，看到了巴瑞・佛斯特和史力普警探坐在她後面一排，兩個人都輕鬆又開心。平常警察帶著家人齊聚教堂時，往往都是哀悼自己的同僚。但今天，她看到一張張微笑的臉和顏色鮮豔的正式服裝。

然後珍出現了，挽著她父親的手臂。難得一次，她的深色頭髮服貼地梳成一個時髦的髻。她穿著白緞長褲套裝，上衣外套太大了，但還是不太能掩飾她隆起的腹部。她走到莫拉那一排長椅時，兩人目光短暫相遇，莫拉看到珍翻了個白眼，那個表情像是在說你能相信我在做這件事嗎？然後珍的目光轉向祭壇。

轉向嘉柏瑞。

莫拉心想，有時候，星星會排成一列，諸神會微笑，而愛情會有一搏的機會。只是一個機會——你唯一能期望的就是這樣了。沒有保證，沒有確定性。她看著嘉柏瑞握住珍的手。然後他們轉身面對著祭壇。今天他們結合，但往後一定會有些日子，兩人會怒言相向，或者沉默的冷戰會籠罩家中。有些日子，愛情幾乎要從空中墜落了，就像一隻鳥只剩一邊翅膀在拍擊。有些日子，珍的急性子和嘉柏瑞的冷靜性格，會逼得他們暫時無法相處，兩人都會懷疑這樁婚姻是否明智。

然後還會有一些日子，就像今天。一切都完美極了。

莫拉走出聖安東尼教堂時，已經是傍晚了。太陽很大，好久以來頭一回，她感覺到空氣中有一絲溫暖。那是春天的第一陣氣息。她開車時降下車窗，城市的氣味吹進來，她沒開往家的方向，而是朝向牙買加平原。前往聖母榮光堂區的那座教堂。

踏入龐大的前門，她發現裡頭陰暗而靜默，白晝的最後一抹斜光照在彩繪玻璃窗上。她看到裡頭只有兩個女人，並肩坐在第一排長椅，低頭在禱告。

莫拉悄悄走到壁龕。在那裡為三個女人點了三根蠟燭。一根獻給娥蘇拉修女。一根獻給卡蜜兒修女。還有一根，是獻給她永遠不會曉得名字的那位無臉痲瘋女子。她不相信天堂或地獄的存在；她甚至不確定自己相信靈魂永生。但她站在這座教堂裡，點起三朵火焰，因而得到了撫慰，因為她相信記憶的力量。只有被遺忘的人，才是真正死去。

她走出壁龕，看到布洛菲神父站在那兩個女人旁邊，喃喃說著安慰的話。他抬頭，隔著照進窗內那彩色寶石般的夕照光線，他們的目光相遇。有那麼一剎那，他們都忘了置身何處，忘了自己是誰。

她抬起一手向他揮別。

然後她走出他的教堂，回到自己的世界中。

致謝

我要向以下人士致上最深的謝意：

Peter Mars and Bruce Blake對於波士頓警察局的深刻了解。

Margaret Greenwald醫師，讓我得以一窺法醫的世界。

Gina Centrello始終高昂的熱忱。

Linda Marrow，所有作家夢想中的編輯。

Selina Walker，我在英國的奇蹟製造者。

Jane Berkey、Donald Cleary，以及Jane Rotrosen Agency的了不起團隊。

Meg Ruley，我的文學經紀人與擁護者，也是指引我的明燈，沒有人能做得比她更好。

另外也要謝謝我的丈夫Jacob，多年來始終是我最要好的朋友。

Storytella 92

罪人

The Sinner

罪人 / 泰絲.格里森作 ; 尤傳莉譯. -- 初版. -- 臺北市 : 春天出版國際, 2019.12

面 ;　公分. -- (Storytella ; 92)

譯自 : The Sinner

ISBN 978-957-741-249-2 (平裝)

874.57

ISBN 978-957-741-249-2

Printed in Taiwan

作　者　泰絲・格里森

譯　者　尤傳莉

總編輯　莊宜勳

主　編　鍾靈

出版者　春天出版國際文化有限公司

地　址　台北市大安區忠孝東路四段303號4樓之1

電　話　02-7733-4070

傳　眞　02-7733-4069

E－mail　frank.spring@msa.hinet.net

網　址　http://www.bookspring.com.tw

部落格　http://blog.pixnet.net/bookspring

郵政帳號　19705538

戶　名　春大出版國際文化有限公司

法律顧問　蕭顯忠律師事務所

出版日期　二〇一九年十二月初版

二〇二四年八月初版二十四刷

定　價　399元

總經銷　楨德圖書事業有限公司

地　址　新北市新店區中興路2段196號8樓

電　話　02-8919-3186

傳　眞　02-8914-5524

香港總代理　一代匯集

地　址　九龍旺角塘尾道64號 龍駒企業大廈10 B&D室

電　話　852-2783-8102

傳　眞　852-2396-0050